四年赋

东方文化的密码

孔令绍／著

文化藝術出版社
Culture and Art Publishing House

图书在版编目（CIP）数据

曲阜赋：东方文化的密码 / 孔令绍著. —北京：文化艺术
出版社，2018.8
ISBN 978-7-5039-6491-6

Ⅰ. ① 曲… Ⅱ. ①孔… Ⅲ. ① 文化史—曲阜 Ⅳ. ① K295.23

中国版本图书馆CIP数据核字（2018）第101700号

曲阜赋

——东方文化的密码

著　　者　孔令绍
责任编辑　董良敏
书籍设计　赵　矗
出版发行　文化艺术出版社
地　　址　北京市东城区东四八条52号　（100700）
网　　址　www.caaph.com
电子邮箱　s@caaph.com
电　　话　（010）84057666（总编室）　84057667（办公室）
　　　　　（010）84057696—84057699（发行部）
传　　真　（010）84057660（总编室）　84057670（办公室）
　　　　　（010）84057690（发行部）
经　　销　新华书店
印　　刷　北京荣宝燕泰印务有限公司
版　　次　2018 年 8 月第 1 版
印　　次　2018 年 8 月第 1 次印刷
开　　本　710 毫米 × 1000 毫米　1/16
印　　张　22.25
字　　数　252千字
书　　号　ISBN 978-7-5039-6491-6
定　　价　75.00 元

序 一

孔德墉先生

曲阜的名片

——写在《曲阜赋》即将出版之际

2016年6月24日，我在孔子后裔儒学促进会成立大会的间隙，遇到了我的宗亲孔令绍先生，这使我马上想到了他写的《曲阜赋》。我对《曲阜赋》由衷欣赏，对令绍先生也是真心的敬佩。

曲阜是我的老家，我的少年和青年时代又是在孔府里度过的，可是我离开家乡已有多年。当我看到令绍先生所写的《曲阜赋》时，我立刻感觉到，对于“家”的理解，对于“家”的钟情，我与他确是相形见绌。他长期生活、工作在曲阜，已经把“家”融化于自我。一篇赞美家乡的好文章，是用从骨子里流淌出来的热血和真情铸就的。

令绍先生承袭着始祖孔子淙淙而流的血脉，展示着一个孔子后人的真性情，一扫对孔子和儒学的偏见和扭曲。讲孔子，谈儒学，他不是从书斋到书斋的翻版，而有自己接地气的看法和主张，是那样的清新和自然。他认为孔子思想是中华文明的基石，从而标示出孔子及孔子思想在国内地位的新高度；他尤其重视孔子思想在五千年中华文明延续中的重要作用，并在中华文明与世界其他文明的比较中彰显孔子及其思想无与伦比的国际地位。

《百城赋》一书业已出版发行，我也浏览了书中不少文章，其中不乏大家名作，如金庸先生的《香港赋》、廖奔先生的《北京赋》，等等。《曲阜赋》一文也收录于《百城赋》之中。令绍先生与上述大家相比，虽可谓名不见经传之辈，但若认真去读他的《曲阜赋》，却可发现不同凡响的独特之处。他的赋文妙语连珠，不禁让人振聋发聩。“泱泱中华，煌煌传统，寻本溯源，在我曲阜”，揭示出曲阜这座城市思想文化的深邃；“先圣睿思宏轨，将自我曲阜而流布全球，惠及寰宇”，指出了曲阜的国际地位；“南携江淮，北枕泰岳。东临黄海之浩瀚，西眄中原之辽阔”，讴歌了曲阜波澜壮阔的城市之美；“红缠杏坛，先师讲学之声悬想在耳；绿映泮池，诸生弦歌之状默思入目”，点缀出曲阜城市经典的沁人心脾……慢慢咀嚼，细细品味，似乎并未逊色多少。

目前，令绍先生又把《曲阜赋》文扩展开来，洋洋十万余言，我想，定是对东方文化和儒家思想的有益探索。我衷心期待着这部佳作的问世。

孔德墉

2016年6月

（注：孔德墉，孔子77代后裔、世界孔子后裔联谊总会会长、孔子世家谱常态化续修工作协会荣誉会长兼执行会长、中华孔子学会孔子后裔儒学促进会会长）

序 二

Preface to Mr. Kong Lingshao's Book

Confucianism was the official ideology of the state in Imperial China. But Confucianism suffered as setback in the twentieth century, as most intellectuals and political reformers, whatever their political stripes, blamed the tradition for China's "backwardness." From the May 4th, 1919 movement onwards, the dominant tradition was anti-traditionalism. Instead of looking backward to such "feudal" traditions as Confucianism, the Chinese people were encouraged to look forward to a bright new communist future. Such anti-traditionalism took an extreme form in the Cultural Revolution, when Red Guards were encouraged to stamp out all remnants of "old" society.

Today, it seems clear that the anti-traditionalists were on the wrong side of history. If there's one uncontested fact about being Chinese, it is the sense of being part of a culture with a long history. To the extent China's experiment with communism has anything to offer to future generations, it should be seen as part of an effort to build on, rather than replace, older traditions. Hence, it should not be surprising that the Chinese Communist Party has moved closer to an official (re)embrace of Confucianism. The state's effort to promote Confucianism began in September 2004, during the celebration of Kongzi's 2,555th birthday in Qufu. In Imperial China, government officials were in charge of annual ceremonies to commemorate Kongzi at the Confucian temple in Qufu, but the rites were discontinued after the end of the Qing dynasty in 1911. On September 28, 2004, for the first time since the founding of the People's Republic, the state officially took over, with government representatives presiding over the rites. Several weeks later, on November 16, 2004, the deputy secretary of the Department of Education announced to reporters that the Chinese government was planning to found Confucius Institutes globally in the next few years to promote the study of Chinese language and Chinese culture. Since then, the state has been moving steadily closer to a more official embrace of Confucianism. The 2008 Summer Olympics in Beijing highlighted Confucian themes, quoting the Analects at the opening ceremony and in booklets handed out to visiting journalists, and downplayed any references to the China's experiment with Communism. Cadres at the newly built Communist Party School in Shanghai proudly tell visitors that the main building is modeled on a Confucian scholar's desk, with the tower representing the power of the sword. And on November 26, 2013, President Xi himself visited Qufu and gave a speech that praised Confucian culture and criticized the destruction of the Cultural Revolution. He visited the"experimental" Confucian academy and said he would diligently read two books on the Confucian classics that were handed to him by the academy's director.

The Confucian revival is centered in Qufu. The city has been selected as a special economic and cultural zone, and part of its mission is to promote Confucian culture. We were aware that Confucianism is taught in all government run schools, especially at the primary school level. The Confucian academy engages in scholarly research on the Confucian tradition and organizes conferences on the topic. Adherence to the traditional Confucian value of filial piety, as measured by such indicators as the frequency of visits to elderly parents, affects the promotion of government officials. And visitors to the Confucian temple are offered free tickets if they can memorize thirty passages from the Analects: 17,000 people have been awarded free tickets by such means, ranging in ages from 3 to 80.

Confucian culture benefits from official government support. The main "tourist"attraction in Qufu is the Confucian temple, along with the Kong family residence and cemetery, but the price of entry is relatively high because the local government must carry most of the cost. Official support for Confucianism as a whole can offer benefits to the whole country. The government can and should promote the teaching of Confucianism in schools: Confucian ethics, with its emphasis on social responsibility, can help to counter the hyper-individualism that has accompanied economic modernization in China. The corruption of government officials is an incessant source of worry, and the Confucian tradition offers rich resources for thinking about the moral education of public officials.

But official sponsorship of Confucianism also carries risks. In Chinese history, the "soft power" of Confucianism has often been diluted, if not replaced, by the more hard-nosed realpolitik of the Legalist tradition; hence one common (if overly cynical) way of referring to Imperial Chinese political history from the Han dynasty onwards is "Confucianism on the outside (as a façade), Legalism on the inside (the political reality)" (外儒内法). And the deeper problem with government sponsorship of a value system is not just that the value system can be misused, but that governments can change their view towards that value system.

It's in this context that we can appreciate the value of Mr. Kong Lingshao's excellent book. Mr. Kong himself is a retired government official, but his attachment to Qufu is not simply motivated by politics: he clearly loves the city! Of course, it helps that Mr. Kong himself is a descendant of the Kongzi family line centered in Qufu, but it has taken years of difficult and painstaking labor to express his love in this erudite book. And the result is of great benefit to all readers: there is no better source, as far as I know, for insights into the historical, architectural, and philosophical value of the city. Just as understanding the history and culture of Jerusalem is key to understanding the great monotheistic religions, so Mr. Kong makes a strong case that the city of Qufu is key to understanding the Confucian ethical tradition.

Much of the book is written in classical Chinese that may not be readily accessible to all readers, but the effort to work through the book will be repaid with tremendous insights. My hope is that the book can also be translated in other languages so that Qufu becomes known worldwide, similar to Jerusalem, as a center of one of the world's great ethical traditions.

Bei Danning

Tsinghua University, 14 June 2016

（注：贝淡宁，国际著名政治理论家，山东大学政治学与公共管理学院院长、教授）

序二 译文

孔令绍先生《曲阜赋》序言

儒家（思想）曾是帝制时代中国国家的官方意识形态。然而，政治立场各异的大多数知识分子与政治改革者们纷纷抨击，控诉儒家传统要为中国的“落后”负责，儒家遂于20世纪遭受重创。自从1919年五四运动以来，中国的主流传统一变而为反传统主义的。中国人民因深受鼓舞而“向前看”——追求一个光明而崭新的共产主义未来，而非“向后看”——守护儒家这般的“封建”传统。“文革”时期，当红卫兵被鼓励去打碎一切“旧社会”余孽之际，此种反传统主义可谓臻于极盛。

而今回溯历史，我们清楚可见反传统主义者们所犯的谬误。关于“何谓中国人”，如果说还存在一种不受争议的事实判断标准，那正是对一种历史悠久之文化的归属感。如果要对未来世代有所交代，便应当把中国的共产主义实验，看作建立在既有传统之上，而非取代既有传统的一种努力的组成部分。这样看来，中国共产党近年来逐渐趋近(重新)拥抱儒家的官方姿态，也就不足为奇了。中国对于儒家的提倡，是在2004年9月亦即孔子诞辰2555周年纪念期间开启的。在帝制时代，政府官员负责主持在曲阜孔庙每年一度的祭孔大典，然而在1911年清朝灭亡之后，此类拜祭却出现了中断。在2004年9月28日，政府代表主持了祭孔大典，而这就意味着自中华人民共和国成立以来，国家首次以官方姿态接手祭孔。数周之后的2004年11月16日，国家教育部副部长对记者宣布，中国政府正计划于今后数年内在全球兴建孔子学院，以推进中国语言和中国文化研究。自那时起，中国日益稳步地趋近一种对儒家更为官方的亲和态度。2008年北京奥运会彰显了儒家主题，在开幕式上和分发给记者们的小册子里征引《论语》，相应弱化了传统意义上的执政党意识形态色彩。新建立的中国浦东干部学院的官员们骄傲地告诉访客，他们的主楼模仿的是儒家学者书桌的造型，而旁边的高层大厦则象征着刀剑的力量。2013年11月26日，习近平主席本人造访曲阜并发表讲话，称颂儒家文化并抨击“文革”造成的破坏。他参观了孔子研究院，并说自己会“好好读一下”该院院长呈递给他的两部儒家经典诠解著作。

儒学复兴是以曲阜为中心的。该城被遴选为“文化经济特区”，它的一项重要使命正是促进儒家文化。我们了解到：在曲阜，眼下所有的公立学校均教授儒家经典，初中尤其如此。坐落于曲阜的孔子研究院致力于对儒家传统的学术研究，并组织相关主题的研讨会。是否遵守儒家孝道会影响当地政府官员的升迁，而其衡量标准则包括对探望年迈父母的频率等。而且，参访孔庙的游客们若能从《论语》中背诵出30段文字，便可以享受免票待遇，迄今共有约17000人从此规定受益，其中最年幼者3岁，最年长者80岁。

儒家文化之“复兴”得益于政府支持。曲阜最为重要的“旅游点”是孔庙、孔府与孔林，但由于地方政府必须承担绝大部分养护维持成本，遂使“三孔”的门票价格居高不下。从整体而言，官方对于儒学的支持可以使整个国家受益。政府能够且应当在学校中推广儒家教诲，这是因为强调社会责任的儒家伦理有助于对抗伴随中国经济现代化而来的“超级个人主义”（hyper-individualism）。政府官员的腐败堪称当下中国国民的心头大患，而儒家传统恰恰拥有官员道德教育的丰厚运思资源。

然而，对于儒家的官方支持同样有其风险。在中国历史上，儒家的“软权力”经常被更为讲求实际的法家现实主义政治传统所稀释——如果不是被后者所替代的话；因此，对于汉代以降中国政治历史的一种常见的（当然也是有些过于愤世嫉俗的）说法，正是所谓“外儒内法”。而政府支持特定价值体系的更为深层的问题，并不仅在于此种价值体系可能会被误用，更在于政府对于价值体系的看法常常是多变的。

正是在此种语境脉络之下，我们可以赏鉴孔令绍先生这部大作的价值。孔先生本人是一位退休政府官员，但他对于曲阜的依恋绝不仅是被政治激发的。很明显，他热爱这座城市！当然，孔先生本人乃是聚居曲阜的孔子后裔之一，这有助于他完成这一杰作；但是，为了在这部博学之作中表达自己对故乡之爱，作者付出过经年累月、艰辛卓绝的努力。本书的读者诸君有福了！据我所知，关于曲阜之历史、建筑与哲学价值的论著之中，再没有比本书更富洞见的了。正如理解耶路撒冷之历史与文化构成了理解诸种一神教的钥匙一般，孔先生的努力提供了极佳的范例，他坚信：曲阜城乃是理解儒家伦理传统的一把钥匙。

这部著作详加诠解的孔令绍先生《曲阜赋》本文，乃是以典雅的古典汉语写就，对于现代读者而言精读原文有一定难度；但涵泳其间，读者一定会不虚此行。此书若能翻译成他国文字，以便曲阜如同耶路撒冷一般，作为世界伟大伦理传统轴心之一更为闻名于世，定将善莫大焉，亦是为序者所望焉。

贝淡宁

2016年6月14日于清华大学

孔新峰 译

（注：孔新峰，山东大学政治学与公共管理学院教授、博士生导师）

目录

【原文】

曲阜賦

孔令紹

泱泱中華煌煌傳統尋本溯源在我曲阜上古之時太昊伏羲肇人文之先構屋廬於斯創大庭之國炎帝神農開粒食之源立日中市廛啓商貿之端黃帝降乎壽丘圖騰以龍少昊以鳥紀官圖騰以鳳龍飛鳳舞樹起萬代華夏標志軒轅玄囂奠定九州文明之基顓頊生十年而佐少昊發軔於斯地二十登帝位功德及四海唐堯四嶽招賢集天地日月合其德虞舜壽丘作器納山川林池濟其民至若三代商為奄國之治周為魯國之都周公受封於魯伯禽代為就國德行正業績彰史稱禮儀之邦逮孔子出覽天下之勢集先聖之道創儒家學說為生民立極澤被萬世譽滿五洲曲阜遂成東方文化發祥地舉世翹首之聖城夫曲阜者終因孔子而聞名於世也春秋之世天下洶洶禮崩樂壞骨肉相殘孔子刪詩書訂禮樂贊周易脩春秋祖述堯舜憲章文武游說諸侯收授生徒倡導仁義學說呼喚人性昇華主張克己復禮重整社會秩序以人為本以和為貴中庸至德萬事真諦哲思如海博大精深德侔天地道冠古今廣納三千弟子傳播六藝文行忠信華拔七十二賢千秋學人仰之為聖萬世帝王尊其為師天宇之大時空之遐而中國居四大文明古國之一斗轉星移時過境遷唯華夏文明巍然獨存不隳今之聖城杏壇側畔國人高聲誦讀論語孔子像前外賓肅然頂禮膜拜先聖睿思宏軌將自我曲阜而流佈全球惠及寰宇夫曲阜者地無漢穗之廣民無滬渝之眾然則南携江淮北枕泰嶽東臨黃海之浩瀚西眄中原之遼闊洙泗流貫沃野萬

李开元楷书《曲阜赋》碑文（局部）

曲阜赋

泱泱中华，煌煌传统，寻本溯源，在我曲阜。[一]上古之时，太昊伏羲肇人文之先，构屋庐于斯，创大庭之国[二]；炎帝神农开粒食之源，立日中市廛，启商贸之端[三]。黄帝降乎寿丘，图腾以龙[四]；少昊以鸟纪官，图腾以凤[五]。龙飞凤舞，树起万代华夏标志；轩辕玄嚣，奠定九州文明之基。[六]颛顼生十年而佐少昊，发轫于斯地；二十登帝位，功德及四海。[七]唐尧四岳招贤，集天地日月合其德[八]；虞舜寿丘作器，纳山川林池济其民[九]。至若三代，商为奄国之治，周为鲁国之都。[十]周公受封于鲁，伯禽代为就国，德行正，业绩彰，史称“礼仪之邦”。[十一]逮孔子出，览天下之势，集先圣之道，创儒家学说，为生民立极；泽被万世，誉满五洲，曲阜遂成东方文化发祥地，举世翘首之圣城。[十二]

夫曲阜者，终因孔子而闻名于世也。春秋之世，天下汹汹；礼崩乐坏，骨肉相残。[十三]孔子删《诗》《书》，订《礼》《乐》，赞《周易》，修《春秋》。[十四]祖述尧舜，宪章文武；游说诸侯，收授生徒。[十五]倡导仁义学说，呼唤人性升华；主张克己复礼，重整社会秩序。[十六]以人为本，以和为贵；中庸至德，万事真谛；哲思如海，博大精深；德侔天地，道冠古今。[十七]广纳三千弟子传播六艺，文行忠信萃拔七十二贤。千秋学人仰之为圣，万世帝王尊其为师。[十八]天宇之大，时空之遐，而中国居四大文明古国之一；斗转星移，时过境迁，唯华夏文明巍然独存不隳。[十九]今之圣城，杏坛侧畔，国人高声诵读《论语》；孔子像前，外宾肃然顶礼膜拜。先圣睿思宏轨，将自我曲阜而流布全球，惠及寰宇。[二十]

夫曲阜者，地无汉穗之广，民无沪渝之众。然则，南携江淮，北枕泰岳。东临黄海之浩瀚，西眄中原之辽阔。[二十一]洙泗流贯，沃野万顷。尼峄滴翠，回峰千重。白云舒卧，紫霞纵横。[二十二]实乃凝天地之灵气，聚山水之精华；往圣先贤，生于斯，家于斯，创业于斯，良有以也。[二十三]《礼记》曰："鲁城中有阜，逶曲长七八里"，故名曲阜。[二十四]入斯城也，历代古迹，应接不暇；先贤遗泽，触目皆是。[二十五]明故城墙，古称万仞；森森孔庙，纵贯南北。[二十六]大成殿美轮美奂，孔圣受祀于内[二十七]；十龙柱双龙戏珠，庆云缭绕其间[二十八]。红缠杏坛，先师讲学之声恳想在耳；绿映泮池，诸生弦歌之状默思入目。[二十九]奎文阁奎星高照，藏书万卷；御碑亭飞檐耸翠，钩心斗角。[三十]成化碑，赞先圣思想膏泽天下[三十一]；玉虹楼，誉孔子后人绍继箕裘[三十二]。于城前，则九龙跨蹑，汉代墓林林总总；于城后，则九仙盘踞，孔子石傲然挺立[三十三]；于城东，则尼山蜿蜒，夫子洞清气氤氲；于城北，则石门逶迤，《桃花扇》余韵萦回[三十四]。丘山之中，巧匠鲁班留佳话[三十五]；春秋庙前，至圣孔子书华章[三十六]。

夫曲阜者，仲尼桑梓也，人心嗤嗤，世道醇厚。构建和谐，修身养性；诚信儒雅，自强创新。[三十七]设坛兴教，孔子开先河；文运繁昌，庠序遍城乡。“至今齐鲁遗风在，十万人家尽读书。”[三十八]古城新机，文脉长存。观光游，寻根游，修学游，游者击毂摩肩；谈《论语》，辩儒学，讲诸子，学界俊彦咸聚。明故城、鲁故城、黄帝城，城城人气旺盛；圣尼山、九龙山、九仙山，山山生机盎然。[三十九]

古之曲阜，祥瑞蔚集；今之曲阜，气象万千。沂泗放歌，群山起舞。今朝更胜往昔，明日灿烂可期！[四十]

【注析】

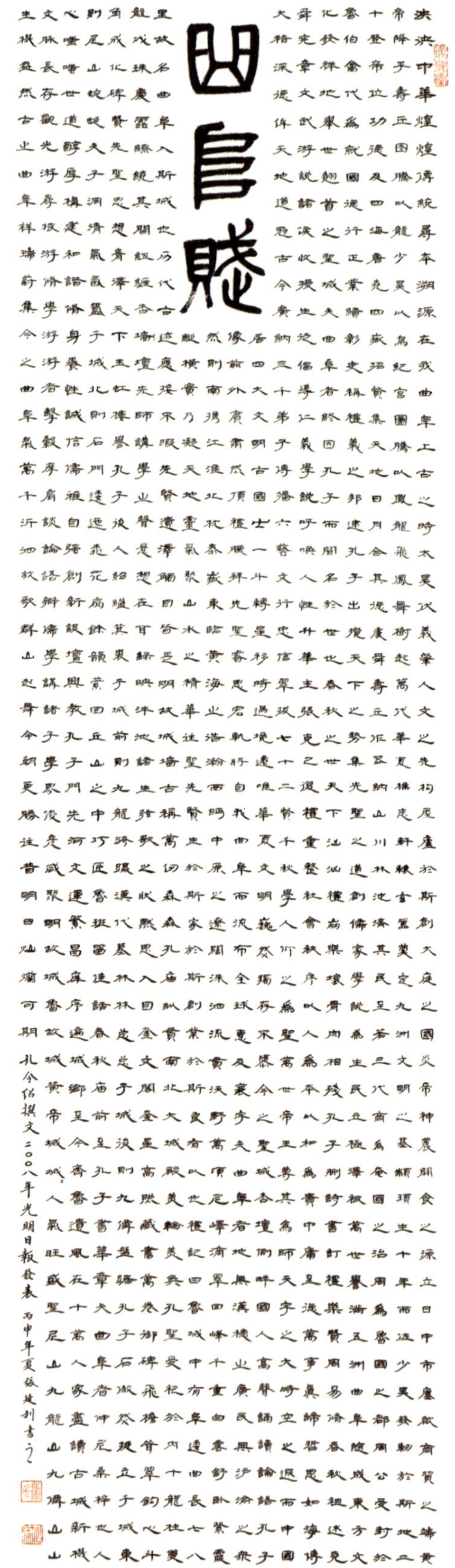

张延利隶书立轴『曲阜赋』

关于《曲阜赋》

“悬思亭”及《曲阜赋》碑

《曲阜赋》撰写于2008年年初，当年2月21日发表于《光明日报》第4版，后被收录于光明日报出版社出版的《百城赋》一书，当时即在社会上引起较大反响。赋文浓缩了曲阜从远古到现代绚丽多姿的文化之美，赞美了孔子思想在中国乃至世界的独特地位，反映了先圣睿思宏轨将自我曲阜流布全球、惠及寰宇的巨大历史意义和现实意义。

赋文发表并出版后，又几经修改。本书所刊赋文共984字，分5个自然段。第一段以写曲阜悠久历史开篇，第二段专写孔子对人类历史的独特贡献，第三、四两段写曲阜城市之美及其深厚的文化底蕴，末段展示对曲阜未来的期许之情。

2013年，中国（曲阜）国际孔子文化节之前，中共曲阜市委将《曲阜赋》刻石。9月25日，《曲阜赋》碑在曲阜市沂河公园广场“悬思亭”内落成。

“悬思亭”亦由赋文作者拟名。“悬思”二字是从《曲阜赋》章句“红缠杏坛，先师讲学之声悬想在耳；绿映泮池，诸生弦歌之状默思入目”中“悬想”“默思”集结而来，二词各取一字组成“悬思”，意为历史文化名城的曲阜人应是有思想之人。

“赋碑”全文1001字，由中国书法家协会会员、曲阜师范大学书法学院原院长李开元先生以正楷书写。书法平和自然，委婉含蓄，隽永健秀，与毗邻著名书法家蒋开征先生书法作品形成东西合璧，成为文明之乡一道亮丽的风景。

［一］泱泱中华，煌煌传统，寻本溯源，在我曲阜。

“城市赋”本应以城市的地理方位开篇，但本赋却避实就虚，以与本城相关的悠久历史和璀璨文化开启，目的就是将这座城市与“历史文化名城”的凝重称号相契合，从而把曲阜最耀眼、最独特的文化魅力先展示给世人。

泱泱：本指水深、广，这里形容气势宏大。

中华：“中华”是“中国”与“华夏”的合称，该词古代就已产生。古代华夏族多聚居于黄河流域一带，以其位居四方之中谓其“中”。《左传》疏云：“中国有礼仪之大，故称夏；有章服之美，谓之华。”华，古同“花”，有繁荣、昌盛、美好的意思，且因其产生古老，又为中华始祖母华胥氏的姓氏。《史

孔庙鸟瞰

记·五帝本纪》载："华胥氏生伏羲、女娲，伏羲、女娲生少典，少典生炎黄二帝。""中华"的本意即为繁荣美好的中原大地。这里是汉族最初兴起的地方，后来指中国。

煌煌：形容明亮，显耀盛美。

传统：指世代相传、具有特点的社会因素，如文化、道德、思想、制度等。

本：本意是指草木的茎或根，这里是指事物的根本、根源（跟"末"相对）。

溯：本意指逆着水流的方向走，这里指往上推求。

这里"寻""溯"并用，则为寻求的意思。

源：本指水流起头的地方，这里指事物的源头。

此句中的"本"和"源"与"中华"联系起来是指中华民族的根本和源头。

中华文明的起源、形成与发展

众所周知，世界上有四大文明古国——古巴比伦、古埃及、古印度、中国。看看称谓，前边三个都带了"古"字，唯中国没有"古"字。为什么？因为前边三个都不是指现在的国家，而是古代的国家，它们的文明都没有延续下来；唯独中国，从古至今，一气贯通，延续了5000多年的文明。

在世界文明的长河中，1648年《威斯特伐利亚和约》的签订应是一个鲜明的分界点。在欧洲经历了30年的战争和撕裂之后，随着这个和约的签订，世界形成了历史上第一个现代意

曲阜孔庙大成殿

义上的国际体系——威斯特伐利亚体系。在此之前，主权国家这个概念还没有正式形成和确立，那时候的国家应该称作文明国家。在数千年的文明国家时代，我们曾经与古巴比伦、古埃及、古印度并列为世界四大文明古国，我们曾经与古希腊交相辉映，与古罗马帝国并立称雄。那时，曾经形成诸多国际体系，如古罗马帝国体系、阿拉伯帝国体系。在中华文明圈，形成了独具特色的以中国为核心的朝贡体系，从公元3世纪到19世纪末，最盛时期的明朝永乐年间有65个朝贡国和部族。中华文明圈国际体系存续时间之长，影响之大，是其他文明圈国际体系难以比拟的。在漫长的世界文明史中，中国确是长期处于世界舞台的中央。

作为世界四大原创文明的中华文明源远流长。那么，它的发祥地在哪里呢？应该说曲阜就是中华文明的发祥地之一。在远古时代，曲阜属于东夷之域。当时，中华民族的人文初祖大都生活在这里。史前文明进入口头传说时代以后，第一个人文初祖太昊伏羲氏就长期在这里工作和生活。他领导着他的部落，在这里建造房屋；他在这里造文字，作八卦。炎帝神农氏，在这里开启农耕，制作农具；开辟市场，首行交换；发明医药，造福人类。黄帝轩辕氏，诞生在寿丘，首创龙图腾。少昊金天氏，一生守土东夷，首创凤图腾。龙图腾、凤图腾，成为中华民族最早的文化符号。

中国远古文明的辉煌是无与伦比的，但毕竟它还没有进入文明的成熟期，只是中国成熟文明的一个热身赛。可是，这个热身赛一跑就是八九百年。4200年前，中国历史的车轮驶进了一个崭新的时代，跨进了成熟文明的门槛。约公元前17世纪，商汤伐夏，建立了商朝，开辟了历史新纪元，中国真正进入了成熟文明的时代。

什么叫成熟的文明？它的标志，一是必须有比较成熟的文字，二是必须有比较成熟的青铜冶炼技术，三是必须有比较成型的城市。对于商朝，这三个条件全具备了。中国有文字记载的历史始于商朝，成熟的青铜冶炼技术始于商朝，成型的城市建设也始于商朝。在当时，哪个城市最出名？是奄国。商朝的第17任国王南庚在奄国设立首都，达50年之久，奄国成为中国早期东方最繁华的城市。奄国就是今天的曲阜。依此而言，曲阜作为中华文明起源的地方是名正言顺的。

这个节点，是一个文明大崛起、大爆发的时代，在幼发拉底河和底格里斯河诞生了古巴比伦文明，在尼罗河畔诞生了古埃及文明，在印度河流域诞生了古印度文明。可惜的是，这三大文明在历史的长河中都没有延续下来。问题出在哪里？一是连绵不断的战争的毁灭，二是缺乏翔实的文字记载，中断了文化的传承。而中华文明在进入了它的成熟期之后，又经历了周、汉时代的巩固期，此后出现了唐、宋、元时代的辉煌局面，从而到达了中华文明的巅峰期。接下来，从明至清，中华文明进入了衰落期。中华人民共和国的成立及中国共产党的执政，又使实现中华民族伟大复兴的中国梦、重振中华文明进入了窗口期。这样看来，中华文明形成和发展的大体脉络是：

（1）从史前文明口头传说的伏羲时代到商朝建立之前，这大约1000年的时间，是中华文明的起始期。

（2）商朝600年左右的时间，是中华文明的成熟期。

（3）两周、两汉1000多年的时间，是中华文明的巩固期。

（4）唐、宋、元这三个朝代800年左右的时间，是中华文明的巅峰期。

（5）从明至清这500多年的时间，是中华文明的衰落期。

（6）中华人民共和国成立及中国共产党执政后，是中华文明伟大复兴的窗口期。

在中华文明漫长的发展延续进程中，中国人发生了从自发到自觉的转变，不断自觉地呵护着这辆文明列车顺利前行。这其中至少有两个关键人物可以一提，一个是作为农耕文明代表的孔子，一个是作为游牧文明代表的拓跋宏。

柳诒徵先生曾说："孔子者，中国文化之中心也；无孔子则无中国文化。自孔子以前数千年之文化赖孔子而传，自孔子以后数千年之文化赖孔子而开。”（1）孔子是传承中国文化的集大成者，他将他以前几乎所有的典章文献加以审定、厘定、编纂，总结过去，启迪后世，继往开来，无人比拟。（2）孔子开辟了中国古代教育的新局面，对中国2000多年的学术文化产生了难以估量的作用。（3）孔子注重人的思想品质和道德修养，提出了一系列做人的标准和原则，对于人性升华、社会和谐具有巨大作用。（4）孔子提出了“己所不欲，勿施于人”的重要理念，他的这种同理心境界，比西方认知心理学家和脑科学家提出的同理心概念早了2300多年。他不仅主张将仁爱由亲人之情逐步向外扩展，惠及所有人，还主张敬畏自然规律（即“畏天命”），将对人类的道德关怀推及自然万物。（5）孔子思想为中华文明提供了巨大支撑，是中华文明的坚强基石，同时也成为中华文明的题中应有之义，对5000多年中国文化的延续和发展产生了直接作用，对世界亦有巨大影响。西方学者认为，孔子思想与佛教思想、基督教思想、伊斯兰教思想并称为世界四大思想瑰宝。

从孔子所处的春秋末期到北魏末期大约1000年的时间，在中国的历史上又出现了一个极其优秀的游牧文明的代表，这就是北魏王朝的孝文帝拓跋宏。他做了北魏皇帝之后，努力将北方游牧文明与南方农耕文明相融合，从而弥补了原有文明的弱项和短板，使中华文明更加强健，更富活力。（1）地域融合。他执政后，把首都从山西大同迁移到河南洛阳，同时把以鲜卑族为代表的北方少数民族迁移到汉族聚居的中原地区，实现地域融合。(2)文化融合。废除鲜卑语，学习说汉语，学习汉族文化，提倡穿汉族服装，实现文化融合。(3)基因融合。主张鲜卑族与汉族通婚，将鲜卑族的强悍与汉族的斯文集于一身，优化了中华民族的基因。(4)中外融合。大力引进世界各种优秀文明，将先进文化兼收并蓄，强化了中华文明的优秀基因。拓跋宏的执政时间虽然不长，他的生命也仅有33年，但是他的贡献却预示着一个更加伟大的文明时代的到来，那就是中国封建社会的巅峰——唐朝。

习近平总书记指出："中国共产党领导中国人民取得的伟大胜利，使具有5000多年文明历史的中华民族全面迈向现代化，让中华文明在现代化进程中焕发出新的蓬勃生机。"中国曾经长期雄踞于世界的中心，只是自鸦片战争以后才被边缘化。100多年以来，没有比今天的中国更加接近世界的中心，这个事实构成了当下中国与世界关系五彩斑斓的壮阔图景。习近平总书记说："文化自信，是更基础、更广泛、更深厚的自信。"一个人，甚或一个民族，一个国家，如果不知道自己是谁，不坚守自己的身份认同，甚至否定自己的历史，贬损自己的思想文化，那后果是不堪设想的。苏联的前车之鉴，每一个中国人，每一个中国共产党人，都应该深刻铭记。

中华文明是世界上一个历史悠久的文明现象，这是每一个中国人的骄傲。在实现中华民族伟大复兴的征程中，作为中华民族的一分子，我们都应该精心地呵护它、弘扬它、发掘它、充实它，从而让中华文明放射出更加灿烂的现代文明的光辉！

赋文“泱泱中华，煌煌传统，寻本溯源，在我曲阜”，意为“广阔的中国气势宏大雄伟，悠久的历史文化显耀盛美。寻求根本，追溯源头，就在东方圣城曲阜”。

那么，中国的根本和源头为什么在曲阜呢？下文即将给出答案。

［二］ 上古之时，太昊伏羲肇人文之先，构屋庐于斯，创大庭之国。

上古：本赋中的“上古”，实为“远古”和“上古”的合意，因为下文中涉及的内容既涵盖远古时代的史实，也包括上古时代的史实。

“远古”是指遥远的古代，也就是人们常说的口头传说的史前文明。在文字记载出现之前，历史靠世世代代的讲述而流传。这些内容后被文字记录下来，成为文献中的古史传说。这些传说尽管有后人不断加工的成分和神话内容，也有后人的臆想和迷信，但在反映原始社会的某些特点方面，在一定程度上是接近于历史真实的。在口头传说时代之前是神话传说时代。一般认为，口头传说时代即为上下五千年中华文明的发端。

“上古”是指较早的古代，在我国历史分期上多指商周秦汉这个时期。本赋中就涉及商周秦汉时期与曲阜相关的史实。

太昊伏羲：又作伏戏、包牺、庖牺、宓羲，又称牺皇、皇羲，《史记》中称伏牺，为古代传说中中华民族最早的人文始祖，所处时代约为旧石器时代中晚期，是中国古籍中记述的最早的王。《礼记·月令》云:“孟春,其帝太昊是也……有圣德,象日月之明,故曰太昊。”他生于陇西成纪(今甘肃天水市),据传他长期工作生活在三个地区,即今天的甘肃天水、山东曲阜、河南郑州。中华民族5000多年文明,即从伏羲生活的旧石器时代中晚期开启。因为伏羲曾工作在曲阜这个地区,那么曲阜就是中华民族“根”和“源”的地区之一。

肇:开始、开启的意思。

人文:指人类社会的各种文化现象,引申为“人类文明”。

之:助词,用在定语和中心词之间,组成偏正词组,相当于现代汉语中的“的”。

先:指时间或次序在前的(跟“后”相对),此处是“先河”之意。古代帝王祭祀时,先祭祀黄河,后祭祀海,以河为海的本源(见《礼记·学记》),后来称倡导在先的事物为“先河”。

构:构造、建造的意思。

屋庐:屋,指房子;庐,简陋的房屋;屋庐,指房屋。

于斯:于,介词,作“在”讲;斯,代词,这里;本句中“于”和“斯”组成介宾结构,作“构”的补语。

创:“开始做”或“初次做”的意思。

大庭:即大庭氏,这里是指以大庭氏命名的古国名。

刘恕(字道原)《通鉴外纪》曰:“太昊命大庭为居龙氏,造屋庐。”据史书记载,太昊伏羲氏以龙纪官。他命大庭氏为居龙氏,主管建筑;命薮魁氏为水龙氏,主管水利;命阴康氏为土龙氏,主管农牧……大庭氏一族原是太昊伏羲氏的一个分支，伏羲让其为官居龙氏，负责建造房屋，后在当今曲阜这个地方创立了一个小国，伏羲命名曰“大庭氏”。《左传·昭公十八年》载：“宋、卫、陈、郑皆火，梓慎登大庭氏之库以望之。”杜预注曰：“大庭氏，古国名。在鲁城内，鲁于其处作库。”鲁，指今曲阜。

曲阜是中国的根祖名城

曲阜是举世瞩目的历史文化名城。古今中外的人们为什么会接踵而至相拥曲阜？其实，这都是因为一个人，那就是孔子。殊不知，对于曲阜的历史，孔子只是站在了中界点上。孔子的身后有2500年，孔子的身前还有2500年，这加起来就是5000年，正好与我们中国的上下5000年文明史相吻合。

说到曲阜的悠久历史，就不能不涉及一个人，那就是中国史前文明传说时代中华民族的第一个人文始祖太昊伏羲氏。太昊伏羲所处的时代，约为旧石器时代中晚期。他生于陇西成纪，也就是今天的甘肃省天水市。据传，伏羲领导的氏族部落开始在天水一带游牧打猎，休养生息，但是由于受到资源和气候条件的制约，开始从西北地区向自然资源较好的东亚

伏羲

地区迁移，当遇到太平洋的阻隔后折向朝南进发，就来到了今天的曲阜这个地方。在这里生活了很长一段时间以后，他们又继续向南游牧，最终到了河南郑州一带。

相传，伏羲与其妹女娲氏婚配生育了人类。为了生存，伏羲领导着他的部落，做了很多开创性的工作。在此之前，记录一件事情，都要在一条绳子上打结系扣。在生产生活的实践中，他创造了简单的文字，从而结束了“结绳记事”的历史；他把绳子编织成网，教给人们捕鸟打猎；为了满足人们的精神生活，发明了陶埙、琴瑟等乐器，创作了乐曲、歌谣；根据天地万物的变化，发明创造了占卜八卦；变革婚俗，制定嫁娶的规矩，禁止部落内部通婚，使血缘婚变为族外婚；还任命官员进行社会管理，将其统治地域分而治之。据史书记载，太昊伏羲氏用龙的名字任命官员。例如，任命薮魁氏为水龙氏，主管水利；任命阴康氏为土龙氏，主管农牧；等等。

在当今曲阜这个地方工作时，伏羲就任命了大庭氏为居龙氏，主管建筑。其实，大庭氏就是曲阜的第一个称谓。

我们通常说的中华民族上下5000年的文明史，大概就是从伏羲生活的旧石器时代中晚期，也就是公元前26世纪稍前的时代算起。从这个意义上说，伏羲时代就是中华文明的源头。伏羲长期生活工作在甘肃天水、山东曲阜、河南郑州这三个地区，那么天水市、曲阜市、郑州市被称为我国的三个“根祖名城”就是顺理成章的事了。

赋文“上古之时，太昊伏羲肇人文之先，构屋庐于斯，创大庭之国”，意为“在遥远的古代，太昊伏羲开启了人类文明的先河，他让属下在这里建造房屋，并创建了大庭氏这个古国”。

［三］炎帝神农开粒食之源，立日中市廛，启商贸之端。

炎帝神农：号烈山氏，因播种五谷，教民稼穑，而为农耕文明的创始人，故称神农。远古传说时代部落首领，父少典氏，母有蟜氏，长于姜水（渭水支流，今陕西岐山东），因以姜姓。《寰宇记》曰："曲阜，炎帝之墟。"清修《阙里志》曰："神农祠在鲁城归德门外，今村名犁铧店，神农试耕之所也。旧有坊曰'粒食之源'，今废。又神农开市处坊曰：'日中古市'，在曲阜城内城隍庙之南里许。"

开：开始、开启。

粒食：粒，颗粒，引申为"粮食"；食，人吃的东西，指粮食；"粒食"在此引申为"农耕文明"。

日中：指正午的太阳，即如日中天，比喻事物正发展到十分兴盛的阶段。

市廛（chán）：商店集中的地方，此指市场、集市。

启：开始、开启。

商：商业。

贸：交易、贸易。

端：（事情的）开头，发端。

神农耕的来历

炎帝神农是中国远古传说时代的一个部落首领。他长期工作在山东曲阜一带。因为他擅长于种庄稼，最早开创了农耕文明，所以被人们称为“神农”。

神农生于渭水支流，也就是现在的陕西岐山一带，古代叫姜水，因此得姜姓。为了生存，神农领导的氏族部落开始由西北地区向东部地区迁移。在迁移的过程中，他的氏族部落和其他的氏族部落经常发生战争。后来在阪泉，也就是今天河北省涿鹿的东南方向，遇到了黄帝领导的氏族部落，随即发生了战争。战争此起彼伏，非常胶着。最后，还是黄帝取得了胜利。打那以后，神农就跟黄帝结成了联盟。正在这个时候，蚩尤的部落又与黄帝的部落发生了战争，黄帝就联合神农，打败了蚩尤部落，在涿鹿杀掉了蚩尤。后来，人们就把炎黄并称为华夏之主。

神农

炎帝神农带领原始氏族，在长期的生产实践中创造了丰富的物质财富和精神财富，为中华民族和中华文明的形成和发展奠定了最初的物质基础和文化基础。他制造了一种像犁的农具，教给农民种地；开辟了集市，让人们把种出来的粮食拿到市面上相互交换，互通有无；还教给人们取火，让人们由吃生食改为吃熟食，从而增强了人们的体质。同时，他教给人们制作衣服，使人类从野蛮走向文明。他翻山越岭，遍尝百草，发明了医药。他还教人们铸造、作陶，等等。他是农耕文化、医药文化、工业文化、商业文化等方面的开拓者。

在今曲阜城西2公里处的犁铧店村，炎帝神农教人们铸造犁铧，并教人们耕作、稼穑。因此，这个地方在历史上被称为“神农耕”。这是远古时代留给中华民族最早的文化记忆，我们应该十分珍惜这一中国原创文明的文化符号。

赋文“炎帝神农开粒食之源，立日中市廛，启商贸之端”，意为“炎帝神农开启了农耕文明的源头，建立了红红火火的农贸市场，开启了商业贸易”。

［四］ 黄帝降乎寿丘，图腾以龙。

黄帝

黄帝：中国远古传说中中原各部族的共同祖先，姬姓，号轩辕氏、有熊氏，少典之子，生于寿丘（今山东曲阜）。《帝王世纪》云："黄帝生寿丘，曰轩辕丘。"又载："'寿丘'在鲁城东门之北，居轩辕之丘，因此为名，又以为号。"《史记·五帝本纪集解》曰："帝轩氏，母曰附宝……生黄帝于寿丘。"《曲阜县志·古迹》曰："宋大中祥符元年闰十月，宋真宗以始祖黄帝生于寿丘之故，下诏改曲阜县名为仙源县，并徙治所于寿丘。诏建景灵宫于寿丘，以奉祀黄帝。"

降：降生，出生。

乎：介词，于。

寿丘：曲阜古地名，在今曲阜城东北4公里处旧县村东北，现有寿丘遗址。

以：介词，用。

景灵宫碑

孔庙大成殿石柱上的龙浮雕

龙：我国古代传说中的一种神异动物，意味着原始人把蛇加以神化的超现实现象。远古华夏氏族在形成过程中把龙作为部落的图腾。

此句中的“以”和“龙”组成介宾结构做“图腾”的补语。

龙图腾是中国原创文明的重要文化符号

在世界古代文明中，原创文明的重要性在于它有着突破性、开创性、标志性的重大意义。古希腊文明、古波斯文明固然也非常重要，且光彩夺目，但因它们都不是原创文明，况且也没延续下来，所以就没有跻身世界四大文明之中。

大约在4700多年之前，中国历史进入口头传说时代已有几百年的时间。就在这个时候，轩辕黄帝为他的华夏氏族部落创造了龙图腾，把龙作为华夏氏族的象征和保护者。龙在中国的原创文明中，应该是第一个标志性的文化符号，对于中华文明的起源和奠基起到了非常重要的作用。图腾原是北美印第安人的语言，意思是“亲属”，它是表示氏族的徽号或标志。图腾崇拜是相信人与某种动物或植物有着亲属关系，认为每个氏族都起源于某种动物或植物，因此把它作为本氏族的象征和保护者。这种图腾崇拜，是母系氏族社会极其盛行的一种原始宗教形式。

黄帝是中国远古传说中中原各部族的共同祖先。因为他最早创造了作为生产工具和交通工具的车，所以他的号叫轩辕氏。曲阜是黄帝的诞生地。《帝王世纪》记载：“黄帝生寿丘，曰轩辕丘。”又载：“‘寿丘’在鲁城东门之北，居轩辕之丘，因此为名，又以为号。”《史记·五帝本纪集解》上说：“帝轩氏，母曰附宝……生黄帝于寿丘。”《曲阜县志·古迹》记载：“宋大中祥符元年闰十月，宋真宗以始祖黄帝生于寿丘之故，下诏改曲阜县名为仙源县，并徙治所于寿丘。诏建景灵宫于寿丘，以奉祀黄帝。”寿丘在今曲阜城东北4公里处的旧县村东北处。寿丘前有神道，不远处有“黄帝诞生处”石碑一通。神道南端有石坊一座，上刻“寿丘”。今寿丘景区内有享殿，享殿后有一座底宽上窄的叠石高台，它是寿丘标志性的建筑，俗称“万石山”。黄帝生于山东曲阜，长期工作在河南（今新郑市），陕西桥山（今黄陵县）现存有他的衣冠冢。

《史记·五帝本纪》上说，黄帝“生而神灵，弱而能言，幼而徇齐，长而敦敏，成而聪明”。相传，黄帝的氏族部落与炎帝的氏族部落曾经在阪泉，也就是今天的河北涿鹿相遇，而后发生了征战，经过三次大战而使炎帝归服。后来，蚩尤的氏族部落又骚扰黄帝部落，黄帝向各个部落征集人马，与蚩尤战于涿鹿，最后擒杀了蚩尤。后来，被各部落首领推举为部落联盟领袖。

据《易经·系辞》《世本·作篇》等记载，黄帝发明了穿井、服牛乘马、杵臼、弓矢、舟船等生产工具；制作了衣裳、旃冕、扉履等生活必需品；创造了甲子干支、占日月、算数、律历、笙芋、医药、文字等。据传，他生育了25个儿子，古代唐、虞、夏、商、周各代，都是他的后代。

在中国几千年的发展历程中，中华民族为什么把自己称为龙的传人呢？这一切都源于华夏族。当代著名文化学者朱大可认为，华夏族是远古时代最古老的民族，并且是典型的混合型民族。从地理人类学的角度观察，首先，远古时期遍及全球的日神崇拜，形成了西亚地区居民向东迁移的动力。而远东作为全球最佳的生物避难所之一，拥有优良的物种生存环境，一旦发生战乱和灾难，西亚居民总是向东逃迁，并且因为太平洋的阻拦而在东亚定居下来，不断形成新的移民堆积层，从而令华夏民族成为典型的混合型民族。其次，由于西伯利亚地区受到间冰期影响，当高纬度地区面临严寒时，北方游牧民族就会向南寻找生机，并侵占南方农耕民族的土地。这种由北向南的迁徙，加剧了华夏文明的混合特征。再次，在迁徙过程中，物种、器物、技术和神话的传播同步进行，它必然导致文明和文化元素的大规模植入。因此，中国这一民族融合过程，逐渐造就出了“中华民族”这个实体。华夏文明是由原住民和移民所共同打造的文明。这就为中华民族找到了答案。

“黄帝”作为中华民族的祖先，他对中国远古历史有着广泛而深远的影响。他的文治武功对中国文化的发展与中华民族的形成起到了重要作用。黄帝生于曲阜，在这里留下了宝贵的历史遗迹。黄帝创造了灿烂的古代文明，为中华文明的形成起到了奠基的作用，也使曲阜成为我国始祖文化最发达的地区。炎黄子孙历来重视溯本思源，作为穷桑、大庭、轩辕之丘所在的曲阜是中华文明的源头，应该得到世人更多的重视。

赋文“黄帝降乎寿丘，图腾以龙”，意为“黄帝降生在寿丘，用龙作为本氏族的图腾”。

［五］ 少昊以鸟纪官，图腾以凤。

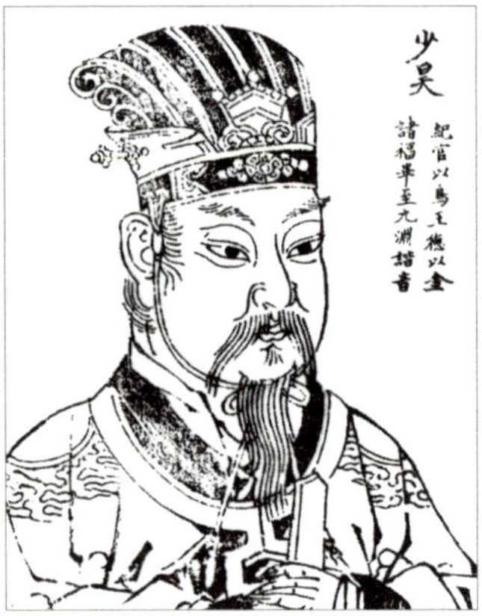

少昊

少昊：姓己，名挚，字青阳、玄嚣，号金天氏，据史书记载为黄帝之子。传说他继承了太昊的德行，在位期间修太昊之法，故称少昊。《史记·周本纪》集解曰："少昊邑于穷桑，以登帝位，都曲阜。"《帝王世纪》亦云："少昊邑于穷桑，以登帝位，徙都曲阜，崩葬云阳山。"

以鸟纪官：据古籍记载，少昊有圣德，王天下，其立，凤鸟适至，故以鸟纪官，即用鸟的名字命名官职。以：介词，用。纪：记录。官：政府或军队中经过任命的、一定等级以上的公职人员，官员。

图腾以凤：即以凤为图腾；与龙蛇同时或稍后，凤鸟成为中国东方部落的另一图腾符号；以，介词，用。

凤图腾是龙图腾的孪生姊妹

少昊是黄帝的儿子。黄帝创造了龙图腾，少昊却创造了凤图腾。龙图腾、凤图腾作为孪生姊妹，对中国的原创文明做出了同等贡献，它们一同被载入世界文明的史册。

少昊是远古时期东夷部落首领，中国汉族的姓氏大多源自少昊，是中国嬴、秦、徐、黄、江、李、赵等数百个姓氏的始祖。

传说黄帝共有25个儿子，少昊是其中最厚道的一个。在少昊快要成年的时候，黄帝早已带领一支部落，游牧中原，到了河南新郑一带，成为华夏部落的领袖。少昊富有开拓精神，吃苦在前，享乐在后，并且善于团结氏族部落成员，在部落中享有很高威望。黄帝走后，东夷部落一直没有首领，大家就一致推举少昊，少昊也就当仁不让。

据古籍记载，少昊有圣德，王天下，其立，凤鸟适至，故以鸟纪官。一天早晨，他举行开国大典，天边飞来了一只凤凰，落在了宫殿上面。于是，他就决定以鸟纪官，也就是用鸟的名字命名官职。如，凤凰为百鸟之王，就用它作为一国总管的官员，相当于后来的宰相；雎鸠（鹫）相貌威武，用它作为掌管兵权的官员，相当于后来的司马；爽鸟（雕）阴冷严肃，用它作为执掌法律和刑罚的官员，相当于后来的司寇；鸤鸠（布谷鸟）性情平和，用它作为掌管工程建设的官员，相当于后来的司空，等等。少昊还在东夷部落内部设立工正、农正，分别管理手工业和农业，以发展生产。他制定度量标准，并把它应用于生产生活当中；还通过观测天象，制定历法；发明乐器，创作乐曲，丰富人们的精神生活。少昊在位84年，活到百岁以上，死后葬于曲阜。

少昊的后代皋陶、伯益均生于曲阜，是尧舜时代的杰出人物，曾为中华民族文化的发展做出贡献。周初，成王将少昊的后人封于郯国，也就是今天的山东郯城县。

《帝王世纪》说："少昊邑于穷桑，以登帝位，徙都曲阜，崩葬云阳山。"穷桑、云阳山都在曲阜。少昊死后，安葬在寿丘后边的云阳山。《阙里志·古冢》上说："少昊陵，在寿丘东北三十步，少昊葬于云阳。"《曲阜县志》说："云阳山，在曲阜。邑人谓今陵后一丘为云阳山。""云阳"就是"云山之阳"，也就是云山的南面。云山是石门山的旧称，在今曲阜东北20公里许。少昊陵在今天石门山的南边，所以叫云山之阳。少昊陵前有"少昊陵"石碑一通，享殿神龛中的牌位"少昊金天氏神位"是清朝乾隆皇帝的御笔。

在中华文明的起点上，少昊创造了凤图腾，它与龙图腾一起，成为中国原创文明的重要文化符号。在中国的历史上，少昊为中华文明做出的贡献将永远彪炳史册。

赋文"少昊以鸟纪官，图腾以凤"，意为"少昊用鸟名记录官名，用凤作为本氏族的图腾"。

［六］ 龙飞凤舞，树起万代华夏标志；轩辕玄嚣，奠定九州文明之基。

龙：指龙图腾。

凤：指凤图腾。

这里用两个图腾的运动状态表达对悠久华夏文化的自豪感。也许这就是成熟的文明时代来临之前，在中国大地上，高高飘扬着的史前的两面具有悠久历史的图腾旗帜。

树：树立。

万代：概指，表明时间长且未间断。

华夏：原指黄帝领导的华夏部落联盟，华夏族为汉族的前身，后指中国。

标志：表明特征的记号。

轩辕：指黄帝。

玄嚣：指少昊。

奠定：使稳固。

九州：传说中的我国上古行政区划，后用作“中国”的代称。古代中国

黄帝诞生地“寿丘遗址”

分为九州。对于九州的具体分布说法不一。《尚书·禹贡》作：冀、兖、青、徐、扬、荆、豫、梁、雍;《尔雅·释地》有幽、营，而无青、梁;《周礼·夏官·职方》有幽、并，而无徐、梁。

基：基础，此指事物发展的根本和起点。

此章节是在上一章节基础上，继续对黄帝、少昊的历史功绩进行总结、概括和升华。黄帝和少昊是我国历史上杰出的部落联盟首领。

赋文“龙飞凤舞，树起万代华夏标志；轩辕玄嚣，奠定九州文明之基”，意为“龙图腾、凤图腾的旗帜高高飘扬，树立起泱泱华夏永久的标志；黄帝、少昊的丰功伟绩，奠定了五千年中华文明坚实的基础”。

少昊陵

［七］ 颛顼生十年而佐少昊，发轫于斯地；二十登帝位，功德及四海。

颛顼：远古传说时代的部落首领，黄帝之孙，昌意之子，少昊之侄。昌意相传是黄帝与嫘祖的次子。《史记》载："黄帝崩，葬桥山。其孙昌意之子高阳立，是为帝颛顼也。"《帝王世纪》曰："颛顼生十年而佐少昊，二十而登帝位。"

十年：概指，十几岁，相传是15岁。

佐：辅佐，辅助。

发轫：发，开始行动，发起；轫，支住车轮不使旋转的木头，能够起到刹车的作用；发轫，意思是打开车子上使闸的横木，让车子飞快地跑起来，这里引申为发迹奋起。

此处"于斯地"组成介宾结构，作"发轫"的补语。

登：登基，指帝王即位。

帝：君主，这里指部落联盟首领。

位：这里特指君主（即部落首领）。

德：指政治品质，品德。

及：达到。

四海：喻指全国各处。

颛顼

黄帝之孙：颛顼

颛顼睿智多谋，15岁时就辅佐少昊治理东夷部落。黄帝死后，因颛顼有圣德，被立为部落联盟首领，时年20岁。颛顼以帝丘（今河南濮阳）为都城。他即位后，严格遵循黄帝的大政方针行事，社会安定，天下太平。相传黄帝晚年，被黄帝征服的九黎族（蚩尤的后人）仍信奉巫教，拜鬼神。于是，颛顼强令遵照黄帝族教化，禁绝巫教。他劝导百姓遵循自然规律从事农业生产，促进了部族之间的融合。颛顼在民众中有很高威望。据《史记·五帝本纪》记载，他所统治的区域很广，南到南岭以南，北到今河北省一带，东到东海中的一些岛屿，西到今甘肃省一带。他沉静、博识，能根据不同地域条件发展生产，按日月运行设定四时。他曾编制“颛顼历”，秦统一后在全国颁行。他在位78年，享年98岁，死后葬于濮阳。

颛顼是远古时期“三皇五帝”中的著名帝王，前承炎黄，后启尧舜，奠定了华夏文明的根基，是汉民族的人文始祖。国学大师范文澜先生在《中国通史简编》中写道：“汉以前人相信轩辕黄帝、颛顼、帝喾三人为华族祖先，当是事实。”

赋文“颛顼生十年而佐少昊，发轫于斯地；二十登帝位，功德及四海”，意为“颛顼15岁起就辅佐少昊领导氏族部落，在这里发迹奋起；20岁时，继承黄帝祖业成为部落联盟首领。他功绩卓著，品德显达，名扬四海”。

［八］ 唐尧四岳招贤，集天地日月合其德。

唐尧：中国古代传说中父系氏族社会后期部落联盟领袖。帝喾次子，黄帝五世孙，少昊四世孙，居住于西部平阳（今山西临汾一带）。初封于陶，又封于唐，其号曰“尧”，史称唐尧，名放勋。古有尧祠，在曲阜境内。

四岳：《辞源》释曰：“分掌四时、方岳的官。”郑玄曰：“四岳，四时官，主方岳之事。”四，指四方；岳，指高大的山，引申为“最高最大的”，再由此引申为“一个地方的首领”；四岳，指四方的首领。

招：举手上下挥动，此为招集、招引的意思。

贤：有德行、有才能的人。

集：聚集，汇集。

天地日月：概指，比喻空间大；此处“天地日月”后应有一“德”字，实意为“天地日月间人们的良好德行”。

合：结合到一起，此处应引申为“结合并转化”。

其：代词，指唐尧。

德：德行，品德。

德政的标志：禅让

唐尧都平阳（今山西临汾西南）。曾任命羲仲治理东方，羲叔治理南方，和仲治理西方，和叔治理北方，又制定历法。因三苗（传说中黄帝至尧舜禹时代的古族名）不服，又洪水为患，由四岳（四方部族首领）推荐，用鲧治理洪水。后又咨询四岳，推选舜为继位人，对舜进行三年考核，命舜摄政。唐尧在位百年，有德政，首开禅让传位制，死后即由舜继位。此不传子而传贤的禅让之举，可谓开了中国德政的先河。

唐尧

唐尧是华夏民族的文明始祖。《史记·五帝本纪》记载“其仁如天，其知如神”“富而不骄，贵而不舒”。孔子给予他很高评价，曰：“惟天为大，惟尧则之，帝王之德盖盛于尧。”

赋文“唐尧四岳招贤，集天地日月合其德”，意为“唐尧从四方招集德才兼备的人，并汲取人世间的好德行，使自己的修养品德达到极致”。

［九］ 虞舜寿丘作器，纳山川林池济其民。

虞舜：中国古代传说中父系氏族社会后期部落联盟首领。姚姓，一说妫姓，名重华，号有虞氏，因居于虞（今河南虞城北），故称虞舜。

作：从事某种活动，制作。

器：器具，器皿，指某些盛东西的日常用具，如缸、盆、碗、碟等。

纳：收进来，集中起来。

山川林池：指大自然中的一切资源。

济：救济，引申为“惠及”。

虞舜

虞舜其人

虞舜是颛顼的六世孙，距黄帝八世，自五世祖穷蝉起都是平民。自幼受父亲瞽叟、后母及后母所生之子象的虐待，屡经磨难。成年后仍孝敬父母，爱护异母之弟，深得百姓赞誉。《史记·五帝本纪》曰："舜耕历山，渔雷泽，陶河滨，作什器于寿丘，就时于负夏。"负夏周为鲁邑，汉改瑕丘，即今兖州东北2公里与曲阜交界处之古城村。虞舜吃苦耐劳，曾辛勤耕稼于历山（今山东济南），渔猎于雷泽（今山东菏泽），在黄河之滨烧制陶器，在寿丘（今山东曲阜）制作日用什器，在顿丘（今河南浚县）、负瑕（今山东兖州）一带经商做生意。因品德高尚，在民间享有很高威望。当时，部落联盟领袖唐尧年事已高，欲选拔继承人，虞舜被四岳一致推举。尧晚年命他摄政，死后由其继位。

虞舜执政时期，选贤任能，举用"八元""八恺"等治理社会，实行变革，剪除"四凶"（共工、驩兜、三苗、鲧）。任命禹治理水患，重新划分九州，将九州改为十二州，命各地部族交贡，确立统治关系。大行政教，八方宾服。《史记·五帝本纪》称"天下明德皆自虞帝始"。晚年禅位于禹，南巡死于苍梧之野，葬于江南九嶷山（今湖南永州）。

赋文"虞舜寿丘作器，纳山川林池济其民"，意为"虞舜在寿丘制作什器，集中大自然中的一切资源惠及老百姓"。

［十］至若三代，商为奄国之治，周为鲁国之都。

至若：连词，用在句首，引领叙说另一件事，相当于现代汉语中的“至于”。

三代：三代就是我国历史上最早相继的三个朝代—夏、商、周。“三代”一词最早见于《论语·卫灵公》：“斯民也，三代之所以直道而行也。”该词一直到战国时期都是指夏、商、西周。秦朝之后，“三代”的含义才开始包括了东周，并一直沿用至今。

周武王

夏朝，自约公元前22世纪末公元前21世纪初至约公元前17世纪初，近500年历史。夏朝的世系，从夏禹建国到夏桀被商汤所灭，共传14世，17王。

商朝，自约公元前17世纪至约公元前11世纪，约600年历史。商朝的世系，从成汤建商到纣王被周武王所灭，共历17世，30王。商朝是中国历史上第一个有直接文字记载的朝代。商的历史可分为三个阶段：成汤灭夏以前称先商，成汤灭夏至盘庚迁殷以前称早商，盘庚迁殷以后称晚商。从商汤开国至盘庚之前的300年间，商朝首都共迁徙了5次，汤迁亳（今河南商丘），仲丁迁隞（今河南荥阳），河亶甲迁相（今河南内黄），祖乙迁耿（今山西河津），南庚迁奄（今山东曲阜）。南庚在奄国设都近半个世纪。到盘庚时，迁都于殷（今河南安丘市西北小屯村），故商朝也称殷朝。

周朝，分为西周和东周，自约公元前11世纪至公元前256年，共约800年。西周，从约公元前11世纪到公元前771年，共历武王至幽王12代，约300年。东周，从公元前770年到公元前256年，共历平王至赧王25代，514年。

商：商朝，此处意为“商朝的时候”。

为：动词，作为。

秦始皇的祖先在曲阜　曲阜曾是商朝首都

奄国：奄，相传为伯益之后，嬴姓，较早建立了东方夷族国家，名曰奄国，其民多为土著族。据新近出土的战国书简记载，奄即周朝诸侯国秦国嬴姓的祖先。周公东征灭奄后，将其一部遣散于西北甘肃一带，使其与当地少数民族戎抗争。这一支商奄遗民就是周后秦朝秦始皇的先祖。奄国，曲阜古地名，曾是商朝早期的首都，奄国在此代指商朝。

治：旧称地方政府所在地，此指商朝首都。

周：周朝，此处意为“周朝的时候”。

鲁国：周王朝所封诸侯国，历史达800多年，是周朝在东方的政治、经济、文化中心之一。

都：首都，此处含义实为“治”，因是地方政府所在地，但俗称有国则有都，遂称首都。

赋文“至若三代，商为奄国之治，周为鲁国之都”，意为“至于说到夏、商、周三个朝代，商朝的时候，曲阜曾经是商朝的首都；周朝的时候，曲阜是鲁国的首都”。

［十一］ 周公受封于鲁，伯禽代为就国，德行正，业绩彰，史称“礼仪之邦”。

周公：西周政治家，姬姓，名旦，亦称叔旦。文王子，武王弟，因采邑（封地）在周（今陕西岐山北），故称周公。西周王朝建立后，其封地在鲁，是鲁国宗族的始祖。

受：接受。

封：古时帝王把爵位（有时连土地）或称号赐给臣子。

周公

曲阜为什么称“鲁”

在约公元前11世纪，商王朝腐败无能，并施以暴政，民不聊生。周文王姬昌顺应民意，率兵攻打商朝，几年之后，便占领了全国三分之二的地盘。此时，文王已是心力交瘁，结果死于战场。接着，文王长子姬发子承父业，继续攻商。这时，姬发的弟弟周公姬旦成为他的左膀右臂。在文王死后的第二年，周公辅佐武王征伐商朝，打到了孟津，第四年就灭掉了商朝。

西周建立初期，周武王以下有“三公”。“三公”是周武王之下权力最大、地位最高的三个人。第一个就是太傅周公旦。周公有思想、有能力，周武王非常倾心于他。武王去世以前，曾想传位于周公，但被周公拒绝了，最后才把他的儿子诵确立为太子。第二个是太师太公望，俗称姜子牙。姜子牙是周武王的岳父，太子诵的外公。他是周朝的军事领袖，也是牧野之战的军事指挥官，他的地位很高，西周建立以后就被封于齐国。第三个是太保召公奭。召公奭权力很大，地位很高。他是周文王的儿子之一，与周公旦同父异母。

周公是灭商的功臣，在他拒绝了武王传位于他的王命之后，周武王就封他到鲁地去做鲁王。但当时的鲁地不是后来人们传统上所指的山东曲阜，而是今天的河南省鲁山一带。但就在这时，武王得了急病，一夜暴毙。武王死后，他的儿子姬诵即位，这就是后来的成王。当时成王才13岁，不能治理国家，周公受武王遗命摄政，代替成王掌握朝中大权。当时，周公除了要平衡几个兄弟之间的权力之外，还必须要处理好和太师、太保之间的关系。

再说当初武王灭商后，遵照当时不得“灭国绝祀”的政治道德原则，西周并没灭掉纣王后裔，而是将商王畿（指国都附近的地区）地区一分为三，设三监治理，武王与周公的三兄弟管叔鲜、蔡叔度、霍叔处分别为三监之一。武王死后，周公摄政，管叔、蔡叔、霍叔等人不服，怀疑周公篡政，遂勾结商纣子武庚，纠集徐（今江西泗洪）、奄（今山东曲阜）、薄姑（今山东淄博）和熊、盈等东方夷族反叛。这时，周公劝说召公支持平叛。在召公支持下，周公“内弭父兄，外抚诸侯”，出师东征。《史记》载：“周公乃奉成王命，兴师东伐。作大诰。遂诛管叔，杀武庚，放蔡叔。”旋即挥师东进，“一年救乱，二年克殷，三年践奄”（《尚书大传》）。灭奄等50余个诸侯小国之后，西周的势力扩至东海。为消除商残余势力叛周的隐患，周朝又营建东都洛邑（今河南洛阳），把殷商遗民都迁到这里，封降周的商朝贵族、纣王庶兄微子启在商朝的故都宋国（今河南商丘）做了国君，治理殷商遗民。7年之后，成王已届成年，周公就把治国理政的大权还给成王。而后，他集中精力为刚刚建立的西周王朝制礼作乐，建立典章制度，正式确立和巩固了“嫡长子继承制”，为国家的运转提供法律和制度依据，对后世影响极大。

周公东征以后，周王朝的发展走向了正轨。这时候，他若有所思，想到了长兄对自己的殷殷眷顾：当初哥哥封我去做鲁王，我还没去，他先身死，想到这里不禁潸然泪下。为了还武王封旦于鲁的遗愿，周公则不改原来封号，将鲁地改封于奄地。从此，奄国沿用河南鲁地之名而称鲁。

伯禽：姬姓，周公旦长子，周文王之孙，字伯禽，亦称禽父。

周公庙

为：介词，表示行为的对象，替；介词“为”后省略了代词“其”，其，为代词，指周公。

就：开始从事。

国：指封地鲁国，此处为名词动用，意为“治理鲁国”。

彰：显著。

邦：国。

周公与“金人铭”

伯禽受其父影响，品德端正宽厚，性格刚正不阿，代父受封于奄国故地建立了鲁国。赴鲁之前，其父周公亲书《诫伯禽书》训诫儿子，中肯真挚之情跃然纸上。其文曰：

君子不施其亲，不使大臣怨乎不以。故旧无大故则不弃也，无求备于一人。

君子力如牛，不与牛争力；走如马，不与马争走；智如士，不与士争智。

德行广大而守以恭者，荣；土地博裕而守以俭者，安；禄位尊盛而守以卑者，贵；人众兵强而守以畏者，胜；聪明睿智而守以愚者，益；博文多记而守以浅者，广。去矣，其毋以鲁国骄士矣！

赴鲁即行，周公又让其管家金人随行，并于其背刺写铭文，使其随时训诫伯禽。这就是著名的《金人铭》。其文曰：

古之慎言人也。戒之哉！戒之哉！无多言，多言多败。无多事，多事多患。安乐必戒，无行所悔。勿谓何伤，其祸将长。勿谓何患，其祸将大。勿谓何残，其祸将然。勿谓莫闻，天妖伺人。荧荧不灭，炎炎奈何？涓涓不壅，将成江河。绵绵不绝，将成网罗。青青不伐，将寻斧柯。诚不能慎之，祸之根也。曰是何伤，祸之门也。

强梁者不得其死，好胜者必遇其敌。盗怨主人，民害其贵。君子知天下之不可盖也，故后之下之，使人慕之。执雌持下，莫能与之争者。人皆趋彼，我独守此。众人或惑，我独不徙。内藏我知，不与人论技。我虽尊高，人莫害我。夫江河长百谷者，以其卑下也。天道无亲，常与善人。戒之哉！戒之哉！

伯禽莅鲁后，谨记其父教诲，励精图治。《史记·鲁周公世家》载："鲁公伯禽之初受封之鲁，三年而后报政周公。周公曰：'何迟也？'伯禽曰：'变其俗，革其礼，丧三年然后除之，故迟。'"这就是伯禽在鲁国推出的第一个举措，变革原商奄土著居民礼仪和习俗，推行彻底的周礼和周文化。因此，进入春秋时期以后，虽周室衰微，鲁国却成为全国的礼乐文化中心，被誉为"礼仪之邦"。当时，商奄遗民和南部淮夷、徐戎等部族，不甘心周王朝和新封鲁国的统治，不断反抗。伯禽在鲁东费地誓师，起兵平乱。伯禽誓师词称《费誓》，收录在《尚书》中，留传至今。经过两年苦战，伯禽彻底打败徐戎，将淮夷赶回淮水一带，鲁国疆域向东向南大为扩展。伯禽在位46年，苦心经营鲁国都城建设，历经两世三君，至炀公时才迁到曲阜建都。

鲁国与周王室共生存，约存世800年，鲁国君王共传34世：周公旦、鲁公伯禽、考公酋、炀公熙、幽公宰、魏公晞、厉公擢、献公具、真公濞、武公敖、懿公戏、孝公称、惠公弗湟、隐公息姑、桓公允、庄公同、闵公启、僖公申、文公兴、宣公倭、成公黑肱、襄公午、昭公裯、定公宋、哀公将、悼公宁、元公嘉、穆公显、共公奋、康公屯、景公匽、平公叔、文公贾、顷公仇。

赋文"周公受封于鲁，伯禽代为就国，德行正，业绩彰，史称'礼仪之邦'"，意为"周公在鲁国接受封地，儿子代替他治理鲁国。伯禽品行端正，业绩显著，历史上把鲁国称为'礼仪之邦'"。

链接：（1）《诫伯禽书》译文

（2）《金人铭》译文

按：为便于深入了解《诫伯禽书》和《金人铭》两篇文言文的精神实质，现将两文翻译如下。

（1）《诫伯禽书》译文

有德行的人不怠慢他的亲戚，不让大臣抱怨没被任用。老臣故人没有发生严重过失，就不要抛弃他。不要对某一人求全责备。

有德行的人即使力大如牛，也不会与牛竞争力的大小；即使飞驰如马，也不会与马竞争速度的快慢；即使智慧如士，也不会与士竞争智力高下。

德行广大者以谦恭的态度自处，便会得到荣耀。土地广阔富饶，用节俭的方式生活，便会永远平安；官高位尊而用卑微的方式自律，你便更显尊贵；人员多武力强而用畏怯的心理坚守，你就必然胜利；智力发达英明远见而大智若愚，你将获益良多；学识渊博而用肤浅自谦，你将见识更广。离开家乡，你不要在鲁国对属下百官骄横放纵啊！

（2）《金人铭》译文

古代对于谈论人是非常谨慎的。禁忌啊，禁忌啊！不要多说话，话说多了可能就会影响事情的成败；不要多生是非，是非多了就会招来很多祸患。贪图安乐是一个禁忌啊，只要贪图安乐，就会带来很多懊悔。不能说多说话对人没有什么损伤，可能因为一句话就能形成祸患；不能说多说话对人没有什么祸害，可能因为一句话祸患就会越来越大；也不能说多说话对人没有什么残害，因为多说话将会形成祸患；不要说你多说了话别人听不到，只要谨言慎行连天上的神仙都会帮助你的。小小的火苗不及时扑灭，对于可能形成的熊熊大火怎么办？细小的泄流不及时堵塞，那将会形成像江河一样的决口；微小的成分连续累加，将会成为一网罗东西；幼小的枝杈不及时修剪，来日将要用斧头才能砍掉。你如果确实不能谨慎从事，这才是灾祸的根源。到处乱讲话会带来怎样的伤害呢？那简直就像走到灾祸的门口。

强横的人没有好的结果，好胜的人一定会碰到对手。人们习惯偷偷地怨恨拥有财富的主人，有的人可能就会无谓地伤害这种尊贵的人。君子懂得自己是不可能高出所有人之上的，因此常常把自己摆在别人之后或别人之下，只有这样才能让人仰慕你。要以雌伏的心态屈居人下，不要与人无谓地争执。如果人们都走到另一个方向，我仍然独自坚守这个正道；如果大家都对这个问题存有疑惑，我也不会改变初衷。把智慧潜藏于内心，不与人比试技艺高低。既然如此，虽然处在尊贵的地位，又有谁能伤害我呢？大江大河与众多的小河流相比，它的长处在于能以博大的胸怀容纳百川，这是因为它处在相对低下的位置。自然规律无亲无疏，要始终做到善意地对待别人。一定要记住这个训诫啊！一定要记住这个训诫啊！

鲁桓公——鲁国由胜转衰的分水岭

链接：（1）《鲁桓公的闹剧》

按：鲁国的历史，发展到鲁隐公、鲁桓公时代，进入了一个重大的转折时期，这是一个由盛转衰的分水岭。鲁国宫廷乱成了一锅粥。这也折射出周王朝国将不国、尾大不掉的严峻现实。孔子所作《春秋》，从这个节点开始记载鲁国的历史，是有着非常深刻的用意的。在此，仅截取两个片段让世人一瞥。

鲁桓公的闹剧

西周初年，周公受封于鲁国，但因辅佐年幼的成王治理朝政不能赴任，而委派他的儿子伯禽到鲁国就任。伯禽到了鲁国之后，绝地奋起，励精图治，一度创造了鲁国的辉煌。鲁国与周王室共生存，约存世800年，若从周公算起，共历34代国君。但到了鲁隐公、鲁桓公时代，已是鲁国从兴旺走向衰落的分水岭。宫廷内乱，相互残杀，乱象丛生，内患频发，俨然奏响了一个时代的挽歌。

鲁隐公的名字叫息姑，是周公的第八代孙子，是鲁惠公与他的继室声子所生的儿子。息姑成年后，父亲惠公欲给他娶宋国的女子作为妻子。这个宋国的女子是宋武公的二女儿仲子，长得特别漂亮。媳妇进门后，父亲一见倾心，随即占为己有。不久仲子为惠公生下一个儿子，起名为允，立为太子，就是后来的鲁桓公。到惠公死的时候，太子允年龄还小，息姑年长而又贤能，鲁国大夫们就举荐他摄政掌国君之位，这就是鲁隐公。

隐公十年（前713），鲁国联合齐、郑攻打宋、许两国。几场战役中，公子翚都立了大功，这样就导致了公子翚在鲁国的专权。

隐公十一年（前712）冬，公子翚来见隐公，他神秘地屏退左右，然后对隐公说："主公当了这么多年国君，国家安定，百姓富足，满朝文武都听您的。现在太子允已经长大了，依我看，还是趁早除掉他，您好安安稳稳地当您的国君，也让我当个太宰，好吗？"鲁隐公听了，非常惊愕地说："你怎么会有这样的想法呢？太子允要当国君是先君的遗命呀！我不过是因为太子允年幼的缘故，才代他做了十几年的国君，现在太子允确实已经长大了，所以我正在菟裘那个地方修建房子，将来好在那里养老。至于国君之位，我已经决定还给太子允了。"

公子翚十分害怕，担心此事暴露后会被公子允杀了。因此，恶人先告状，他找到公子允，对他说："您的哥哥隐公看您已长大成人，想要除掉您，您干脆让我把他杀了算了，好为您扫除隐患。"公子允听信了公子翚的话，于是就二人合谋杀掉了隐公。

公元前711年，太子允即位，做了鲁国国君，这就是鲁桓公。常言说，男大当婚，女大当嫁。又过了两年，桓公已到了婚配的年龄。

按照鲁国习俗，同姓不得婚配。当时的齐国，僖公为姜姓，他有两个女儿，姐姐宣姜，妹妹文姜，都是绝色佳人。当时，宣姜已嫁到卫国。据说，她的公公卫灵公见了她心旌摇荡，食不知味，夜不能寐，精神恍惚，一天不见，就像丢了魂似的。姐姐已经出嫁，小女儿就成了各诸侯国君侯、世子竞争的对象，他们纷纷前往齐国都城临淄，讨好僖公。在众多的追求者中，文姜对郑国世子姬忽一见钟情，于是结为秦晋之好。但事有蹊跷，没过多久，姬忽就宣布退婚。

原来，这文姜不仅长得漂亮，而且风情万种。文姜有一个同父异母的哥哥，叫姜诸儿，他两个两小无猜，青梅竹马，竟搞起兄妹恋来。按照当时齐国风俗，同姓可以通婚。但是，有血缘关系的兄妹发生儿女私情，还是为礼法和世情所不容，一时闹得沸沸扬扬。俗话说，好事不出门，坏事传千里，世上哪有不透风的墙。现在，人家业已退婚，他俩依旧不顾廉耻，更加疯狂地相恋起来。

后来，这事也传到了他们的父亲耳中。齐僖公大惊失色，差点气死，骂其大伤风雅，牲畜不如。然而，毕竟家丑不可外扬。他只好一面把儿子叫来，大加痛责；一面采取措施，严禁姜诸儿再与文姜接触，同时，急忙为文姜择配。

正当其时，恰好邻国鲁桓公新立。桓公知道齐国齐僖公有一个漂亮女儿，早就垂涎三尺，并一心要与大国攀亲，因而派遣公子翚赴齐提亲。僖公喜出望外，欣然允诺，急不可耐，择期嫁女。为了避嫌，他一反兄弟送嫁的惯例，亲自送女儿赴鲁国成亲。文姜即行，哥哥姜诸儿恋恋不舍，只能目送着心爱的妹妹远嫁他乡。

结婚后，鲁桓公对美艳绝伦的妻子十分满意。文姜接连给他生了两个儿子，长子名姬同，次子名姬季友。然而文姜却是旧情难忘，想起热情如火的情人，常常茶饭不思，夜不能寐。天长日久，鲁桓公不仅听说了夫人的风流韵事，也看透了她的心思。因此，夫人每每提到回娘家的事时，都被桓公回绝了。

鲁桓公十四年（前698），齐僖公寿终正寝，姜诸儿继位当上了国君，即历史上的齐襄公。这时，文姜的儿子姬同也已经13岁了，她本想与丈夫一同前往齐都道贺，却又被桓公婉拒。

桓公十八年（前694），这已是文姜嫁到鲁国第15个年头了，她又提出了回娘家的事。桓公一想，结婚已经多年，孩子都长大了，再不答应未免太残酷了，于是决定一同前往。桓公偕夫人先是在济南泺口会见了齐襄公，而后又一起到了齐都临淄。

十几年未见，姜诸儿已为国君，眉宇间全是男人的英武和威严；而文姜则风情依旧，上下尽显成熟的秀美。一番眉目传情之后，齐襄公借口后宫嫔妃想与小姑见面，把文姜迎进后宫，抵死缠绵。

鲁桓公心知肚明，冲进后宫，一个耳光打在文姜的脸上，并抖出他们兄妹的奸情，声言即日返国。齐襄公妒火中烧，顿起杀心，遂于牛山设筵，为鲁桓公夫妇饯行。鲁桓公借酒浇愁，终至酩酊大醉。齐襄公让其心腹公子彭生把鲁桓公扶到车上。行至郊外，彭生断其肋骨，致鲁桓公死于车上。

鲁桓公的长子姬同在无奈中继位，即为鲁庄公。当时，齐强鲁弱，鲁庄公隐忍屈辱，接回父亲灵柩。不久，齐襄公被下属诛杀。此后，文姜回到了鲁国。

鲁桓公的闹剧，似乎打开了鲁国潘多拉的盒子。

● 庆父不死，鲁难未已

链接：（2）《庆父不死，鲁难未已》

庆父不死，鲁难未已

鲁桓公真的堪称潘多拉之父，当他把魔盒打开之后，鲁国的闹剧一出又一出地上演。“庆父不死，鲁难未已”，就是对这种乱象的真实写照。

鲁桓公有4个儿子，即长子同、次子庆父、三子叔牙、四子季友。同和季友是一母所生，庆父和叔牙是一母所生。

话说当年，鲁桓公在齐国受辱毙命之后，太子同在匆忙之中即位，是为鲁庄公。当庄公把父亲灵柩接回鲁国后，其母文姜怕遭鲁人唾弃，同时也舍不下哥哥姜诸儿，因而就在齐鲁交界处禚地（今济南长清）的别墅住了下来。这时的齐襄公正野心勃勃，欲独霸天下。为了控制鲁国，决定再次齐鲁联姻。鲁庄公四年（前690），齐襄公、文姜把庄公召到禚地，齐襄公与鲁庄公签订了婚约，将自己最小的不满周岁的女儿哀姜许配于他作夫人。哀姜，母亲的侄女，舅舅的女儿，自己的表妹。按照周礼，“女十五而笄”，当时的庄公已满16岁，也就是说，要再等15年，到31岁时才能结婚。

这简直就是对人性的抹杀。再说，庄公本是风流倜傥之辈，他早就看上了鲁国大夫党氏之女。那女子名叫孟任，长得十分漂亮，且极具修养，庄公因此为之倾倒，一心想要娶她为妻，但孟任却不为所动。庄公对孟任一日不见如隔三秋。为了能时常看到孟任，他就命人在党家附近搭一座高台，史称“庄公台”，时而登台看美人。后来，庄公下定最大决心，告诉党家，只要同意，结婚后可立她为夫人，并且割臂相交，歃血盟誓。二人结婚后，夫唱妇随，恩爱如初，但一是由于两家门不当户不对，二是惧怕齐国，始终未将孟任立为夫人。虽然孟任生下一子，即公子般，但也只能视为庶出。后来，庄公又娶了成风，也生一子，即公子申，但同为庶出。

一直没有嫡嗣的鲁庄公，转眼要到中年，终于等到了哀姜长大成人。庄公二十四年（前670），鲁宫室为已经36岁的鲁庄公举行盛大婚礼，迎娶哀姜。虽然这是一桩迟到的婚姻，可是庄公似乎也捡到了一个便宜，齐襄公又搭上一个女儿，也就是把哀姜的妹妹叔姜作为陪嫁，一同嫁给庄公。

上天总是给命运开玩笑。嫁入豪门，名为正室，哀姜却始终生不下一儿半女，倒是人家陪嫁的叔姜生了一个儿子，名为启方。老不生育的哀姜，慢慢遭到了庄公的疏远。失宠的哀姜，年轻漂亮，正值芳龄，她哪能耐得住寂寞。庄公的异母弟弟庆父，自幼品行不端，本是拈花惹草之人，又不被器重。一个被冷落，一个被排挤，二人一拍即合。

一转眼几十年过去了。庄公三十二年（前662），庄公病入膏肓，君位继承问题摆上议事日程。按照鲁国的政治制度，要么“父死子继”，要么“兄终弟及”。当时庄公的继承人可以在他的儿子中产生，也可以在他的弟弟中产生。但由谁继位，三个弟弟的意见至为关键。

庄公与庆父向来不合，与季友是同母兄弟，于是他就叫来叔牙先作商量。叔牙与庆父既是一母同胞，又是同党。他随即推荐道，依庆父之才能，当能担君位之大任。庄公一下子就试出了问题的深浅，他的胸臆其实是公子般。于是，庄公又叫来季友。季友开宗明义：庆父无德无才，不可为君；公子般虽不是夫人所生，但年富力强，德才兼备，如能立为新君，我当鼎力相助。但当庄公把叔牙之意告知以后，季友着实出了一身冷汗。他深知，叔牙不除，公子般继位根本无望。经过一番深思熟虑之后，季友借机除掉了叔牙。是年八月五日，庄公去世，公子般正式继位。

庆父原来以为，按照自己的实力，由他接班十拿九稳。可万万没想到，到口的肥肉竟然丢了。事已至此，岂能善罢甘休。庆父本不省事儿，与他私通的兄嫂哀姜更不是一盏省油的灯，接下来的事可想而知。哀姜心想，我若生下一个儿子，继立新君顺理成章；既然如此，何不让庆父去当国君，到那时我就是事实上的娘娘。哀姜将此计策和盘托出，庆父大喜，连连称道:“正合我意，正合我意。”可转念一想，不行，当下国君新就，危机四伏，我如当了国君，势必把自己推到了风口浪尖，倒不如施以缓兵之计，除掉公子般，先立公子启，这样一来保全了自己，二来同时讨好了哀姜、叔姜姊妹二人。哀姜听后，甚是欢心，自己没儿子，可公子启毕竟是自己的外甥。

当时，公子般即位还不到两个月，原本立足未稳，再加上庆父四处杯葛，整个鲁国一片混乱。庆父趁机而动，买通圉人荦，让荦在公子般外祖父党氏家中将其杀害。随后，庆父让不满8岁的公子启登上国君宝座，这就是鲁国的第18任国君鲁闵公。

公子般被杀的消息迅速传开，鲁国宫室一片血腥，举国上下万马齐喑，连辅佐公子般的季友也吓得逃到了陈国。鲁国的形势也引起了齐国齐桓公的警觉，因为这时还有两位齐国公主生活在鲁国宫中。因此，齐桓公派大夫仲孙湫借出访之名，到鲁国了解情况。仲孙湫返齐后说，庆父兴风作浪，鲁国政治动荡，庆父不去，鲁难未已。意思是不除掉庆父，鲁国的灾难就不会停止。

果不其然。此时的庆父已经让权欲冲昏了头脑，那哀姜也已因利益丧失了人性。他们二人沆瀣一气，心意已定，一不做二不休，杀死闵公，庆父登基。于是，他们又买通了鲁国大夫卜齮。闵公二年（前660）八月二十四日，他们残忍地将闵公杀害。当时闵公即位还不到两年，年龄还不满10岁。在一片杀气之中，季友冒死携公子申再次出逃到邻近的邾国（今山东邹城）。

庆父一连杀戮两个国君，鲁国上下一片哗然，姬姓大夫纷纷声讨，群起攻之。庆父自知罪孽深重，连夜逃往莒国（今山东莒县）。哀姜也深感不妙，趁机逃往邾国。

一片悲哀之中，季友带着公子申回到鲁国，与众姬姓大夫商议之后，立公子申为国君，是为鲁僖公。鲁国形势暂时得以稳定。

为了伸张正义，在季友的支持下，鲁僖公与莒国进行了艰苦的外交斡旋，莒国答应将罪大恶极的庆父押解回鲁，以身正法。行至密地（今山东费县），庆父自觉性命不保，也无颜面对家乡父老，因而于途中自尽身亡。在齐国，齐桓公也十分关注鲁国事变，深感哀姜有损齐国国格，有辱姜姓门风，便将其从邾国解至夷地（今山东即墨）处决。

庆父之乱，几将倾覆鲁国社稷，对鲁国社会政治产生了深刻的负面影响，从而使鲁国迅速滑向衰落的边沿。

［十二］ 逮孔子出，览天下之势，集先圣之道，创儒家学说，为生民立极；泽被万世，誉满五洲，曲阜遂成东方文化发祥地，举世翘首之圣城。

逮：到，等到。

孔子：孔子是春秋末期思想家、政治家、教育家、儒家学说创始人。名丘，因排行第二，字仲尼，鲁国陬邑（今山东曲阜）人。生于公元前551年（周灵王二十一年，鲁襄公二十二年）夏历八月二十七日；死于公元前479年（周敬王四十一年，鲁哀公十六年）夏历二月十一日，享年73岁。

明代孔子燕居像

出：来到。

览：看，引申为“观察”。

势：一切事物力量表现出来的趋向、趋势。

集：聚集。

先圣：指孔子以前的炎帝、黄帝、唐尧、虞舜、文武周公等圣贤。

道：方法。

为：介词，表示行为的对象，替。

生民：生，“活”的意思；生民，活着的人；引申为“大众百姓”。

立：建立。

极：最高的，引申为“标准”。

泽：恩泽，恩惠。

被：遮盖，引申为“惠及”。

万世：一代又一代。

誉：荣誉。

满：达到了极点，引申为“遍及”。

五洲：指全世界。

遂：于是。

发祥地：原指帝王祖先兴起的地方，现用来指民族、革命、文化等起源的地方。

举世：整个世间，全世界。

翘首：翘，抬起（头）；翘首，抬起头来望。

圣城：圣，最崇高的；圣城，指具有历史意义和作用的城市。

叔梁纥与颜徵在自愿成婚

春秋乱世中，中国迎来了一个伟人。但一个人对于一个国家，对于一个社会，只可谓沧海一粟。实践证明，孔子一生的努力，并没有扭转当时中国社会的颓势。但是，在他去世以后的几千年，他的思想的影响确是越来越大，以至于超出中国，超出亚洲，辐射全球。从此而言，孔子的诞生确实是中国的一个大事件。

在古代，任何一个伟大人物的问世，往往都笼罩着神秘的色彩。孔子也不例外，因为他的诞生，“凤生虎养鹰打扇”的故事就疯传了几千年。

位于曲阜城东南30公里处的尼山，原名尼丘山，是孔子的诞生地。据《史记》记载，孔子父母“祷尼丘山而得孔子”。叔梁纥为儿子取名“孔丘”，后人为避孔子之讳而改尼丘山为尼山。

孔子的父亲叔梁纥是鲁国陬邑大夫，先娶施氏为妻，生了9个女孩而没有男孩。后来娶妾，生了个男孩，取名孟皮，字伯尼。孟皮因为跛脚，按照当时礼制，不能参加祭祀。

叔梁纥是武士出身，在战场上屡立战功。据《左传》记载，约襄公十七年（前556），叔梁纥又从战场上凯旋，时年已63岁，可一想到传宗接代的事，就又犯了心病。无奈之下，他想到了当地邻村有一大户人家，颜氏颜襄有三女，何不到此一求，以免遗憾。《孔子家语》记载：“颜氏有三女，其小曰徵在。颜氏问三女曰：‘陬大夫虽父祖为（卿）士，然其先圣王之裔也。今其人身长九尺，武力绝伦，吾甚贪之。虽年长性严，不足为疑。三子孰能为之妻？’二女莫对。徵在进曰：‘从父所制，将何问焉。’父曰：‘即尔能矣。’遂以妻之。”

颜徵在当时年仅17岁，叔梁纥与颜徵在虽然年龄悬殊，但确是自愿成婚。徵在年轻漂亮，文静贤淑，亦有学养，性格坚毅，为人和善，真如一只美丽的凤凰落在了叔梁纥家的梧桐树上。

孔子圣迹·二龙五老图

孔子诞生的传奇

叔梁纥与颜徵在结婚之后，为能够生下一个健康的男孩，夫妇俩经常到尼丘山祈祷山神。

这一年的农历八月二十七日，颜氏已临盆即近，快要到了生产的时刻，叔梁纥夫妇仍然坚持去山上祈祷。下山的时候，颜氏腹痛难忍。为了避急，二人躲到山洞中，颜氏顺利生下孔子。这个山洞就是现在的夫子洞。

相传，孔丘刚生下来的时候非常丑陋，头顶如反盂，眼露白，鼻露孔，耳露轮，口露齿，人曰“七露”。叔梁纥见状，着实吓了一跳，然后瞒着妻子把儿子扔到了荒山野外。这时，适逢一只老鹰飞了过来，见蚊子虫子正在叮咬小孩，它就盘旋在空中，给孔丘扇起扇子来。傍晚，刚刚生育了小老虎的一只母虎从山上呼啸而来，发现了小孔丘躺在野草丛中，又渴又饿，嗷嗷待哺，这只母虎却把他当成自己的孩子喂养起来。这就是当地盛传的“凤生虎养鹰打扇”。

其实，孔丘真正的出生地是尼山脚下以西2.5公里处的鲁源村。鲁源，即鲁国之源。到孔子的父亲叔梁纥时，他们已经有5代人生活在这里。

● 世上最伟大的母亲颜徵在

《史记·孔子世家》记载："丘生而叔梁纥死，葬于防山。"孔丘3岁时，他的父亲去世，母亲颜徵在带着他迁居到鲁国国都的阙里，在这里开始了他一生艰难的生活。母亲是孔丘的第一任启蒙老师，她把自己的全部追求和希望都寄托在了儿子身上，她用自己的全部付出，培养出了一位世界级的伟大思想家、教育家、政治家、哲学家。

叔梁纥的去世，顿时让孔丘母子失去了生活的依靠，在这孤儿寡母面前已是乌云密布，荆棘丛生。一个是年仅20岁的年轻寡妇，一个是年仅3岁的孤儿，眼前的路怎么走啊？在无比艰难的困境中，颜徵在却表现出了一个年轻女性的成熟和远见卓识。叔梁纥陬邑大夫的偌大家族，按说确保孔丘母子生存下去是不成问题的。但是，叔梁纥去世后，家庭中妻妾之间、子女之间、家族成员之间的矛盾，让处于弱势地位的颜徵在疲于应付，更不利于孔丘的成长。面对现实，颜徵在毅然决定离开这个家庭。到哪里去？去城里。因为凭着叔梁纥陬邑大夫的地位和他"以勇力闻于诸侯"的声誉，再加上自己娘家颜姓的大家族，可能会提供一个比在家里更好的生存环境。因此，母亲带着可怜的孔丘，一路漂泊来到了阙里，在这里开始了他们的艰难生活。

鲁国是西周初年周公的封地，儿子伯禽赴鲁就任时，带来很多典章文物。到了春秋末年，人们认为周朝的典章文物都保存在鲁国。颜徵在母子居住在这样富有古代文化传统的环境里，对孔丘的培养和成长是有很大影响的。

孔子圣迹·祷尼山图

对于孔丘这个3岁孤儿，如果没有一位贤良母亲的抚养和教导，不要说他能成为中国古代伟大的思想巨人，就连他能否生存下来都很难说。颜徵在以她区区柔弱之躯，凭着中国传统女性的勤劳、智慧和善良，开始构建一项世界级的顶尖工程。

重视学前教育，激发学习兴趣。颜徵在出身书香门第，父亲饱读诗书，她自幼耳濡目染，积累了丰富的知识和学养。到了鲁都阙里之后，颜徵在把三间房子中的一间辟作书房，准备在孔丘满5岁时就教他念书。她先收了5个小孩儿，进行启蒙教育，并且还得到每个学生家的5斗小米和一担干柴，这也使他们母子的生活有了保障。孔丘5岁开始就跟班学习礼节、仪式、写字、算数、唱歌等，不到10岁就学完了全部启蒙课程。孔丘10岁时，母亲把他送到鲁城中最好的学堂念书，尔后就关闭了自己的学堂。

精心塑造孔丘勤劳俭朴、为人正直的思想品质。母子二人没有正常的收入来源，生活处境极其艰难。母亲教育孔丘要靠自己的双手去维持清贫的生活，而不能靠祈求或友援，甚至不义而取。在母亲的教育下，孔丘从小处着手，什么活都会做，什么事都会干。扫地、做饭、洗衣、种菜、挑担、推车、给人放牛放羊、婚丧喜事做吹鼓手，等等。因此，孔子说："吾少也贱，故多能鄙事。"

教育孔丘知礼节，守规矩。《史记·孔子世家》记载："孔子为儿嬉戏，常陈俎豆，设礼容。"在当时，祭祀是人们日常生活中的大事，颜徵在在家里长年累月按时祭祀，同时也让小孔丘照样学着做。在母亲的影响和教育下，孔丘不像一般儿童那样好玩耍，而是经常把祭祀时摆放供品用的方形和圆形俎豆等祭器摆列出来，练习磕头行礼。这在今天看起来不可思议，但当时的贵族社会十分重视祭祀礼仪，这么小的孩子就知道习礼，是非常难能可贵的，孔子也因此小小年纪就成为少年君子。

教育孔丘学会包容他人，承受委屈。孤儿寡母在逆境中生存，凄凉、歧视、委屈经常向他们袭来。颜徵在就此教育孔丘，能够承受委屈，包容他人，这本身就是一种财富。那是在母亲刚去世后不久，鲁国贵族季孙氏宴请士一级的贵族，孔丘认为自己是陬邑大夫之子，可能有资格参加，于是就去了，但进门之后就遭到了季孙氏家臣阳虎的傲慢呵斥，他没有反击，而是默默忍受，马上退了出来，从而更加激励起奋发上进的意志和决心。

教育孔丘刻苦学习，知书达理。孔丘7岁那年，母亲曾让

曲阜孔庙内孔宅故井

他进入齐相晏婴的学校学习。晏婴学识渊博，治世有道，但其貌不扬，为五短身材。孔丘却不以貌取人，而是谦恭好学。随着年龄的增长，他逐步掌握了“礼、乐、射、御、书、数”这六项技能，尚在年少之时，就成为远近闻名的博学之士。有一次，鲁国大夫昭子问起郯国的郯子少昊时期“以鸟纪官”的问题，郯子做了详细回答。孔丘那年27岁，听说此事后，马上去拜见郯子，向他请教少昊时代职官制度的情况。他向鲁国的乐官师襄虚心学琴，他到周朝首都洛邑（今河南洛阳）向老子问礼。孔子曾说：“十室之邑，必有忠信如丘者焉，不如丘之好学也。”在母亲的严格教育下，孔子以“食无求饱，居无求安”的顽强刻苦精神，为他面对人生和走向社会，积累了财富，做好了准备。

颜徵在红颜早逝与孔子葬母

阙里的生活举步维艰，母子二人相依为命。母亲既要操心维持正常生活，还要精心教育儿子，年轻寡妇凄凉的阴影又不可避免地伴随她始终，这一切终于把她击垮了。34岁那一年，颜徵在带着无限的遗憾与世长辞。

突如其来的变故像晴天霹雳把孔丘击倒在地，这一年他才刚满17岁。阙里内的宅院里乌云密布，空气似凝滞了一般，让人透不过气来，孔丘哭得呼天抢地。艰辛、苦难、凄凉、委屈、无奈，都定格在那34岁年轻的生命里；坚贞、贤淑、无私、无畏、奋争，都彰显在一个中国传统女性伟大的人格里。

母亲的教育，生活的历练，毕竟让孔丘已经成熟起来。面对着难以承受的现实，他并没有显得慌乱，而是按照当时的礼仪和鲁国的习俗准备办理母亲的丧事。孔丘心想，父亲生前是陬邑大夫，在办理母亲丧事时更要合乎礼仪。按照当时鲁国的习俗，父母死后必须合葬。可是，孔丘却不知道父亲墓穴的位置。父亲去世时，他才3岁，根本不谙世事，母亲也没告诉过他这个事情。母亲为什么没提起过此事呢？据唐代的司马贞记载，颜徵在以十六七岁的妙龄少女嫁给叔梁纥，不久丈夫便去世。出殡时，按当时礼制，少年寡妇必须避嫌，不能送葬。因此，颜徵在根本不知墓穴何在，所以无可告知。

这可难坏了孔丘。为了知道父亲的墓穴，他多方了解，终不可知。为了打听父亲的墓穴，出丧那天，孔丘只好把母亲的棺柩长时间地停放在一个名叫“五父”的地方的路口，借以引起人们的注意，从而询问父亲的墓地。这时，聚集观望的人越来越多，结果就遇到了知情人。一个陬邑老家的邻居站了出来，她是曼父的母亲，是孔丘母亲当年老家的邻居，她俩原来交情很好，便一五一十地把实情告诉了孔丘。然后，孔丘就把父母合葬于防山的梁公林墓地。那里还有他的哥哥孟皮的坟冢。

找到了“父亲”，送走了“母亲”，孔丘孤单一人，举目无亲。可是，他已经从母亲身上学会了坚强。这种力量将会支撑着他独自前行，从而告别黑暗，走向光明！

孔子所处的时代，人才荟萃，百家争鸣，更产生了像老子那样伟大的思想家。孔子虽曾问礼老子，但他说，老子就像“龙”，他真的不好理解，难以遵循。正如一位英国作家所说：“不是老子，而是孔子成为了他的民族的伟大导师，这应该说是一件好事。”

孔子的先世

孔子的远祖是殷商时期的王室贵族，也就是说，商朝开国国君商汤就是他的老祖宗。他的近祖是春秋时期宋国贵族。宋国的国都位于现在的河南商丘，与当时的鲁国毗邻。宋国贵族是商代子姓王族的后裔。

宋国的始祖是微子启。据《史记·微子世家》记载，微子启是商朝天子帝乙的长子，帝纣的庶兄。据《吕氏春秋》记载，微子启的母亲还是妾的时候，生了微子启，等到立为妃后，又生了纣。因而帝乙死后，立纣为天子，启就做了纣的卿士。启因为被封到微地做官，所以才叫微子启。因为是纣王的卿士，所以微子启享受子爵的待遇。微子启为人忠厚，做事仁义，被后世称为“殷室三仁”之一。

殷商末期，朝廷腐败暴虐，天下反商势头如火如荼，此起彼伏，商王室大厦摇摇欲坠。这时，纣王仍我行我素，大行不仁，残害忠良，把敢于进谏的大臣比干的心肝挖出来，把忠于朝廷的大臣箕子贬为奴隶。微子启虽然是商王朝家族成员，与纣王是一母兄弟，他却认为“人臣三谏不听，则其义可以去矣”，因此不与纣王同流合污，决计离开朝廷。逃走时，恰遇周武王反商大军，遂“肉袒面缚，左牵羊，右把茅，膝行而前”，到周营乞降，从而保全了禄位。

商朝被灭后，周朝曾封赐商纣王的儿子武庚作为殷商宗族的继承人，对先祖进行祭祀。后来，武庚联合“三监”反叛周朝，在周公东征时被杀。按当时约定俗成的政治道德原则，不得“灭国绝祀”，周朝又将微子启作为殷商继承人，封为宋国开国国君。微子启死了以后，他的弟弟微仲继承了宋国的王位。而微仲就是有籍可查的孔子的正宗始祖。从微仲到叔梁纥一共14代。根据《孔子家语》和胡仔《孔子编年》的记载，孔子上14代祖先的姓名和次序如下：

宋微子启
↓
宋微仲→宋公稽→丁公申
↓
缗公共 →厉公鲋祀（以弟嗣位，下略）→……
缗公共 →弗父何（以兄让位，世为宋大夫）→

宋父周→世子胜→正考父→孔父嘉→木金父（避祸奔鲁）

→睾夷→防叔→伯夏→

叔梁纥 { →孟皮（伯尼）
→孔丘（仲尼）

在孔子的上14代祖先中，比较著名并且有记载可寻的有4人：弗父何、正考父、孔父嘉、叔梁纥。

弗父何是孔子第10代祖先，他的父亲宋缗公有两个儿子，长子弗父何，次子鲋祀。宋缗公临死的时候，没有把王位传给他的儿子，而是传给了他的弟弟，这就是宋炀公。鲋祀不服，发动政变杀了宋炀公。这时候，鲋祀拥戴哥哥弗父何继位，弗父何不敢接受，随即让位给弟弟。弗父何因此得到了世人的赞赏，世代享受宋大夫的爵位。

正考父是孔子第7代祖先。他辅佐了戴公、武公、宣公三个国君，是朝中的三朝元老。他为人谦恭俭朴，曾经拟订了家训，刻铸在鼎上，传给他的后世子孙。他通晓古代文献，曾修订《商颂》12篇，现在在《诗经》中还能看到5篇。

孔父嘉是孔子第6代祖先。他官至宋国大司马，掌管军队。宋穆公临死的时候，把废立国君的大事托付给他。当初，穆公的哥哥宣公临死前把国君的王位传给了他，并没传给他儿子。穆公为报答宣公，希望死后让宣公的儿子与夷继位。孔父嘉开始并不乐意，恐怕日后因为这事出乱子。可是，为了忠于国君的遗愿，还是拥戴与夷当了国君，这就是宋殇公。结果，还是祸从此出。殇公继位不久，穆公的儿子亲自策划，让太宰华督发动政变，杀死了宋殇公和孔父嘉。这时，孔父嘉的后人已感到大难临头。为了避祸，木金父带领家人逃奔到鲁国，在尼山脚下的一个小村庄鲁源村住了下来。

孔父嘉是孔氏家族发展史上的一个关键人物，应该说他完成了三件大事：第一，从他开始，孔氏家族开始与宋国公族区分开来，从而自成一系；第二，从他开始，孔氏家族开始有了族姓，原来姓子，从此以后开始姓孔；第三，从他以后，孔氏家族从宋国迁到了鲁国。应该说，到孔父嘉时孔氏家族才算正式形成。如果从有族算起，孔父嘉才是孔子的第一位先公。因此，从木金父开始，他的族人不再姓子，而改为姓孔。

叔梁纥是孔子的父亲，至此已是生活在鲁国的第5代人了。叔梁纥曾经战功卓著，但仅仅是鲁国的一个陬邑大夫，只相当于今天曲阜市尼山镇镇长的职位。

老子曰："祸兮，福之所倚。"正是鲁国这片悠久古老的历史文化沃土才得以培育出了孔子这位文化巨人。

孔子的国际国内地位

关于孔子及儒家学说，习近平总书记于2014年9月24日出席孔子诞辰2565周年国际学术研讨会并做重要讲话，指出："孔子创立的儒家学说以及在此基础上发展起来的儒家思想，对中华文明产生了深刻影响，是中国传统文化的重要组成部分。"他又说："儒家思想和中国历史上存在的其他学说既对立又统一，既相互竞争又相互借鉴，虽然儒家思想长期居于主导地位，但是始终和其他学说处于和而不同的局面之中。”他指出：“儒家思想和中国历史上存在的其他学说都是与时迁移、应物变化的，都是顺应中国社会发展和时代前进的要求而不断发展更新的，因而具有长久的生命力。”

梁启超先生说：“苟无孔子，则中国当非复二千年来之中国。中国非复二千年来之中国，则世界亦非二千年之世界也。”匡亚明先生说：“孔子在春秋战国的诸子百家中，无论在当时或后世，在国内或国外，都是影响最深最广的人物，是一个言行一致、学识渊博、品德高尚的伟大思想家、政治家、教育家，他集以往文化思想之大成，开后世儒家之先声。他的思想学说，经过两千多年的潜移默化，有的已成为中华民族的道德意识、精神生活和风俗习惯的准则，构成了有别于西方国家的中国式的社会习俗和家庭生活的风范，而且在

“孔子学院”学员在孔子故里

一定程度上也影响了东方国家，远及西欧，在世界文明史上占有重要地位，成为我们民族的骄傲。”尼采说：“我的时间尚未来到，有些人要在死后诞生。”孔子何尝不是这样！当地球运转到20世纪时，联合国教科文组织把孔子列为世界十大思想家之首。

赋文“逮孔子出，览天下之势，集先圣之道，创儒家学说，为生民立极；泽被万世，誉满五洲，曲阜遂成东方文化发祥地，举世翘首之圣城”，意为“到了孔子时代，他观察当时社会发展的趋势，聚集过去圣贤的治世方法，创立了儒家学说，替大众百姓建立了做人的标准；恩泽惠及一代又一代，荣誉遍及全世界，曲阜于是就成了东方文化起源的地方，并且成为全世界都仰望的最具历史意义和作用的城市”。

●相融相通　以文化人：习近平直面孔子与儒学

链接：《相融相通　以文化人》

按：该文是笔者在获悉中共中央总书记、国家主席习近平于2014年9月24日出席孔子诞辰2565周年纪念活动并做重要讲话后连夜写出的心得，后经相关报刊刊发后，光明网等网站亦予以转发。

相融相通　以文化人

2014年9月24日，习近平总书记在北京出席孔子诞辰2565周年纪念活动并做重要讲话（简称《讲话》），这是新中国成立以来，中国执政党的领袖和国家元首第一次直面孔子和儒学，因此具有划时代及里程碑的重大意义。

习近平总书记出席孔子诞辰纪念活动本身就凸显了民族的理性与文化的自觉。在当天的讲话中，他明确指出："优秀传统文化是一个国家、一个民族传承和发展的根本，如果丢掉了，就割断了精神命脉。"这就肯定了一个民族的文化、一个国家的历史在其自身发展中的地位和作用。对于孔子及儒学来说，且不说自秦始皇时期的焚书坑儒直至封建社会结束时的是是非非的争论，就说从"五四"时期的打倒"孔家店"，到"文化大革命"对孔子及儒学的毁灭性打击和破坏，就足以说明一个民族对其历史文化认识上的不成熟。前几年，看到了来自于俄罗斯的报道，说是俄国人正在反思全盘否定斯大林的历史事件。他们认为，如果没有当年的全盘否定斯大林，可能就不会有后来苏联的全面解体。可见，当一个国家和民族否定了自身的文化和历史时，后果是多么可怕。从这个意义上说，作为执政党的领袖，习近平能够直面孔子和儒学，这确实显示了民族的理性和文化的自觉。唯有中华民族能够正视自身文化和历史之时，才是真正实现中华民族伟大复兴中国梦之日。

习近平总书记的重要讲话具有对儒家思想正本清源的重大

意义。他指出:“孔子创立的儒家学说以及在此基础上发展起来的儒家思想，对中华文明产生了深刻影响，是中国传统文化的重要组成部分。”众所周知，公元前6世纪，中国诞生了孔子，他创立了儒家学说，而后形成了儒家思想体系。在中华民族生生不息、发展壮大的过程中，儒家思想与中华民族的精神追求相融合，形成了光耀全球的中华文明，并率先走向世界。这足以说明，儒家思想是中华文明的基石。在世界四大文明古国中，中国是唯一的幸存者，一个很重要的原因就是在佛教传入中国之前，中国诞生了孔子思想。中国人在接受了孔子思想之后，中国率先实现了社会的世俗化。中国人用孔子智慧中的中庸之道化解社会矛盾，方式得体，圆润实际，收放自如，没有宗教固有的不可妥协性，避免了很多社会动荡和国家分裂的局面。中国5000多年的文明史能够得以维系，孔子思想的作用显而易见。

习近平总书记的重要讲话充分肯定了儒家思想的重要历史地位及其本质。首先，明确了儒家思想在中国历史上的主导地位以及与其他学说的关系。《讲话》指出:“儒家思想和中国历史上存在的其他学说既对立又统一，既相互竞争又相互借鉴，虽然儒家思想长期居于主导地位，但是始终和其他学说处于和而不同的局面之中。”其次，明确了儒家思想作为中国历史上先进文化的前瞻性，从根本上否定了长期以来把儒家思想作为保守思想的偏见。《讲话》指出:“儒家思想和中国历史上存在的其他学说都是与时迁移、应物变化的，都是顺应中国社会发展和时代前进的要求而不断发展更新的，因而具有长久的生命力。”第三，明确了儒家思想对国家和社会的实用功能，肯定了它的经世致用原则。《讲话》指出：“儒家思想和中国历史上存在的其他学说都坚持经世致用原则，注重发挥文以化人的教化功能，把对个人、社会的教化同对国家的治理结合起来，达到相辅相成、相互促进的目的。”第四，明确了对待传统文化的科学态度，即古为今用、推陈出新，有鉴别的对待，有扬弃的取舍。这是因为，“传统文化在其形成和发展过程中，不可避免会受到当时人们的认识水平、时代条件、社会制度的局限性的制约和影响，因而也不可避免会存在陈旧过时或已成为糟粕性的东西”。这里的“陈旧过时”和“已成为糟粕性”的表述极为客观科学，反映了中国共产党人对传统文化豁达包容的态度和胸怀。

认真学习领会习近平总书记《讲话》精神，将传统文化与现实文化相融相通，解决现实存在的矛盾和问题，具有非常重要的现实意义。当今世界，我们正生活在一个日益现代化的时代，这个时代展现给我们的图景五彩斑斓，我们正享受着人类进入文明时代数千年以来从未有过的丰富的物质生活。然而，这个世界并不太平，它在给予我们无穷享受的同时，也把种种困扰和危机推到了人类面前。战争、恐怖主义、宗教冲突、核扩散、环境污染、能源危机、毒品、瘟疫……自以为文明、进步、现代化了的西方社会，以及向西方学习的东方社会，事实上都摆动在两个极端之间。强权者不顾及人的感受，不顾及人类社会的整体和长远利益，使国际社会变得更加复杂。因此，以儒家思想为基石的中华文明应该与其他世界文明一道做出更大贡献，从而使世界文明之园变得万紫千红、生机盎然。

中国经历了30多年的改革开放，一切都发生了变化，这让人有目共睹。但自21世纪之初起，中国已进入了矛盾的凸显期。深化改革、区域发展、贫富差距、环境、资源、腐败、安全、诚信、东海、南海等诸多问题，都不同程度地制约着中国的发展。切实解决这些矛盾和问题，必须把习近平总书记的讲话精神落到实处：“努力实现传统文化的创造性转化，创新性发展，使之与现实文化相融相通，共同服务以文化人的时代任务。”

习近平总书记出席孔子诞辰2565周年纪念活动并发表重要讲话，已经透出一个国家和民族的标志性文化符号，我们的国民唯有领悟真谛，敢于担当，上下一致，众志成城，我们的国家梦方能梦以成真，我们的民族方能屹立于世界民族之林。

［十三］ 夫曲阜者，终因孔子而闻名于世也。春秋之世，天下汹汹；礼崩乐坏，骨肉相残。

本赋开篇以粗线条勾勒的方式，概括出了曲阜的远古文明。远古文明固然悠久，固然璀璨，但以孔子思想为基石、为内核的上古文明却更实在、更具体、更辉煌。因此，本赋在开篇之后，于文章主体首章专写孔子及孔子思想的贡献及其在中国乃至世界的独特地位。

曲阜是中国首批公布的全国24个历史文化名城之一，孔子是这座城市的靓丽名片。这不仅因为孔子出生在曲阜，曲阜有被联合国编入世界文化遗产名录的孔庙、孔府、孔林，而且更在于这座城市中与孔子相关的文化符号触目皆是。

夫：助词，用在一句话的开始。

者：“者”与句尾“也”构成判断句，意思是“什么是什么”。

终：终归，到底。

因：凭借。

而：顺接连词，连接语意相承的部分。

闻名：有名。

清代孔子行教像

世：社会，人间，引申为“全世界”。

春秋：指周朝的春秋时期。

世：社会。

天下：指中国或世界，这里指中国。

汹汹：形容争论的声音或纷扰的样子，此处指动荡。

礼：指西周的典章制度。

崩：崩裂，崩溃。

乐：音乐，这里专指西周各种礼仪活动中使用的乐舞。

“礼崩”与“乐坏”为互文，“礼乐”合在一起仍指西周的典章制度。

骨肉：指世人，社会上的人们。

残：伤害，摧残。

● 春秋时代的社会性质：从西周初期的领主制封建社会过渡到地主制封建社会

马克思主义关于人类历史发展的共同规律认为，人类历史的发展一般都要经过五种社会形态：原始公社、奴隶社会、封建社会、资本主义社会、共产主义社会（初级阶段为社会主义）。中国历史发展的情况也基本符合这个规律，具体的社会分期是：（1）原始公社时期。时间在夏禹建立夏朝之前，也就是公元前的2000多年时间里。（2）奴隶社会。时间为夏朝、商朝两个朝代，约从公元前2033年至公元前1046年，大约1000年的时间。（3）封建社会。时间为西周以后到鸦片战争，约从公元前1046年至1840年，近3000年的时间。（4）半封建半殖民地社会。从鸦片战争到中华人民共和国成立，大约100年的时间。（5）社会主义社会。从中华人民共和国成立开始至今。

列出上述中国社会历史分期，主要目的是想说明周朝到底是奴隶社会还是封建社会，因为这个问题至今还存有分歧。在这里必须指出，西周属于领主制封建社会，即初期封建社会；东周，也就是春秋战国时期，已经由领主制封建社会过渡到地主制封建社会，也就是纯粹的封建社会。

列宁指出："在奴隶社会中，奴隶完全没有权利，根本不算是人；在农奴制社会中……农奴可以用一部分时间在自己那块土地上工作，可以说，他在某种程度上是由自己支配自己了。"（《论国家》，载《列宁选集》第4卷第50页）那么，要看西周社会究竟是奴隶制还是封建制，重要的是看从事劳动的是什么人，也就是说劳动者是奴隶还是农奴或者农民。这就要从周文王的家族说起。周文王的先祖一直在陕西地区从事农耕。始祖弃即为农业专家，因而于邰发迹。他的曾孙公刘定居豳之后，农业发展，部落兴旺，家内奴隶也不断增加。周文王迁岐之后，出于反抗商朝斗争的需要，也出于调动人的劳动生产积极性，他把土地层层分下去，他是大领主，大领主分给小领主，小领主再分给奴隶，奴隶按时缴纳地租，这样，以劳役地租为主要剥削形式的井田制就出现了。从此，奴隶有了自由，有了自己的劳动工具，也可以组建自己的家庭，因而奴隶就变成了农奴。这种领主封建制首先在周统治地区普遍实行，武王建立周朝以后即在全国推行。

到了孔子所处的春秋时代，社会正经历着巨大的动荡。其主要特征是：经济上，铁器和牛耕的出现极大地提高了生产力，伴随着小商品经济的发展，公田制度（井田制度）遭到了破坏，实物地租随之兴起；政治上，出现了王权衰落，诸侯纷争，卿大夫专政以至“陪臣执国命”的混乱局面；思想上，则是某些传统观念在动摇，某些新思想在萌芽。春秋时代，实现了从领主封建制向地主封建制的过渡。这个社会土壤为直接孕育产生孔子思想提供了客观条件。

以上赘述，意在说明周朝已经进入了封建社会。而在这个背景下产生和形成的孔子思想，代表了新兴统治阶级的意识形态。从这个意义上说，孔子思想是积极的、先进的，而不是腐朽的、落后的、保守的。因此，习近平总书记在出席孔子诞辰2565周年纪念活动的讲话中就明确肯定了儒家思想作为中国历史上先进文化的前瞻性，从根本上否定了长期以来把儒家思想作为保守思想的偏见。

赋文“夫曲阜者，终因孔子而闻名于世也。春秋之世，天下汹汹；礼崩乐坏，骨肉相残”，意为“曲阜终归还是凭借着孔子才在全世界有名的。春秋时期，整个国家社会动荡；西周时期的典章制度崩溃了，世人相互摧残伤害”。

［十四］ 孔子删《诗》《书》，订《礼》《乐》，赞《周易》，修《春秋》。

删：删除，去掉（文辞中的某些字句）。此处指删除《诗经》《尚书》中自认为没有价值的篇章字句。

● 关于《诗》

《诗》：指《诗经》。

《诗》，多为古代民间大众文学作品，周代统治者专门派

曲阜《孔子》舞剧

人征集、编写、整理，并伴以音乐、舞蹈，供其欣赏。司马迁在《史记·孔子世家》中说：“古者《诗》三千余篇，及至孔子，去其重……三百五篇，孔子皆弦歌之，以求合《韶》《武》《雅》《颂》之音。”孔子对《诗》做了大量的搜集、整理、校订工作，删除了重复的篇章，按正确的乐曲音调进行了篇章上的调整。

孔子对《诗》给予了很高的评价，他说：“《诗》三百，一言以蔽之，曰‘思无邪’。”孔子非常重视《诗》在个人品德修养和社会交际中的作用。他曾教育儿子孔鲤说：“不学《诗》，无以言。”他还把《诗》列为“六艺”之一，作为教学课程。他把《诗》作为“六经”之一，《诗》才因此流传下来，今天的人们才得以看到2000多年前的社会面貌、风俗人情以至青年们的男欢女爱，让我们从中感受到上古文学的美。

关于《书》

《书》：指《尚书》，又称《书经》。

《史记·孔子世家》说，孔子“序《书·传》，上纪唐虞之际，下至秦缪，编次其事。……故《书·传》……自孔氏”。班固《汉书·艺文志》说：

“三圣像”

"《书》之所起远矣，至孔子纂焉。"因此可以认为，孔子曾经编定过《尚书》。

《尚书》是儒家经典之一，"尚"即"上"，《尚书》即为"上古之书"，它是中国上古历史文献和部分追述古代事迹著作的汇编，是中国第一部古典文集和最早的历史文献。它以记言为主，自尧舜到夏商周，跨越2000余年。

自汉初以来，《尚书》有今文、古文两种不同的传本。《汉书·艺文志》说，《尚书》原有100篇，孔子编纂并为之作序。秦始皇统一中国后，发动了焚书坑儒运动，颁布《焚书令》，给传统文化造成了毁灭性打击，原有的《尚书》抄本也在所难免，几乎全被焚毁。西汉以后，朝廷重新重视儒学，由秦博士伏生口授、用汉代通行文字隶书写出《尚书》28篇，人们称之为今文《尚书》。

在秦始皇焚书坑儒时，孔子第9代孙孔鲋将儒家经典（包括《尚书》在内）一并藏于夹坯墙中，而后火速逃亡，隐居嵩山，后来参加了陈胜领导的农民起义，最后战死沙场。西汉时期，鲁恭王在拆除孔子故宅一段墙壁时，发现了用先秦六国时期字体书写的《尚书》，故称之为古文《尚书》。古文《尚书》经过孔子后人孔安国整理，篇目比今文《尚书》多16篇。

订：改正（文字中的错误），订正，修订。

关于《礼》

《礼》：指《礼经》，即《仪礼》17篇。

礼本是原始社会人们在日常生活中的风俗习惯，殷商时代成为祭祀之礼；到了周朝，又从宗教领域扩大到社会政治领域，成为维护宗法等级制的周礼。

孔子自幼对礼特别感兴趣，成年后对礼进行了广泛而深入的研究。从事教学后，他又把礼作为重要内容列入教学科目。

孔子一生对礼十分重视，《论语》中“礼”共出现74次。孔子讲的“礼”有三层含义：（1）礼是历史发展的标志。子曰：“殷因于夏礼，所损益可知也；周因于殷礼，所损益可知也；其或继周者，虽百世可知也。”（2）礼是治国的法度。子曰：“为国以礼”“齐之以礼”。（3）礼是行为的规范。子曰：“不学礼，无以立”“立于礼”。孔子从历史观、政治观、人生观的高度把礼结合成为一个有机的整体，从而把“周公之礼”提升到了一个新高度。

说到孔子对“礼”的整理和删订，比较直接且有据可查的当属《仪礼》。《仪礼》，古称《礼》，或称《礼经》，又称《士礼》，现存17篇。《汉书·艺文志》说：“《礼古经》五十六卷，《经》十七篇。……《礼古经》者，出于鲁淹中及孔氏，与十七篇文相似。”由此可以证明，现存17篇《礼经》即《仪礼》，是经过孔子整理传授的。《史记·孔子世家》说：“孔子之时，周室微而《礼》《乐》废，《诗》《书》缺。追迹三代之礼，序《书·传》……故《书·传》《礼·记》自孔氏。”后来，《传》

便成了《书》的组成部分，《记》便成了《礼》的组成部分。又《礼记·杂记》记载："恤由之丧，哀公使孺悲之孔子，学《士丧礼》。"由此可看出，孔子不仅整理了《仪礼》，而且还传授了《仪礼》。

关于《乐》

《乐》：指《乐经》。

孔子是一位造诣很深的音乐家。他自己能唱，亦能和唱，对音乐又有极高的欣赏水平。音乐伴随了孔子的一生，也化为了孔子生命中的一部分。因为有了音乐，孔子的生命是那样的鲜活，那样的感人，那样的充满灵气。周游列国的途中，在一次又一次的危机面前，我们依然看到孔子静气凝神，鼓瑟而歌，他的弟子们因此多了一分安慰与希冀，才有了镇定和从容。

孔子有着极高的音乐天赋。他曾经向当时鲁国非常有名的乐师师襄学习弹琴。师襄教孔子学了一首曲子，孔子一练就是十几天。师襄说，你已经会了，可以学下一首了。孔子说，我还没有弄懂其中的演奏技巧。过了几天，师襄说，你已经熟悉了其中的技巧。孔子说，我还没有领悟到其中的思想境界。又过了好多时日，师襄说，你已经领悟到了其中的思想境界，可以学习新的曲子了。孔子依然坚持，我还没有想清楚这首曲子的作者是个怎样的人。孔子潜心修习，穆然深思，而后极目远眺，豁然开朗，他深情地感叹，我知道作这曲子的是怎样的人了，他皮肤黝黑，身材修长，心胸坦荡，志向广远。除了周文王，谁还能做出这样的曲子呢！师襄闻听此言，大惊失色，急忙站起，向孔子拱手施礼，说道，您真是圣人君子啊！这首曲子就是《文王操》。

孔子从音乐中领悟到了常人无法领悟的魅力，他对音乐如痴如醉。35岁那年，他赴齐与齐国太师切磋音乐，当他听到了《韶》乐，竟然好几个月感觉不出肉的味道，深深地感叹道，不曾想欣赏音乐竟可以达到这样的地步！《论语·述而》载："子在齐闻《韶》，三月不知肉味，曰：'不图为乐之至于斯也。'"由此可以看出，孔子是一个绝对高雅、绝对脱俗了的伟人。

《史记·孔子世家》说："(《诗》)三百五篇，孔子皆弦歌之。"孔子自己也说："吾自卫反鲁，然后乐正，《雅》《颂》各得其所。"(《论语·子罕》)可见，孔子整理过的305篇《诗经》，自己都配上了乐谱，可惜后经秦始皇"焚书坑儒"，《乐经》佚失。

孔子还是一位音乐理论家，不但精通乐理，而且对音乐在教育及个人品德修养上的巨大作用和意义都给予极高的评价。他认为，乐是达到仁的最高境界的必由之路。他曾说："兴于诗，立于礼，成于乐。"意思是，诗有助于振奋精神，礼有助于立身处世，乐有助于完美情操。

什么是“赞”

赞：古有鲜（显）明、通晓之意，亦为旧时的一种文体，内容是称赞人或物的。此处“赞《周易》”，意为孔子为《周易》作《易传》。《易传》中的“传”，意为“阐释”，就是孔子在原《周易》基础上进行阐释、阐发，从而使《周易》的思想内容更鲜明、更易懂，进而达到让人们对原文内容更通晓的目的。

关于《易》

孔子删《诗》《书》，订《礼》《乐》，修《春秋》，但唯独对《易》用“赞”，就是因为他对《易经》高度敬畏和尊崇，因而才有《史记》“晚而喜《易》，韦编三绝”之记述。他对《易经》原文一字不动，而在其外为其作“赞”（即“传”），目的是让世人对该书思想内容的了解更直接，更通晓，更明白。孔子说：“加我数年，五十以学《易》，可以无大过矣。”据《史记》记载，孔子在反复阅读揣摩《易经》之后，为其精心作“传”10篇，此为《十翼》，即《上彖》《下彖》《上象》《下象》《上系》《下系》《文言》《说卦》《序卦》《杂卦》，这就是人们通常所说的《易传》。

据《周礼》记载，“易”本指“三易”，即《连山易》《归藏易》《周易》。《连山》传为伏羲氏所作，成书于夏朝，故作夏易。《归藏》传为黄帝所作，成书于商朝，故作商易。《周易》传为周文王所作，是在伏羲“八卦”的基础上，叠加为六十四卦、三百八十四爻，并由文王、周公为“卦”和“爻”作辞，后由孔子为“辞”作“传”。在《周易本义》中朱熹注曰：“《周易》经伏羲之画，文王、周公之辞也，并孔子所作之传十篇，凡十二篇。”从西汉司马迁的《史记》到宋代朱熹的《周易本义》，关于孔子与《周易》的记载是明确的。正是因为孔子，《周易》才有了真正的升级版，使它真正实现了人文化。此后，《周易》跃居群经之首，在哲学、思维、科技、生活等方面都极大地影响了中华民族。

历史上，西方学者曾对孔子与《易传》的关系层层剥离，致使孔子思想的哲学深度和自然高度遭到了质疑。西方哲学家黑格尔在他的《哲学讲演录》中这样评价孔子：孔子只是一个实际的世间智者，在他那里思辨的哲学是一点也没有的——只有一些善良的、老练的、道德的教训，从这里面我们不能获得什么特殊的东西。他还不无讽刺地说，根据孔子的原著，我们可以下这样的判断：如果它们不曾被翻译，对他的声誉会更好。黑格尔站在西方中心主义的立场上，以如此傲慢的口吻表达了对孔子和儒学的蔑视。其实，从他这种评价中，我们倒是可以看出黑格尔对孔子及儒学太缺乏了解和认识了。套用他的话：如果黑格尔这句话没有被翻译，对他的声誉会更好。

但是，我们必须指出，黑格尔的事物矛盾对立法则、发展变化法则、质量互变法则《周易》里有，否定之否定法则《周易》里也有。孔子非常强调事物的变化特性。他说：“上下无常，非为邪也。进退无恒，非离群也。君子进德修业，欲及时也，故无咎。”意思是说，空间的位置不是一成不变的，人们的具体行动也不是永远不变的，人们要适应和抓住这些变化，才不会犯错误。《周易》中有“泰”卦和“否”卦，“天地交谓之泰，天地不交谓之否”，“泰”就是顺利，“否”就是失利。“否极泰来”就是事物发展到了极点，就会转化到这个事物的对立面。

类似于黑格尔的观点，国内外皆有。自宋代以来，不少学者也怀疑孔子与《易传》的关系，他们认为《易传》所体现的思想深度和思维水平，与孔子时代所能达到的水平是不相称的。因此，《易传》只能是战国末期儒道合流的产物。然而，事实并非如此。经过几十年的考古发现和学术发展，人们逐渐认识到中国的上古文明是何其伟大和辉煌！在孔子时代之前，中华文明在物质和精神两个方面都取得了领先世界的伟大成就。产生于春秋晚期的孔子和老子，其哲学深度和高度都达到了同时期人类文明的高峰。德国哲学家雅斯贝尔斯把公元前800年至前200年称为“轴心时代”，认为中国、印度、希腊等古代文明在这个时期都实现了“哲学的突破”，影响了后世几千年，而孔子正是这个轴心时代的轴心人物。可以肯定的是，孔子晚年确曾钻研、整理、讲授过《周易》，在此过程中已产生自己的感受和体会，因此司马迁说“孔子晚而喜《易》”“孔子传《易》于瞿”。

修：编写。

《春秋》：周代鲁国编年体史书（下文有专章解析）。

孔子与“六经”的关系

中国是一个历史悠久的文明古国，其所以称为文明古国，重要原因之一就是它保有比较完好的2000多年前的以“六经”为代表的古代文献。这些古代文献是延续中国5000多年文明至关重要的因素，它是中国这个文明古国瑰丽的文化符号。而世界第一文明古国巴比伦留给今天伊拉克等地的众多文物古迹，却失去了类似的文化符号，这也是他们的文明中断的直接因素。提到“六经”，就不能不涉及它的整理者，他就是中国历史上第一个伟大的文献整理家孔子，他是中国古代文化承上启下的集大成者。从此可以看出，孔子对中华文明做出的贡献，怎么估计也不会过高。

对于孔子与“六经”的关系，匡亚明先生中肯地指出：“用实事求是的态度对待这个问题，应该说，‘六经’虽然不全由孔子所作，但都经过孔子的整理，只不过整理的程度不同。其中或作，或述，或删，或定，情况各异，应加考核。今天所见到的《诗》《书》《礼》《易》《春秋》，尽管不是当时的原貌，但在很大程度上保留了孔子修订、编纂、增减的痕迹，其内容都应是研究孔子的重要史料。”春秋时期，周室衰微，夏商两代及其以前时代的典籍已经残缺不全。孔子在整理古文献时，明显感到了文献不足的苦恼，但他仍费尽周折、不遗余力地整理古文献。《史记·孔子世家》对此有着高度评价：“追迹三代之礼，序《书·传》，上纪唐虞之际，下至秦缪（即秦穆公），编次其事。”孔子打破了贵族的文化垄断，将古典文献抢救、整理，传于后世。“六经”不仅是我国的珍贵史料，也是世界上不可多得的富有学术价值的古代文化瑰宝。这是中华民族的骄傲。

赋文“孔子删《诗》《书》，订《礼》《乐》，赞《周易》，修《春秋》”，意为“孔子删订《诗经》《尚书》，修订《礼经》《乐经》，赞美、阐释《周易》，编写《春秋》”。

［十五］ 祖述尧舜，宪章文武；游说诸侯，收授生徒。

祖述：尊崇和效法前人的学说或行为。

尧舜：指远古圣贤唐尧、虞舜。

宪章：效法。

文武：指周文王、周武王。以上两句为互文。

游说诸侯：游说，古代指劝说君主采纳其主张。诸侯，指受封诸侯国的统治者。孔子在55岁时曾率弟子周游列国，在齐、卫、宋、郑、蔡、楚等国推行其政治主张和治国方略，均未受到重用。

收：把外面的事物拿到里面，此处意为招收。

授：教，讲授。

生徒：生，学习的人，学生，一般指跟从老师学习文化知识的人；徒，徒弟，一般指跟从师傅学习技艺的人。生徒在此处即指学生。

孔子自幼刻苦好学，博学多识，30岁时开始聚徒讲学。在周游列国的14年中，他也没有间断讲学。孔子在68岁返回鲁国后，仍然从事教育。教书育人成为贯穿孔子一生的伟业。

此章节中涉及孔子周游列国的问题，这是孔子一生中的重大事件。孔子的才能和志向一直受到压抑，直到晚年短暂的仕途才让他的抱负稍有施展。

孔子在当时就是时代的佼佼者，但从政在孔子的生涯中不是主要的履历，大概仅从鲁定公九年到十三年，即公元前501年到前497年，也就是从孔子的51岁到55岁。孔子首做鲁国中都宰，再做鲁国小司空，最后做鲁国大司寇。孔子的屁股坐到哪里，他的脑袋就定格在哪里。孔子从政仅仅4年，牛刀小试，他却是脱颖而出。

● 孔子做中都宰

鲁定公九年，孔子在51岁时被任命为中都宰，也就相当于今天山东省汶上县的县长，但那时候是不设书记的，他就是当地的一把手。当时的孔子已是满腹经纶，声名远播。凭着他杰出的政治才能，做一个七品县令的小官，对于他来说肯定是庖丁解牛，游刃有余。可人家孔子是一个有正形、守规矩的人，人家是在做事，不是在做官。因此，他从一开始就兢兢业业。

孔子说：“五十而知天命。”“天”就是客观存在，“命”就是规律，“知天命”就是认识和掌握了客观规律。因此，孔子知道事应该怎么干。他治本不治末，一到任就开始做人的工作，也就是“化民成俗”。他把老百姓当中的好品质、淳朴的好民风提炼出来，让人们照着做。后来，还把它归纳整理，上升到制度的层面，在社会上推广执行，收到了很好的效果，如“长幼异食，强弱异任，男女别途，路无拾遗，器不雕伪”等。意思是，老年、壮年和幼年的人，应该有不同的饮食；要按照人的体力的强弱分配劳动任务；男人和女人要分道而行；人们发现掉在路上的东西一般不要拾取，即使拾了，也要送还给失主；从事制作日常用具的人们，要注重实效，不要过于追求雕饰外观形象，更不能弄虚作假。工作中，他还提倡减少礼仪活动中的浪费现象。他十分注重因地制宜，引导百姓发展农业生产，搞好手工业制作。他把他的拿手好戏也搬到了汶上，大力发展民办教育，一年之内，崇尚读书成为当地的良好风气。

孔子“化行中都”、发展生产、兴办教育的事迹，在今天的汶上县仍广为流传。现在这里的百姓过年时，很多人家会在自己的大门上贴上“家居鲁邦多君子，地接尼山近圣人”的春联。从此不难看出孔子遗泽的深厚绵长。孔子在中都宰任上只干了一年，司马迁在评价这一年县长的政绩时说：“孔子为中都宰，一年，四方皆则之。”意思是说，孔子任中都县长不过一年工夫，中都县周围各地都效仿中都的做法。

由于工作成效显著，孔子受到了鲁定公的召见。定公问他，以你的方略治理鲁国，将会怎样？孔子踌躇满志，毅然作答，治理天下也是这样，何况一个鲁国呢？不久，孔子就被重用，进了城。他被擢升为司空，分管土地管理和建筑工程。他同样是干得有声有色，于是又很快晋升为大司寇。

孔子做司寇像

孔子做鲁国大司寇

大司寇是什么角色？是负责刑法的鲁国中央政府官员，相当于今天公安部和司法部的部长。一干这一职务，孔子立马换了颜色。“朝政七日，而诛乱政大夫少正卯。”这在当时就引起了争议，连孔子的弟子也不理解，老师一向温顺和善，为什么一下子却变得那么威严？孔子说：“汤诛尹谐，文王诛潘正，周公诛管蔡，太公诛华士，管仲诛付乙，子产诛史何，是此七子皆异世而同诛者，以七子异世而同恶，故不可赦也。”孔子的意思是，这几个人，时代不同，心思却一样，都是以言论惑众，企图颠覆社会。我“诛少正卯”是职责使然，不是公报私仇，而是让人们在思想上、政治上、舆论上与国家保持一致。

可是，又有一案报到孔子那里，他却用了截然相反的办案方法，这使人们百思不得其解。一个父亲因儿子不孝去打官司，孔子把他们父子二人都关了起来，三月不予审理。后来，那位父亲撤了诉，孔子就把他们都放了。这引起了当时掌握鲁国实权的季桓子的不满，他说，杀一个不孝之子以教育百姓难道不可以吗？司寇竟把他放了。事后，他的学生冉有把季氏的议论告诉了他，孔子说，刑罚不能轻易地加在老百姓身上，一定要先实行教化，迫不得已时再用刑罚。孔子又说，也不能以法扰民，我办理案件的目的，就是要减少这类案件的发生。在办理案件的实践中，孔子还实行了"疑罪从无"的司法原则，这在2000多年前实在是难能可贵的。

● 孔子与夹谷会盟

在鲁国大司寇任上，有一件标志着孔子政治智慧和执政才能的大事件，那就是夹谷会盟的胜利。夹谷，就是今天山东莱芜的夹谷峪。公元前500年，鲁定公十年夏天，齐景公和鲁定公在夹谷相会。作为鲁国大司寇的孔子，位同三卿，因此有资格参加这次外交活动，并且担任鲁国国君的相礼，也就是活动的司仪。

当时，齐强鲁弱。齐国早就虎视眈眈，欲侵吞鲁国，或者把鲁国变成齐国的附庸国。会盟之前，孔子做了大量的调查研究，得知齐国暗箱操作，早就准备好了因应不测的手段，昏庸的鲁君竟懵然不知。因此，孔子对定公说："有文事者必有武备，有武事者必有文备。"意思是说，外交活动必须要有武力准备做保障，打仗必须要有文宣做配合。这一下子就提醒了鲁定公，他就安排了掌管军事的左右司马率兵前往。

会盟开始，主席台上齐鲁双方谈笑风生，其乐融融，但私下里剑拔弩张，杀气腾腾。齐景公、鲁定公按照礼节见面寒暄，然后登台相互献酒。礼毕，齐国的司仪忽然以献乐舞为名，让一帮莱人手持兵器，鼓噪而上，要劫持鲁定公。孔子见状，一个箭步跳上盟台，大声呵斥：我们两国国君友好会见，有人却胆敢动武滋事，齐君您一定不允许这样吧？齐景公自觉心中有愧，挥手喝退了莱人。一计不行，再施一计。齐国奏起宫廷之乐，一群侏儒涌上台来，图谋不轨。孔子显得很有底气，再次上台喝道：戏弄迷惑诸侯，该当何罪？当即命令执法官将这群侏儒斩首。

齐人眼看自己的诡计不能得逞，赶紧结束会盟。在签订盟约时，突然增改盟文，说齐国出征时，鲁国如果不出三百乘兵车相从，就是破坏结盟，显然是要鲁国无条件承认附庸国地位。孔子凭借事先随往的武力准备，击败了齐景公的阴谋，使之不得不向鲁国示好。会盟之后，齐国只好把他们侵占的鲁国汶阳地区郓、讙、龟阴三地归还给鲁国。夹谷会盟的胜利，充分显示了孔子一个伟大政治家、外交家的才能和胆识。

短暂4年的从政生涯，让人们看到了一个更加全面的孔子，他不仅是做学问的高手，还是当官的行家，特别是夹谷会盟中孔子表现出的卓越超群的政治智慧，引起了齐景公的高度警觉和妒忌。齐国君臣认为，在当前形势下，虽然齐强鲁弱的总体趋势不会发生根本性逆转，但是，如有孔子这样的政治家事鲁，齐鲁的未来将看不出分晓。大家经过反复讨论，基本形成了共识：从齐国的核心利益出发，必须想办法让孔子从鲁国决策层中出局。

如何对付鲁国？当时各国最常用的就是离间计。齐国大夫黎沮向齐景公建议给鲁国行贿，齐君欣然应诺。但是，送什么才能打动鲁定公呢？送“人”！于是，齐国给鲁国送来了80名身着妖艳服饰的舞女、120匹身披锦绣的骏马。

齐国使出的阴招，让鲁国高层当即产生了尖锐的矛盾。对于如此重礼，孔子主张坚决不收；季桓子一看就动了心，坚持收下；鲁定公心里早就迷上了，嘴里却假惺惺地说不行。物以类聚，还是季桓子看透了鲁定公的心思。他随即安排了一场乐舞表演，舞女们轻衣薄纱，婀娜多姿；幔布遮掩的后台上，定公目不暇接，心旌摇荡。不等看完，二人一拍即合，决定把她们留下。

孔子从不歧视妇女

礼品收下后，鲁定公、季桓子怠于政事，“三日不朝”。他们成天与那些舞女们耳鬓厮磨，鬼混在一起。时而骑上骏马，由那些舞女们陪伴左右，前呼后拥，到郊外打猎。可孔子对那些舞女们却是敬而远之，因此遭到了她们的怨恨，于是就有了那段著名的所谓“孔子歧视妇女说”。孔子一气之下说了狠话：“唯女子与小人为难养也，近之则不逊，远之则怨。”意思是说，只有女人和小人是不好与他们相处的，给他们亲近了就会放肆无礼，疏远了就会产生怨气。这里的“女子”是指齐国送来的舞女，“小人”是指季桓子，“女子”和“小人”都是特指的。可就是因为他老人家一气之下撂下的这句狠话，让差不多普天之下的妇女都认为孔子歧视妇女，这对孔子是一个天大的冤枉。

孔子3岁丧父，从小就与母亲相依为命，他深知女性的伟大。孔子的一生中，为他最先打上深刻烙印的应该就是伟岸的女性。他最熟悉女性，最了解女性，最同情女性，最崇拜女性。他如果轻视女性，歧视女性，首先就是对他的母亲的否定。因此，他一生都十分尊重妇女，从未有过歧视女性的记录。他母亲的去世，对他是何等的打击。母亲出殡时，他停灵于“五父之衢”，拼命也要将父母合葬。周游列国14年，他只于家中有妻，却于外边无妾，这在当时并不多见，因为那是一夫多妻制的社会。周游列国的第12个年头，妻子去世，但他始终也没续弦，这在当时也很难得。这难道不是对女性的尊重？当他的独生儿子孔鲤离世后，他强忍悲痛支持儿媳妇改嫁；儿媳妇改嫁后又先于孔子去世，孙子子思听说后在家门口大哭，孔子不仅没有阻拦，而且表现出极大的同情。有人给孔子的女儿介绍对象，男方的名字叫公冶长。女儿一见钟情，可公冶长曾因冤假错案蹲过监狱，虽说人没有实质上的问题，可名声不好，但出于尊重女儿孔子答应了这桩婚姻。孔子整理过的《诗经》，有大量反映男女之间爱情的诗作，孔子都保留了下来，并说：“诗三百，一言以蔽之，曰：‘思无邪’。”从这些地方，就可对孔子对女性的尊重窥见一斑。

再说齐国，他们的离间计在鲁国果然起了作用。这时，摆在孔子面前的选择只有两条：要么无原则地与封建贵族当权者同流合污，谋得一官半职，享受荣华富贵；要么远离官场，从其所好。孔子是一个品德高尚之人，他毅然选择了后者，从此开始了漫漫周游列国之路。

● 孔子周游列国

孔子于鲁定公十三年（周敬王二十三年，前497，时年55岁）离开鲁国，到了卫国，居住在卫都帝丘（今河南滑县）。卫灵公照其在鲁国待遇给予俸禄，后听信谗言，孔子于是年十月去卫适陈（建都宛丘，今河南淮阳），过匡地（今河南长垣县）被困，经蒲地（亦在长垣县）被围，孔子与蒲人订盟，得返卫国。

鲁哀公二年（周敬王二十七年，前493，孔子时年59岁），孔子离卫西奔晋。临近河边，因故返卫，后去卫如曹（建都陶

“孔子列国行”雕塑

丘，今山东定陶西北），适宋（建都商丘，今河南省商丘南）。

适宋途中，宋司马桓魋欲害孔子，孔子只好微服而行，逃到郑国（建都新郑，今河南新郑市），郑国亦不接受，于是取道适陈。

孔子于陈前后4年，至鲁哀公六年（周敬王三十一年，前489，孔子时年63岁），吴国伐陈，楚国救陈，陈国大乱。孔子遂离陈过蔡（今河南上蔡西南）去负函（楚地，今河南信阳）。

孔子在负函与楚国贤达叶公谈论政事，楚昭王听说后欲重用孔子，遣使奉币约聘，因楚令尹子西阻拦而未果，于是又返回卫国。

孔子在卫国共历5年之久，鲁哀公十一年（周敬王三十六年，前484，孔子时年68岁），齐师伐鲁，孔子弟子冉有辅佐

舞剧《孔子》

季氏作战获胜，并荐孔子于季氏。季康子派人以厚礼聘请孔子，孔子乃自卫返鲁，从此结束了14年颠沛流离的周游列国的生涯。

赋文“祖述尧舜，宪章文武；游说诸侯，收授生徒”，意为“尊崇唐尧虞舜，效法文武周公；周游列国宣传其政治主张，开办私学招收学生”。

［十六］倡导仁义学说，呼唤人性升华；主张克己复礼，重整社会秩序。

仁义：指孔子以仁为核心的儒家思想体系。

学说：学术上的有系统的主张或见解。

人性：人所具有的正常的感情和理性，人的本性。

升华：原指固态（晶体）物质不经液态直接变为气态，这里比喻事物的提高和精炼。

● 孔子思想的核心是“仁”

孔子思想的核心是仁，有人把孔子思想称为“仁学”。“仁”在《论语》中共出现109次，可见它在孔子思想中的重要地位。

匡亚明先生把孔子“仁”的思想称为人本哲学，他认为孔子的其他思想学说都在“仁”这个人本哲学的统领之下。(1)孔子的伦理学说以仁为内容，以礼为形式，建立起一系列规范体系，强调人的道德自觉与遵守礼制的统一；(2)孔子的政治学说以仁政礼治为根本原则，以体现仁道的小康、大同为政治理想，崇尚文德，贬抑暴力，设计出了从修身到治国平天下的改良主义政治路线；(3)孔子的教育学说从仁爱出发，倡导有教无类的平民教育，以期培养改良政治的德才兼备的治世能人；（4）孔子整理历史文献，整个过程都贯穿了仁的指导思想；（5）孔子的天道观从高度重视人的世俗道德生活出发，怀疑鬼神的存在和作用，提出“敬鬼神而远之”的现实主义观点。

仁的核心内涵是“亲”“爱”，即人与人之间的关系达到亲密和谐。许慎在《说文解字》中解释道：“仁，亲也。”仁是孔子一生追求的政治理想和目标。在孔子看来，作为一个仁人君子，“仁”应是他的内核，“礼”为外壳。孔子说：“克己复礼为仁。”这里的礼是经过孔子损益、充实着仁爱精神的周礼。它是人们行为的道德准则，也是理想社会的框架。一个人应该克制、约束自己，使自己的行为符合礼的规范，这就是仁。也就是说，仁是内容，礼是外在表现形式。实现仁的目标，还要坚持“中庸”这个思想方法论，做事情不要过头，也不要不到位，并且做到“和而不同”。

在上述要求的前提之下，实现仁的政治理想和目标，至少要在三个层面进行。（1）修身。这是人的内在方面的道德原则，是对道德准则的遵从。修身要按照儒家规定的路径一路走下去，即做到格物、致知、诚意、正心、修身、齐家、治国、平天下。（2）爱人。爱人是外在的，即人与人之间关系方面的道德原则。“仁”当中爱人的思想，为历代的人们所接受。孔子对于仁人君子有三个递进的要求，一是“修己以敬”，二是“修己以安人”，三是“修己以安百姓”。修己即修身，安人、安百姓就是爱人。这是“仁学”中最伟大的思想，是人性升华的具体表现。（3）做人。孔子说：“仁者，人也。”意思是说，只有仁人君子才能称得上是真正意义上的人。这是人类对其本质的自我意识，在人类认识史上具有重要意义。它的重点主要是放在人的精神生活特别是道德的完善上。孔子一生都在积极探索并主张如何做人、如何把人做得更好的问题。

孔子、孟子等先贤先儒都把人能够区别于动物作为人之所以能够成为人的重要标志。随着文明时代的到来，人应该通过修身养性，逐步将动物本性包装起来，隐蔽起来，把它淡化，进而使之消失，才能真正把人做好。

主张：对于如何行动持有某种见解。

克己：克制自己。

复：恢复，符合。

礼：指西周的典章制度，泛指规矩和法度。

秩序：有条理，不混乱的情况。

克己复礼

“克己复礼”是孔子提出的通过道德修养实现君子目标的重要原则。《论语·颜渊》载：“颜渊问仁。子曰：‘克己复礼为仁。一日克己复礼，天下归仁焉。为仁由己，而由人乎哉？’颜渊曰：‘请问其目。’子曰：‘非礼勿视，非礼勿听，非礼勿言，非礼勿动。’颜渊曰：‘回虽不敏，请事斯语矣。’”意思是，颜渊问怎样做才是仁。孔子说，克制自己，一切都照着礼的要求去做，这就是仁。一旦这样做了，天下的一切就都归于仁了。实行仁德，完全在于自己，难道还在于别人吗？颜渊说，请问实行仁的具体做法。孔子说，不合乎礼的事不要看，不合乎礼的事不要听，不合乎礼的事不要说，不合乎礼的事不要做。颜渊说，我虽然愚笨，也要照您的这些话去做。这里主要是讲，要在礼的约束之下去实现仁的目标。这里的礼，主要指规矩和礼仪。一个人只要对内在心里懂得守规矩，有自我约束意识，从而做人做事不出格；对外懂得讲礼仪，做到文质彬彬，让别人在思想上或感受上觉得舒服，这大概就是孔子说的克己复礼了。

从儒学自身的观念系统来看，“仁”与“礼”的统一构成了它的内在主干，“礼”同时关乎社会和谐与社会正义的关系。“仁”不仅涉及人的精神世界，而且与普遍的价值原则相关，以肯定人的存在价值为核心，这种价值原则具体表现为对人的普遍关切。在传统儒学中，从“仁民爱物”到“民胞物与”，仁都以人与人之间的和谐共处为题中应有之义。相对于“仁”，“礼”在体制的层面上首先通过确立度量界限，对每一个社会成员的权利与义务做了具体规定，这种规定构成了正义实现的前提。也就是说，从最本源的层面看，正义的本质在于得其应得，在于对权利的尊重；同时，作为自身的义务，个人权利应在体制的度量界限之内去实现。与之相对应，“仁”与“礼”的交融，从观念的层面为和谐与正义的统一提供了某种根据，它对社会生活走向健全的形态，无疑具有引导意义。

曲阜民居

赋文“倡导仁义学说，呼唤人性升华；主张克己复礼，重整社会秩序”，意为“提倡以仁为核心的儒家学说，力主人的本性得到提升；主张克制自己达到礼的要求，重新整治社会达到有条不紊”。

● 孔氏家风：诗礼传家

链接：（1）《诗礼堂的记忆》

按：孔子的儒家学说，说到底就是关于做人的学问，孔子一生都在努力探索这个问题。做人的关键在于修身。孔氏家族作为中国最早的文化世家，凝练形成了自己的良好家风，并代代相传以至今天。孔子对于儿子孔鲤的“庭训”，就使“诗礼传家"成为千古佳话。本文是笔者关于孔氏家风的演讲。

诗礼堂的记忆

在孔庙东路，一进承圣门，矗立在您面前的是两棵古老苍劲的大树：唐槐和银杏。大树掩映下的诗礼堂，却依然充满了朝气。这就是当年孔子教育他的儿子孔鲤学诗习礼的地方。

一来到这个地方，我们仿佛就回到了2000多年之前。那是孔子的母亲颜徵在去世的第三年，孔子已经19岁了。这一年，他已经不再漂泊，有了自己正当的职业。他得到了鲁国贵族季平子的钟爱和认可，当上了鲁国的委吏，也就是国家的仓库管理员。也是在这一年，他步入了婚姻的殿堂，娶宋国亓官氏的女儿为妻。亓官氏是宋国掌管笄礼，也就是成人礼的官员。结婚后，生了个儿子，连鲁昭公都携带鲤鱼登门致贺。孔子遂为儿子起名孔鲤。在万分艰难中，孔子已成家立业，又有了后代，他决心像母亲那样，给予孩子最良好的教育，让他健康成长。

孔子是中国传统文化承前启后的第一人。孔子开创的儒家学说，就是关于做人的学问，它第一次为人类社会制定了做人的标准，为人们确立了"格物、致知、诚意、正心、修身、齐家、治国、平天下"八个纲目的人生目标和路径。为此，孔子倾毕生精力探索，通过对人的教育和启迪达到人性升华，从而让人们在关心自己的同时，也关心他人和社会。这就是习近平总书记所说的"以文化人"。

孔子把培养人、塑造人作为终生使命。他以身作则，做仁人君子；也期待着、引导着、教化着社会上所有的人成为仁人君子。与此同时，他对自己家庭成员的教育更是倍加重视，这才有了孔氏家风。

一个静谧的清晨，太阳斜射在孔子的庭院里，大地上满是斑驳的光。孔子悠哉闲哉，尽享着一天的新生活。这时，儿子孔鲤又蹦又跳地走来。孔子叫住儿子，深情地问他："儿啊，你学《诗》了没有？""没有。"孔鲤随口回答。"不学《诗》，无以言。"孔子关心地说。

又有一天，夕阳西下，火烧云把整个庭院映照得通红。孔鲤玩耍以后风风火火地回来，爷俩儿又撞了个正着。孔子又问："学《礼》了没有？"孔鲤回答："没有。"孔子说："不学《礼》，无以立。"

孔子对儿子循循善诱，语重心长，却又十分严格。一天，他问孔鲤学习《诗经》中的《周南》和《召南》了没有，并教育他说，如果不学《周南》和《召南》，就像一个人面对墙壁傻站着一样。

孔氏家风的培养目标，就是让人成为一个儒雅之士。何谓儒雅？儒是智慧和修养的境界，雅是品行和气质的高度。儒雅就是学有素养，行有教养，心有涵养，为人有型，处事有格。

这就是孔氏家族历史上著名的"诗礼庭训"。2000多年以来，经过世世代代的传承和凝聚，"诗礼传家"就成了孔氏家族的家风。

那么，什么是家风呢？家风是一个家族经过世代凝聚并沿袭下来的家庭文化传统。家风能够对家庭成员具有直接影响和心理暗示作用，是家庭成员道德素养、精神风貌、整体素质的集中体现。

我小时候，村里的孩子谁要做了坏事，大人们就说，这家子人家家风不好。可不是吗？上辈人如果有小偷小摸的毛病，下辈人可能就会手脚不干净。上辈人爱占小便宜，下辈人可能就是爱沾光、不吃亏的人。反过来，上辈人忠厚老实、乐善好施，下辈人基本上就是厚道的人。

常言说，跟着好人学好人，跟着神婆会下神；近朱者赤，近墨者黑，就是这个道理。从这个意义上说，家风对于塑造人、培养人的作用是最直接的。

在家庭中，除了家风还有家规。家风和家规是家庭的鸟之两翼、车之两轮。家风是软实力、软影响；家规是硬规定、硬约束。而家风、家规的目标任务必须通过家教的方式才能落到实处。

那么，孔氏家风的实质和内涵是什么呢？诗礼传家的孔氏家风是孔子为我们后人标出的人生坐标，它是人的人生观和价值观中的两个重要元素。简单地说，就是既要有文化，又要守规矩。

关于学《诗》，我认为有两层含义：一是学习知识，二是通过学习修身养性。一个人，如果能够比较系统地学习文化知识，进而实现修身养性的目标，具备了深厚的知识储备和比较健全的人格，可想而知，当他走向社会之后，在他身上辐射出来的可能大多都是正能量，这对社会将是有益的。

“礼”是什么？就是规矩，是一个国家对人的行为规范的总体要求。它为人应该怎么做、不应该怎么做画了一道最终的红线。“礼”对人的要求分为内在和外在两个层面，人应该做到内在守规矩，外在讲礼仪。守规矩是对人的内在要求，讲礼仪是对人的外在要求。

首先是守规矩。孟子说：“不以规矩，不能成方圆。”这个规矩，从家庭到国家都是一脉相承的，在家庭里叫“家规”，在单位里叫“规则”，在社会上叫“秩序”，在政党里叫“纪律”，上升到国家的层面就叫“法律”。社会中的人，必须具备规矩意识、秩序意识，这是人在社会上能够生存的前提。因此，人从小就要学会守规矩，学会自我约束，不能以性所为，我行我素。

其次是讲礼仪。这里说的是修养问题。一个人如果本质很好，却没有修养，那么他的外在表现就不美。孔子说：“质胜文则野，文胜质则史。文质彬彬，然后君子。”一个人懂礼节，讲礼仪，待人接物时就能做到张弛有致，拿捏有度，让人心里感觉舒服，从而做到内在美和外在美的统一。

孔氏家风对孔氏后人产生了很大影响。孔鲤在孔子的严格教育下，知《礼》明《诗》，通晓儒术，只是先于父亲而逝。这时候，孔子最得意的弟子颜回也相继去世，这不禁给他巨大的打击。从此以后，孔子对聪颖机敏的孙子子思加强了教育。子思不仅“世不废业”，而且继承发展了孔子的学说，他与后来他的再传弟子孟子一道形成了著名的“思孟学派”，成为孔子以后儒学发展史上的第一个里程碑。

从孔鲤到孔鲋，孔家八代单传，人丁稀少，但家庭教育严格有加。孔鲋时代，秦始皇兼并天下，焚书坑儒，大肆破坏传统文化。孔鲋担当大任，把孔子精心整理、编纂过的儒家经典藏到自己房子的夹坯墙中，而后逃往河南，隐居嵩山，后来参加了陈胜领导的农民起义，最后战死沙场。这种富贵不淫、威武不屈的民族气节得到后人的敬佩。在接下来的2000多年里，孔氏家族世代赓续，后代分布中外，遍及八方，却都秉承着诗礼传家的家风，可以说是辈辈出贤人，代代有精英，如孔融、孔尚任等。据民国《孔子世家谱》记载，孔氏家族在漫长的封建社会中共有5000多人获得进士、举人、生员等各级功名，约占族人总数的1.7‰。

随着时间的推移，孔氏家族越来越大，人口越来越多，目前在世的就有200多万人，光曲阜就有15万，这就有了后来的60户，也就是60支。它的各支都有自己的具体情况，所以就有了各自的家风和家规。我们这一支是第六户。我的高祖孔宪珍，一边勤奋劳动，一边刻苦读书，后来成为清朝咸丰皇帝御批的七品执事官，曾在孔庙专司祭孔。家里基业兴旺，子孙满堂。土地240亩，房产上百间。4个儿子，8个孙子。他们成家立业后，仍生活在一个大家庭，外务由高祖负责，内务由高祖母负责。家庭中，儿子、孙子，儿媳、孙媳，弟兄、妯娌，大人、孩子，内亲、外戚等，关系十分复杂。治理这样一个几十口人的大家庭，必须要让每个家庭成员都有所遵循，既要有硬性规定的严格要求，又要有家庭文化的软性影响。在这种情况下，我的高祖就将家规和家风进行综合

家风传承，润物无声

概括，拟定了一套家训：

黎明即起，洒扫庭除；自我检点，不扯滥务；
居身简朴，辛勤劳杵；一丝一缕，恒念力物；
粗茶淡饭，慎近酒酤；恪守信义，邻里互助；
忠厚传家，苦读诗书；振振绳绳，繁我孔族。

祖上的家训，对于治理当时那个大家庭有着明显的功能和价值。一是让家庭成员在家庭中实现修身的目标，二是让家庭成员实现自身价值，三是让家庭人才辈出，四是让家族基业兴旺。

100多年来，祖上的家训发挥着它的约束作用和教化作用，大家都能做到诚实守信，中规中矩，从来没有一个人因为

传统文化进家庭，诗书传承暖人心

做出恶迹而受到党纪国法惩处。目前，我们这一支五服以内已有150多人，虽已分居各地，都建立了各自的小家庭，但仍秉持家训教诲，和睦相处，其乐融融。

历史进入新时代之后，一切都发生了根本变化。为了适应新形势的需要，让我们的家风一代一代传下去，我就在祖辈家训的基础上拟定了一个新家训：

忠厚传家，修身养性。诗书继世，文化传承。
恪守信义，坦荡真诚。勤劳忍让，大度包容。
居身简朴，清正廉明。孝敬老人，善待孩童。
夫妻和睦，兄友弟恭。邻里友善，扶弱济穷。
敬畏法制，践行文明。自强自立，于国忠诚。
遵我族训，振我家声。

这个新家训，既继承了传统的家庭文化，又富有时代精神，因此更具有指导性。

家风在塑造人的过程中，起到的是奠基的作用。这个作用是人生一切行为规范的前提。人生在世，当你刚站在人生的起跑线上，良好的家庭育人环境，就开始为你构筑人生旅途的底线，它以先入为主的优势，为你打造起一面抵御邪恶的盾牌，从而为你这艘即将启程的航船把关定向，进而使你在这个云谲波诡的世界里所向披靡。您说，家风的传承重要不重要?

家风传承的关键是家庭教育。家庭教育就是让未成年人养成良好的行为习惯和规范。其实，家庭是孩子最好的学校，父母就是最好的老师。家庭教育、学校教育、社会教育，这三者中家庭教育最重要。人生观的奠基和定型，等到学校教育再开始，那一切都晚了。因为0到6岁是人生定格的关键阶段。这个阶段，人的是非观念已经形成。那么，家庭教育有哪些作用呢?

一是楷模示范。父母和长辈是孩子的第一任老师，你的一举一动都会在孩子的心灵上打上深深的烙印。因此，你一定不要做错事、做坏事。社会上有不少这样的家庭，父母在私生活中不检点，那么他的子女在私生活中出轨是再自然不过的事了。过去农村给孩子定亲，要先打听双方父母怎么样，这其中的道理不言而喻。

二是语言示导。用得体的语言，及时地对子女进行教育，这是家庭教育最有效、最直接的方式。比如我们这个家庭，父亲去世早，母亲含辛茹苦把我们兄弟姊妹6人拉扯大。在十分艰难的困境下，母亲经常教育我们“要有冻死迎风站的骨气，没有过不去的火焰山”。母亲弥留之际还要我记住一句老话：“老实忠厚修子孙，尖酸刻薄损后人”，嘱咐我一辈子都不能做坏事。这种教育，让我们铸就了不怕困难、愈挫愈奋的品格，养成了健全的人格。

三是心理暗示。心理暗示是一种无形的教育方式。一位名人说过，看一个家庭的基业能不能发达，就去看看他家的孩子，一看几点起床，二看翻不翻书本。要让孩子形成良好的习惯，心理暗示作用不可小视。比如说，想让孩子有阅读习惯，大人要有书房，要常读书，同时也给孩子建一个书架或书角，这样，你不用刻意要求，孩子自然会形成读书的习惯。上辈人不酗酒、不赌博、不抽烟，下一代人无形中就会接受这些好习惯。

孔家的古式婚礼·迎娶

孔家的古式婚礼·典礼

四是错误惩戒。对于孩子，要从小给他堵住走向邪恶的通道。孩子做错了事，一定不要迁就，要有的放矢，对症下药。古人云："涓涓不壅，将成江河；青青不伐，将寻斧柯。"细小的泄流不及时堵塞，最终将会形成像江河一样的决口；幼小的枝杈不及时削剪，来日只有用斧头才能砍掉。民间说"树大自直"，那绝对误人。对孩子一味放纵，长大后，他就会从有坏毛病到走向人生的反面。

不过，再好的家风，如果不付诸实践，不把它落实到人的行为规范上，那就是一纸空文。如何践行好家风，我认为应该把握好几个关键环节：夫妻关系是核心，孝敬父母是归宿，文化传承是关键，浩然正气是灵魂，恪守规矩是原则，乐于助人是美德。

第一，夫妻关系是核心。没有婚姻就没有家庭，因此夫

孔家的古式婚礼·挑红

妻关系是家庭的核心。在家庭里，只要处理好了夫妻关系，其他矛盾和问题都会迎刃而解。大家知道，中国婚姻的历史源远流长，它是从血缘婚发展到族外婚，从族外婚发展到一夫多妻制，从一夫多妻制发展到中华人民共和国成立以后的一夫一妻制，从而实现了人类从野蛮到文明的飞跃。在古代，结了婚的人们，上床是夫妻，下床是君子。因为中国人懂得，人就是人，不是动物。在当今光怪陆离的社会里，不少人丧失了道德底线。有的夫妻之间，也不再照顾彼此关切。我想，在当前形势下，处理好夫妻关系，这是家庭中的核心问题。

第二，孝敬父母是归宿。孝敬父母是家风传承的归宿。从儒家思想中孝的生命意识来说，孝有三层含义：一是对过去生命的追思，二是对现在生命的关爱，三是对未来生命的延续。首先要知道什么是孝，孝就是心里有父母。孝从哪里来？从祭祀而来。逢年过节，家里要祭祀祖先。那么，祖先在吗？孔子说：“祭如在，祭神如神在。”祭祀的时候，你心里装着祖先，祖先就在；你心里没有祖先，祖先就不在。祭祀就是后人与祖先的心理感应和精神上的交流沟通。祭祀的目的，是让人知道，没有你的祖先就没有你的父母，父母的生命是祖先给的。但是，儒家要求人尽孝的目的不仅只是在祭祖的过程中去体悟生命、感念生命、追思生命来源，更重要的是让人们能够在现实生活中珍惜和爱护正存在着的生命，以爱心对待父母。儒家的孝道思想还要求人做到对自我的关怀和珍爱。因为身体不仅是自己生命的承载体，更是父母生命在我们身体中的延续。祭祀祖先、孝敬父母、保全自身只是孝道思想中的一个阶段，只有让家族的生命力不断延续下去，才是最大的孝。孟子说：“不孝有三，无后为大。”（《孟子·离娄上》）赵岐《孟子注》补充说，不孝的情况有三种，唯不娶妻生子、断绝后代为最大的不孝。生命总是在代代相传中得以延续，如果人人都“无后”，用不了百年，人类就会灭亡。因此，作为孝的重要内容，每一个作为子女身份的人，谁都不应该拒绝婚姻，谁都不应该拒绝生育，这符合人的自然生命本性，符合人类繁衍的自然规律。在现实中，孝敬父母关键在敬。当然，对父母的孝顺，在物质层面上的赡养是必不可少的，但更重要的是在精神层面上的关怀，孝敬父母的实质在于爱、在于敬、在于尊重，在于你心里装着父母。

第三，文化传承是关键。古人说，知书达理，意思是人只有随着文化品位的提升，才能懂得守规矩、讲礼仪，知道如何做人。在古代，由一般家庭到文化世家，大多经过三个阶段：农—士—仕。也就是说，在艰苦的劳动中积累财富，同时刻苦读书，完成从“农”向“士”的转变，即从农民转变为知识分子；而后通过科举走向仕途，完成从知识阶层向贵族阶层的转变；为官之后，再勤奋工作，积累财富，让子女读书，从而形成良性循环。十年树木，百年树人。没有三到四代人的努力，就不可能造就出一代真正的文化人。对于一个家族，重视文化传承，比重视财富积累更重要。这一点，我本人就有切身体会。1957年，父亲去世时我还不到5岁，母亲领着我们，日子过得很艰苦。那时候，一般条件较好的家庭也很少让孩子上学。当时，我们家在生产队里连工分都挣不上，母亲仍把我们姊妹几个都送到学校。我母亲是小脚，干不了重活，生产队里就照顾她干点轻活。后来我上了高中，生产队长气愤地说：“你家连工分都挣不上，还让孩子上学！”因此，就不照顾母亲干轻活了。可是，我们全家都没灰心，起早贪黑，割草拾柴，添补工分，直到我上完大学。我成年后，为报答父母之恩，在孔林里立了一通石碑，碑文中有这样一段话：“母亲以羸弱之躯蹚出一线之路，让我姊妹六人有路可走。特别难能可贵的是力求让子女求知识，使其上小学、读中学、上大学，充分展示出一位普通女性的博大胸怀及远见卓识。”

当今社会，人心浮躁，人们的一举一动皆以我为中心，以功利为目的。面对现实，只有通过注入文化元素，才能使浮躁的人心降下温来。人如果能够养成读书的好习惯，那将终身受益。那么，读书到底会有什么好处呢？我看，至少有三点好处。一是能够提高修养水平。随着知识积累的增多，人的内秀的成分就会越来越多，粗鲁野蛮的成分就会越来越少；知识的积累，会使人的内涵越来越丰富，有了内涵就会增加自信，有了自信就不会撒野。二是能够提高认识能力。对于一个问题，人家一下子认识到位了，你却还像隔着一层窗户纸。什么问题？认识能力不足。有个公务员面试考题，说把茶叶、鸡蛋、胡萝卜放在水里煮开，茶叶舒展开了，鸡蛋变硬了，胡萝卜变软了，问你怎么理解？老师讲，人在现实生活中，要像茶叶那样舒展，要像鸡蛋那样强硬，要像胡萝卜那样放下身段。我说，这道题的实质是，茶叶、鸡蛋、胡萝卜在外部因素作用下，都按照各自的规律发生了变化；在现实生活中，人们要学会遵循客观规律。如果说学习鸡蛋越来越硬，那鸡蛋若给它适当的温度，21天还能孵出小鸡呢，这应如何解释？三是能够提高记忆能力。过目不忘、滴水不漏的记忆能力，是不断学习、对大脑不断刺激的结果。十几年前，中央电视台的《读书》栏目上，北京大学教授给人做智商测试。他说，我说出10种互不相关的事物，你若能当即记下其中的4种，你的智商就在中等以上。他说的是：树、电灯开关、高脚椅、小汽车、手套、手枪、拐杖、麻花、猫、保龄球。它们是阿拉伯数字从“1”到“10”的象形或会意。对于大脑，要经常给它刺激，给它充电，这样就会增强记忆力。

第四，浩然正气是灵魂。堂堂正正做人，干干净净做事，对于良好家风的传承尤为重要。当今社会，物欲横流。有的人来去匆匆，忙忙碌碌，为啥？谋钱、谋官、谋刺激，不少人在市场经济的大潮中迷失了方向。我在机关工作30多年，有很多深刻体会。在当前这个光怪陆离的社会里，想当一个好干部很难，想当一个坏干部就在一念之间。当好干部难在哪里？难就难在用道德底线去把好每一个可能让你失足的关口。看看人家宰相刘罗锅，家里从县令到宰相出了200多个，没有一个贪官。原因何在，家风使然。很多违纪违法的党员干部，祖上也不一定没有家风、家规，只是他们没有很好地践行，没有守住起码的底线，结果走到了纯洁人生的反面。孔子说："其身正，不令而行；其身不正，虽令不从。"在践行家风的过程中，一定要砥砺自己的健全人格，涵养浩然正气，只有这样，人生才会具备"四气"，一是正气，二是志气，三是才气，四是霸气。正气感染人，志气鼓舞人，才气指导人，霸气威胁人。有了正气、志气和才气，才会有霸气，有了霸气才能做到邪不侵正。

第五，恪守规矩是原则。做人做事守规矩，是一个人应该始终坚持的基本原则。对于一个人，如果从小就教给他该怎么做，不该怎么做，他就会习以为常。几年前，我领着我的小孙子上街去玩儿，走到十字路口，红灯一亮，他拉着我站在安全岛里，他说不能动，我说为什么，他说出去了人都有危险了。一个人，只有在家里守规矩，才能做到在单位守规则，在社会守秩序，在政党守纪律，在国家守法律。如果人在家里都不守家规，都不能做一个优秀的家庭成员，他怎么能做一个好职员、好党员、好干部、好公民？广阔的社会，是大家共同的生存空间，不是哪一个人的，你不能想怎么做就怎么做，必须遵守规矩，各行其道。一个人本事再大，也要在一定的框架内有序参与，馍馍再大也不能胀出笼来。只有这样，国家才会安定，社会才会和谐。一般公民既然如此，对于党员干部来说，那就更要心存敬畏，不能轻易触碰纪律和规矩的红线。

但是，在现实生活中做到恪守规矩是很难的。你要打算做一个守规矩的人，就必须有充分的心理准备去消化恪守规矩所带来的负面效应，要吃得下亏，咽得下气。我是1984年初从教育上调到机关的。那时候，改革开放刚刚开始，整个社会百废待兴，人才青黄不接，我就是因为擅长文字工作才被选进了机关。可是，当时对机关上的潜规则一点儿也不懂，后来就是很排斥，一直不跟线、不跟人、不入小圈子，因此一干就是10年，还是原地踏步。1993年年底，市里调整干部，拟提拔我任宣传部副部长，但顶头上司非得进自己的人，组织上就安排我去了党校任副校长。我没因此闹情绪，还是一如既往地干。两年后，市里党委换届，原来的顶头上司落选了，书记办公会研究决定让我任宣传部常务副部长兼文明办主任。当时，我周围的好心人劝我，赶快去领导家里坐坐吧，别再吃眼前亏，可我仍无动于衷，结果在后来的常委会上我就由常务副部长变成了一般副部长。可见，恪守规矩是要付出代价的。但是，这是正道，这是正义，我们应以此唤起社会的共识。

前段时间，一个考生又拿着公务员面试的考题找我寻求答案。说，台下站着一个人，台上站着一个人。台上的人发现地上有一枚硬币弯腰去拾，一下子摔到了台下。请做出符合情理的回答。我当即告诉他，在台上与在台下都是相对的。台上的人不按规矩出牌，不按规则办事，就会成为台下的人；反之，台下的人依照规矩行事就会成为台上的人。可见，守规矩守秩序多么重要。

第六，乐于助人是美德。乐善好施，帮助他人，这是中华民族的传统美德。但是，要想让人乐于帮助别人，前提是人必须要有爱心。要想让人有爱心，就必须让人首先得到爱。没有充分得到爱的孩子，长大后可能不会有充分的爱心。我不到5岁时父亲去世，我们家里没有人歧视我们孤儿寡母，爷爷奶奶依然爱着我们，护着我们，我们那个大家族也没人欺负我们。我父亲弟兄三人，只有一口正房。分家时，我爷爷说，这口正房必须留给孙子，结果我两个叔叔欣然同意。我长大后，心里没有一点儿仇恨，对别人全都是爱。

乐于助人首先要有热情，所谓热情就是要有主观意愿，要有对人对事的平常心，从而乐于真心实意地去做。那是2000年的夏天。一个中午，我提前到了办公室。这时，有一个上访的农民在走廊里乱转。原来，1998年发大水，他18岁的儿子下水救人淹死了，可被救方却不承认救人。我义愤填膺，先帮他打赢了官司，又费尽周折帮他在省民政厅为他儿子落实了烈士待遇。事情过后，他不解地问我："咱非亲非故，为什么帮我？"我说："因为咱都是穷苦农民的后代，看你受苦我心里难受。"

乐于助人还不能贪图回报。我的老乡做生意要不上钱来，让给帮忙，后来钱给了。人家为了感谢，上我家偷偷放下

2000块钱就走了，我接着就给人家送了回去。老乡感动地说："你给俺要来了这么多钱，这点儿心意就不能接受吗？"我说："别说了，再说咱爷们儿就岔味儿了。"一个清白的家庭，靠的是家庭成员的清白；一个廉洁的社会，靠的是每个社会细胞的廉洁。建设清洁社会，需要每一个社会成员的内心自觉。

诗礼堂，它承载着对优秀的孔氏家风的记忆。在这里，孔子已经成为自己后人的伟大导师；同时，他也无愧于整个中华民族的伟大导师。

链接：（2）《母亲的高度》

按：有的人身材高大，却显得渺小；有的人身材矮小，却又显得高大。我的母亲一米六八的身高，在女性中，不算高，也不算矮。但在我的心中，时常揣摩的却是母亲内心的高度。

母亲的高度

转眼交了腊月。再过些天，就是我的生日。虽已上了年纪，可一遇特别的日子还是想娘。依稀中，母亲依旧站在老家的大门外边，那是在她做好饭菜以后等我回家。

母亲的脸上满是慈祥，她的心里又是那样的宽广。在俺村，孔家是大户，千把人的村庄，七八百人姓孔。"祥"字辈的，我父亲在村里排行老三，因此叫母亲"大娘"的特多。听着那些老大不小的哥哥们喊着"大娘"，心里的惬意油然而生。

母亲出身大户人家，她的爷爷是清末的文秀才。从小的潜移默化，使得她知书达理。因此，俺门儿里的大事小事，经常有人找她商量商量。

过去的婚姻讲究门当户对，母亲嫁到俺家也算顺理成章。我家也是书香门第，高祖是清朝咸丰皇帝御批的七品执事官，当时土地200多亩，可中华人民共和国成立后成了“破大家”。母亲的命运特别不好，43岁那年，父亲得了急病撒手人寰。那时我还不到5岁，除了大姐已经出嫁，其他姊妹都未成年。毕竟老传统根深蒂固，家里并没因为父亲的去世歧视我们。爷爷、奶奶、二叔、三叔，都对我们很好，这让母亲有了生存下去的勇气。

母亲也有受气的时候，那已经是后来的事了。三叔是抗美援朝的有功人员，回来后在城里找了工作，成家立业。婶子家是城里，是三叔一个工厂的同事，因为脾气暴躁，三年困难时期被下放回到农村。她本就性情不好，再加生活上的不顺，越发不可收拾。柿子专拣软的捏，这气自然撒到了母亲身上。一次，母亲摊煎饼，她在下边烧火，一言不合，摸起一根带圪针的洋槐枝子就抽到母亲身上，我们姊妹几个吓得鬼哭狼嚎，却又奈何不得。

分家时，爷爷坚持把祖房的主体留给他的长孙。我们家分得正房的明间和西间，二叔分得正房东间和树木，三叔分得东屋和空基。因为二叔没有子嗣，按照过继的规则，其家产归属三叔子嗣所有。婶子对爷爷的“分家不公”始终耿耿于怀。等到她家在我家后院盖起房子，对祖房东间那间房，既不卖，也不拆，而是在后墙上挖了个门，在里边做厨房。过去建房子是用梁头，里面全是通着的。在后墙上挖门，那是大忌，亘古未有，这用意就是破我家的风脉，同时烧火熏我们，冬天冻我们。

那时候，爷爷奶奶都已作古，三叔忠厚老实左右不了。母亲对我们说："人要有冻死迎风站的骨气，没有过不去的火焰山。"她依然挺起瘦削的脊梁昂然前行，没有一丁点儿的怨气。母亲说："人家是城里人，来农村不易，别计较。"记得那是婶子生第一个孩子，那时候还不兴到医院生产，母亲就提前给她安排好了接生婆，她是同村的母亲的姑表姐，我们管她叫表姨。一天夜里，婶子临产，表姨来了。可是难产，表姨处理不了。母亲当机立断，去请村东头一个技术更高的接生婆。我们家在村西头，母亲又是小脚，漆黑的夜里，她深一脚浅一脚跑了一里多路，搀扶着一个我们叫"老奶奶"的接生婆来了。"老奶奶"一到，三下五除二，化险为夷。

我们的家族很大，五服以里就有上百人，对俺这个单亲家庭几无歧视，并呵护有加，这为我们提供了健康的成长环境。但林子大了，有不同的鸟鸣也很自然。一个三服上的堂叔，精明能干，又有手艺，人倒不坏，只是不重修养，说嘴聊舌，弄得人人恶应，结果连个家室也没混上。他崇尚做生意，极力反对我们上学。一次，他见了我和母亲，指着我说："上（学）吧，上吧，等大了无非像我一样，连个媳妇也混不上。"这话多了，母亲心里老不舒服。因为母亲就我一个男孩儿，受苦把难为了什么？咒我说不上媳妇，那不是让俺后继无人吗？这是往母亲的伤口上撒盐啊！

年复一年，堂叔老了，生意不能做了，后来又得了绝症，晚景蛮凄凉的。我家有一盒葡萄糖粉，那是在长清工作的姐夫和大姐专门给母亲捎来的。这在20世纪70年代初，也算上等的补品了。自打父亲去世后，母亲就得上了严重的支气管炎，身体十分虚弱，她却始终舍不得用。一看堂叔可怜，便毅然送给了人家。

母亲66岁的时候不舍地走了。那时，我既没成家，也没立业。我徘徊在大门外边，照旧思量着母亲永不消失的身影；可在我的心中，反反复复丈量着的却是母亲内心的高度。

写于农历二〇一六年腊月初九

［十七］ 以人为本，以和为贵；中庸至德，万事真谛；哲思如海，博大精深；德侔天地，道冠古今。

舞剧《孔子》剧照

以：介词，拿，把。

为：动词，作为。

本：事物的根本、根源。

以人为本思想的由来

孔子提出的以人为本的理念是中国古代人本哲学的发端。在传统的天神崇拜的宗教方面，周人和商人有共同的特点，即都强调王权的合法性和无可置辩的最高权威性的根据是来自“天命”，即“王权”是由“神权”授予，并由其做保证。不同的是周人引进了“以德配天”的观念，统治者把“敬德”作为获得“天命”的必要条件，把“尽人事”与“听天命”互为补充。这种“天人合一”的观念帮助周人巩固了政权，同时也带来了麻烦。由于“王”失德所引起的民众的不满，也波及“天”上。此时，“王”和“天”的神圣性都受到了广泛的亵渎和否定。既反对君本思想，又反对神本思想的以人为本的民本思想，就是在这种社会思潮的背景下形成的。这一时代进步思潮的核心既然是人的问题，于是孔子就针对人的本质、人与人之间各种错综复杂的关系，提出了关于仁的学说。孔子在形成自己的思想时，抓住当时在意识形态中已经出现的仁的观念，明确它，充实它，提高它，使它升华为具有人道主义的博大精深的人本哲学。

和：孔子思想中重要的哲学思想，即和而不同。保持矛盾对立面的和谐叫作和；取消矛盾对立面的差异叫作同。和而不同的内涵，就是在保持矛盾对立面、有效化解矛盾对立面的前提下达到目标一致，也就是达到和谐。

贵：值得珍视或重视，宝贵。

●“和”的本质是“和而不同”

和而不同是孔子思想中重要的哲学思想。《论语·子路》曰：“君子和而不同，小人同而不和。”意思是说，君子和谐相处却不盲目苟同；小人盲目苟同却不和谐相处。什么是和？什么是同？孔子认为，保持矛盾对立面的和谐叫和，取消矛盾对立面立面的差异叫同，和与同有原则区别。与孔子同时代的晏婴曾详尽地分析过这个区别。据《左转·昭公二十年》记载，齐景公问晏子，梁丘据这个人与我算得上是和吗？晏婴回答说，只能算是同，算不上是和。为什么呢？君说可以的事情，如果其中有不可以的地方，臣就应该提出不可以的意见加以完善；君说不可以的事情，如果有可以的理由，臣就应该提出可以的意见加以修正。梁丘据则不是这样的。君说可以的，他也说可以；君说不可以的，他也说不可以。就好像水与水做成的汤，有什么味道呢？又好像五音只有一种，有什么听头呢？

中庸：孔子仁本哲学中的思想方法论；中，不偏，中正，中和；庸，用，常；中庸即“用中为常道”，也就是说，做事情自始至终都要做到中正中和，不偏不倚，无过无不及，恰到好处，尽善尽美，不走极端。

至：副词，极，最。

德：道德。

万事：万，形容很多；万事，指一切事情。

真谛：真，真实（跟“假”“伪”相对）；真谛，真实的意义或道理。

哲：有智慧。

思：指思想；思想是客观存在反映在人的意识中经过思维活动而产生的结果。

博大：宽广，丰富（多用于抽象事物）。

精深：（学问或理论）精密深奥。

德：德行。

侔：相等，齐。

道：学术或宗教的思想体系，此指孔子的思想体系。

冠：居第一位。

赋文“以人为本，以和为贵；中庸至德，万事真谛；哲思如海，博大精深；德侔天地，道冠古今”，意为“把人作为事物的根本，把和而不同作为宝贵的理念；做事情自始至终中正中和、不偏不倚是最高的道德原则，是一切事情真实的道理；孔子的智慧和思想像海洋一样，既宽广丰富，又精密深奥；他的德行与天地并齐，他的思想体系古往今来居于第一”。

● “中庸之道”是最高明的思想方法论

链接：《大中门上的密码》

大中门上的密码

曲阜孔庙是祭祀孔子的本庙，占地约9.6万平方米，共九进院落，前三进为引导性庭院，从第四进庭院起建筑增多，第六进以后分为左、中、右三路布局。大中门是第四进院落的正门。这道大门原来是宋代孔庙的大门，当时叫“中和门”。明代孔庙扩建时，大门南移，这里就成了第四进院落的正门，同时改为“大中门”。此门两次命名都选了“中”字，那么大中门上的密码到底是什么呢？中，中庸之道也。“中庸之道”这道密码，就是打开中华之门的钥匙。

在孔子的思想体系中，“仁”“礼”“中庸”分别占据着三个非常重要的板块。孔子思想的核心是“仁”，有人把孔子思想称之为“仁学”。“仁”在《论语》中共出现109次，可见它在孔子思想中的重要地位。在孔子学说中，“仁”为统领，其他思想学说都在这个人本哲学的统领之下。三个板块之间的关系，仁是内容，礼是外在表现形式，中庸是思想方法论。

什么是“中庸”？《三字经》中说：“中不偏，庸不易。”中，就是不偏，庸，就是不改变。也就是说，做事情自始至终都要不偏不倚，无过无不及，恰到好处，不走极端。中庸是中国最好的思想方法和行为准则。把事情做到尽善尽美，它的运行就必须在恰当的地位、恰当的时间、恰当的限度。只有把握适度，才能追求到最佳状态。

“中庸”这个概念在《论语》中只出现过一次：“中庸之为德也，其至矣乎！民鲜久矣。”（《论语·雍也》）但实际上，孔子在自己的理论与实践活动中始终贯彻了中庸思想。《礼记·中庸》是孔子嫡孙子思的著作，它淋漓尽致地发挥了孔子的中庸思想。它说：“执其两端，用其中于民。”这句话颇能说明中庸的实质。中庸要求“允执其中”（《论语·尧曰》）。然而要坚持“中”，必须把握两端，即矛盾的对立面，离开两端就无所谓中。不过，执“两”不是要用“两”，而是要用它们的“中”。这样就可以避免走极端，能够使矛盾统一、协调地保持下去。

作为孔子思想方法论的中庸思想，它的主要特征是:（1）反对做事情过头和不到位;（2）在处理矛盾的过程中，提倡和而不同，也就是通过协调，化解矛盾，达到统一。

中庸思想是传统文化中的瑰宝，是中国人的大智慧，中华民族正是接受了这种思想，才化解了无数矛盾，延续了五千年文明。那么，在现实生活中，中庸思想能够发挥什么作用呢？简单地说，它能够协调四个方面的关系，即人与人的关系，人与社会的关系，人与自然的关系，人自身性与情的关系。

第一，利用中庸思想协调好人与人的关系。孔子思想的核心是“仁”，中庸这个思想方法论就是为实现“仁”这个目标服务的。“仁”的核心内涵是什么？《说文解字》上说，仁从“亲”，从“人二”。亲，就是亲密；人二，就是二人；合起来就是“二人亲密”。问题是，一个人做事，可以天马行空，独往独来，想怎么做就怎么做；两个人以上要想达到和谐统一，就需要协调。在家里，夫妻两人吃饭可能就弄不到一块儿去，一个要吃水饺，一个要吃面条，一个爱吃咸，一个爱吃淡，怎么办？商量一下，协调一下，两个人才能一致。社会上的矛盾和问题更多，遇到问题不要冲动，退一步海阔天空。因为一丁点儿小事，酿成大祸的现象屡见不鲜。

第二，利用中庸思想协调好人与社会之间的关系。人从降生之日起，就由自然人成为社会人。在社会上，一定要学会让人适应社会，而不能让社会适应人。处理好人与社会的关系，无非要做好两件事，大到敢担当，小到守规矩。儒家大力倡导忧患意识和担当精神，“先天下之忧而忧，后天下之乐而乐”“天下兴亡，匹夫有责”，就是这种精神的生动写照，也是中华民族的精神滋养。因此，一个人只有把自己的理想和目标与国家、民族的理想和目标有机地联系起来，在社会中找到自己的角色定位，实现自己的理想和目标才有希望。同时，在社会上，要有规矩意识和秩序意识。当人生失意或遇到挫折时，不要怨恨社会，甚至报复社会。如果那样，你可能就会走向人生的反面。其实，人高度依存的社会也在每时每刻调节着与个体的人的关系。社会的代表和象征是国家，我们国家的执政党又是高度代表人民的。2003年年初，中央下发了当年的一号文件，决定减免两税实行三补，即当年减免特产税，五年减完农业税，并且实行种粮、购买良种、购买大型农机具补贴。这样调节的结果是农村稳定了、上访减少了、农民的积极性提高了。

第三，利用中庸思想协调人与自然的关系。随着科学技术的高速发展，人类与自然界的矛盾显得越来越突出。人类似乎认为，他已经不再是大自然中的一员，而是大自然的主宰。人类对大自然的破坏、掠夺和侵蚀已经到了登峰造极的程度。今天，我们正生活在一个日益现代化的时代，这个时代展现给我们的图景五彩斑斓，目不暇接。摩天大厦、高速公路、城际轻轨、磁悬浮、互联网……我们正享受着人类进入文明时代数千年来从未有过的丰富的物质生活。然而，人与自然并不和谐，地球在给予人类无穷享受的同时，也把种种困扰和危机推到了我们面前。海啸、洪水、地震、雾霾、沙尘暴、传染病、环境污染、能源危机……困扰中，不禁让我们想起了孔子。孔子曾经提出了“知天命”的概念。什么是“知天命”？天，就是大自然；命，就是规律；知天命，就是认识和掌握了自然规律。儒家提出的人生目标的格物、致知、诚意、正心、修身、齐家、治国、平天下八个纲目中第一条的格物，就是让人认真观察客观事物；第二条致知，就是要求人们在观察以后上升到理性去认识，找出客观规律。孔子50岁之前，主要是在“格物”“致知”上下功夫，掌握了一些规律性的东西，因此他说“五十而知天命”。同时，孔子也清楚地认为，“天”作为自然界的最高存在，它的运行，有超出人类认识的力量，人类的认识不会穷尽自然界的奥秘，人类不能把自然界当作服从和掠夺的对象，因此他又提出了“畏天命”。对于大自然的态度，我们应该像孔子那样，既要有积极进取的探索精神，又要有自觉遵循客观规律的科学态度。当前，中央政府采取的降增幅、调结构、经济转型、建设生态文明的一系列措施，就是协调人与自然关系的科学举措。

第四，利用中庸思想协调好人自身性与情的关系。性与情

舞剧《孔子》剧照

是人的生命体中一个问题的两个方面。性是人本身固有的动物本性，情是人与生俱来的思想和情感。人是动物的一种，人之所以能被称为高级动物，根本的区别就在于人有思想情感，而动物却没有。随着文明时代的到来，人通过修身养性，试图用思想情感把动物本性降低下去，或者是包装起来，隐蔽起来。但人本身的动物本性也是与生俱来的，是根本消除不了的。关键问题是，在现实生活中，当人们遇到自然诱惑时，是思想情感战胜动物本性，还是动物本性战胜思想情感。如果思想情感战胜了动物本性，那你就是个堂堂正正的人；如果动物本性战胜了思想情感，他就枉为人君，畜生不如。

中庸思想是古代中国的最高智慧。我们要用孔庙大中门上的这道密码，去打开中华民族的心结；我们要用这把钥匙，去打开中国伟大复兴的大门。

[十八] 广纳三千弟子传播六艺，文行忠信萃拔七十二贤。千秋学人仰之为圣，万世帝王尊其为师。

孔庙大成殿内孔子像

广：（面积、范围）宽阔（跟“狭”相对），此指广泛，（涉及的）方面广、范围大。

纳：收进来，招纳。

三千弟子：指孔子一生中招收培养学生的总数，这仅是一个概数，说明培养的学生数量之多。

传播：此指传授，把学问、技术教给别人。

六艺：指孔子的教学内容，包括两个层面：七八岁的小孩儿刚入学时，开始学习的“礼、乐、射、御、书、数”称“小六艺”；成年以后，学习的“《易经》《尚书》《诗经》《礼经》《乐经》《春秋》”称“大六艺”。

文行忠信：文，文化知识，历史文献；行，行为规范，道德修养，社会实践；忠，忠诚老实，尽心竭力；信，讲究信用，言行一致。这是孔子教学设定的四个科目，包括书本知识、社会实践和道德修养三个方面。《论语·述而》载：“子以四教：文，行，忠，信。”

萃：此指聚在一起的人。

拔：超出，高出。

贤：有德行、有才能的人。

孔子的教育思想

孔子一生从事教育，弟子三千，出类拔萃者七十二人，可谓桃李满天下。孔子的教育思想大体是：（1）在教育的指导思想上，主张有教无类；（2）在教育的基本方法上，主张因材施教；（3）在教育的基本内容上，主张文行忠信；（4）在教育的培养目标上，主张学以致用。

孔子开辟的教育事业为中国文化的发展繁荣起到了巨大作用：（1）打破“学在官府”制度，兴办私学，实现了教育平民化，在提升中华民族整体素质方面开了先河。（2）形成了成熟

孔子圣迹·杏坛礼乐

孔子施教雕塑

的教育思想，影响了中国教育几千年，以至现代。(3)形成了系统的教育体系，为中国教育提供了可资借鉴的范例。(4)招收的学生不分地域贵贱，促进了中国文化东西南北和社会上下的融合。(5)成批次、大体量的学生数量，为中国文化代代相传奠定了人才基础。

千秋：泛指很长久的时间。

学人：学者。

仰：敬慕，仰慕。

之：代词，他。

为：作为。

圣：圣人。

万世：很多世代。

帝王：君主，皇帝。

尊：尊敬推崇。

其：代词，他。

师：师表，品德学问上值得学习的榜样。

以上两句为互文。

孔子逝世后，鲁哀公将其生前“所居之堂”辟作“寿堂”，令其子孙“岁时奉祀”，以示对其尊崇与怀念之意。自汉代以来，孔子受到历代帝王的推崇，被称为“天下文官主，历代帝王师”，被追封为“至圣”，前往朝圣拜谒的帝王大臣历代不绝，把祭孔与祭天、祭地、祭日月、祭鬼神并列。自汉高祖刘邦亲祀孔子之后，历代帝王争相效仿。汉明帝刘庄、唐高宗李治、宋真宗赵恒、清圣祖玄烨、清高宗弘历等10余位皇帝先后到曲阜祭孔达19次，遣大臣代为恭祭达196次。达官贵人、文人学士慕名而来的不可胜数。西汉史学家司马迁，北魏地理学家郦道元，唐代诗人李白、杜甫、高适、张九龄，宋代文学家苏轼、史学家司马光，金代文学家党怀英，明清知名学者李东阳、顾炎武、纪昀、康有为等，都曾前来拜谒孔子并留下大量墨迹。

古代祭孔程序十分严格。《大成殿释典礼》曾这样记载祭孔的主要仪程：

鸣赞（唱礼的司仪）：乐舞生就位，执事者各司其事，陪祭官就位，分献官就位。

引赞（在主祭身旁，引导主祭进行各种活动的人）：就位。

鸣赞：瘗（掩埋）毛血。

引赞：诣盥洗所盥手，诣酌奠位爵（把酒浇在地上表示祭奠）酒尊，一叩三跪。

鸣赞：迎神。

（起乐）举迎神，乐奏昭平之章。

引赞：诣盥洗所盥手，升堂，至先师神位前跪，叩头，平身。上香，复位。

鸣赞：三跪礼叩。

奠帛行初献礼。

（起乐）举初献，乐奏宣平之章。

引赞：诣盥洗所，盥手洗爵，诣酒樽所，司樽者举幂酌酒，诣至圣先师神位前跪，叩头。平身，献爵，复位。

鸣赞：行终献礼。

（起乐）举终献，乐奏叙平之章。

引赞：诣盥洗所，盥手洗爵。诣酒樽所，司樽者举幂酌酒，诣至圣先师神位前跪，叩头。平身，献爵。

鸣赞：赐福胙。

引赞：升堂诣复位，赐酒受福胙。一跪三叩，复位。

鸣赞：三跪九叩瘗馔。

（起乐）举瘗馔，乐奏懿平之章。

鸣赞：送神。

（起乐）举送神，乐奏德平之章。

鸣赞：三跪九叩，恭捧祝帛诣燎位。

引赞：诣亡王位，焚正位，祝一析，帛一段，复位。

鸣赞：礼毕。

赋文“广纳三千弟子传播六艺，文行忠信萃拔七十二贤。千秋学人仰之为圣，万世帝王尊其为师”，意为“广泛招纳三千弟子传授六艺，通过学习书本知识、参加社会实践、践行道德修养，出类拔萃者达到

两岸文化交流

七十二人。千秋万代以来，学子们仰慕他是圣人，帝王们推崇他是师表”。

● 孔子与“六艺”的关系

链接：（1）《孔子与六艺》

按：这是笔者为来自全国各地的少儿国学教师所做的演讲。

孔子与六艺

孔子生活在周代末期的春秋时代。那时候，礼崩乐坏，社会动乱。这时，他想到了兴办教育，以文化人。要知道当时的教育是学在官府，老百姓是没有资格上学接受教育的。从孔子开始，设坛兴教，开办私学，并实行有教无类，不分贵贱，不分地域，学生只要缴纳一束干肉作为学费就能上学。他从30岁开始招收学生，到晚年还在教学，直至去世。一生中弟子三千，贤者七十二人，真可谓桃李满天下。

孔子曾说："知之者不如好之者，好之者不如乐之者。"教学为孔子带来了终生的快乐。这在《论语》中就有精彩的记述：叶公问孔子于子路，子路不曰。子曰："女奚不曰：'其为人也，发愤忘食，乐以忘忧，不知老之将至云尔！'"意思是说，有一天，叶公在路上遇到了孔子的学生子路。他问子路，你的老师是一个什么样的人啊？子路不敢评价老师，故而不答。回去后把这事给老师细说了一遍。孔子说，你为什么不给他这样说啊，我老师这个人啊，发愤学习起来竟然忘了吃饭，高兴起来竟然忘了忧愁和烦恼，他就是这样一个人罢了。看看，孔子是多么心胸豁达，潇洒自如。

孔子一生从事教育，那么，他拿什么来教育学生呢？大家知道，当时是没有系统的、固定的教材的。为了教好学生，孔子就总结出了两套教材，一个叫"小六艺"，一个叫"大六艺"。小六艺是什么呢？就是"礼、乐、射、御、书、数"；大六艺就是后来人们所说的"六经"：《易经》《诗经》《尚书》《礼经》《乐经》《春秋》。过去的孩子8岁入学，就开始学习小六艺；到了成年之后，就学习大六艺。

小六艺就是人们生存必须具备的6项技能。

1. 礼。礼就是礼仪和规矩，相当于现在学校里的德育课。过去的孩子一入学，首先学习的就是礼。孔子曾经教育他的儿

“六艺”展示

子孔鲤“不学礼，无以立”。礼是什么呢？礼就是西周初年周公为周王朝制定的典章制度、法规法则，目的是让人们按照这些规矩约束好自己的行为规范。对于礼，我们可以从人的内在和外在两个方面来理解。内在的方面，人应该有自我约束意识，也就是守规矩，守秩序；外在的方面，人应该懂礼仪，讲礼节。一个历史老师给学生讲课，开场第一句话就这样讲，中国特别大，中国特别特别大，中国特别特别特别大。那怎么办？就需要大家遵守规矩，各行其道。社会是大家共同生存的空间，不是你一个人的，如果都不守规矩，社会就乱套了。比如行路，绿灯行，红灯停，黄灯亮了等一等，这是起码的社会规矩，都应该自觉遵守。一个人本事再大，也要在国家和法律允许的框架内有序参与，馍馍再大也不能胀出笼来。这就叫作内在的自我约束意识。如果人人都具备了这种意识，社会就和谐了，国家就安宁了。那么，外在的呢？人要做到彬彬有礼，张弛有度，讲礼貌，讲礼节，从仰卧起坐到待人接物都让人感觉舒服。孔子说："质胜文则野，文胜质则史。文质彬彬，然后君子。"因此，古代的孩子一入学先学礼。

2. 乐。乐就是音乐。古代曾有"六乐"：云门、大咸、大韶、大夏、大濩、大武等古乐。最早的乐是一种礼仪性乐舞，它是在重大的祭祀活动中使用的，就像我们今天看到的祭孔乐舞。音乐对于人有什么影响和作用呢？（1）修身养性，陶冶情操。孔子曾经向当时鲁国非常有名的乐师师襄学习弹琴。师襄教孔子学了一首曲子，孔子一练就是十几天。师襄说，你已经会了，可以学下一首了。孔子说，我还没有弄懂其中的演奏技巧。过了几天，师襄说，你已经熟悉了其中的技巧。孔子说，我还没有领悟到其中的思想境界。又过了好多时日，师襄说，你已经领悟到了其中的思想境界，可以学习新的曲子了。孔子依然坚持，我还没有想清楚这曲子的作者是个怎样的人。孔子潜心修习，穆然深思，而后极目远眺，豁然开朗，深情地感叹，我知道作这曲子的是怎样的一个人了，他皮肤黝黑，身材修长，心胸坦荡，志向广远。除了周文王，谁还能作出这样的曲子啊！师襄闻听此言，大惊失色，急忙站起，向孔子拱手施礼，说道，您真是圣人君子啊！这就是《文王操》啊！（2）振奋精神，鼓舞斗志。孔子周游列国时，曾想离开陈国前往楚国，但陈国和蔡国害怕孔子辅佐楚国使其更强大，便想阻止孔子。孔子师徒出了陈国都城宛丘，走了两天，在一个幽谷露天歇宿，第二天一早发现已被围困。到了第四天，水尽粮绝，不少弟子已经病倒，情绪低落。而孔子依旧弹琴、唱歌、给弟子们讲学。第五天，孔子在幽谷中发现了一片兰花，它们千姿百态，争芳斗艳，令人陶醉，从而创作了《猗兰操》，并操琴吟奏。在孔子的激励下，弟子们群情激昂。到了第七天，他们在楚国救兵的援助下冲出了重围。

3.射。射就是射箭。古代包括两个主要运动，射箭和弹弓，主要用于军事和狩猎。射箭有五项技术：白矢、参连、剡注、襄尺、井仪。白矢就是发箭准确有力，穿过靶子后箭头发白；参连就是先放一箭，再放三箭，像珠子一样连接起来；剡（锐利）注就是速度要快，上箭即发，一发而中；襄尺就是臣与君齐射，并立以后，让君一尺，退后而射；井仪是四箭连发，皆中目标。

孔子说："君子无所争，必也射乎，揖让而升，下而饮，其争也君子。"射，不仅是一种体育活动，还是修身养性，培养君子风度的手段和方法。到了唐武则天时代，朝廷设立武举制度，选拔标准一共9项，其中有5项是射箭，包括长跺、马射、步射、平射、筒射。射箭发展到现在，手枪、步枪、机关枪、冲锋枪及更高级的导弹发射等，都是射的范畴。

4.御。御就是驾驭马车的技术。古代生产力水平比较落后，无论在平时的生产生活中，还是在战争中，驾车的技术都十分重要。在古代，驾车也有五项技术，比如"逐水车"，即车子在弯弯曲曲的河岸上疾驰而不能坠入水中。再如"舞交衢"，即车子通过十字路口时，也能驱驰自如。驾驭技术对于现代还有用吗？太重要了。开车、开飞机、开轮船、驾驶宇宙飞船等，都是御的范畴。驾驭技术还可以引申为驾驭能力，也就是领导能力、管理能力。人生在世，有各种不可预测的复杂局面，控制得好，就能转危为安。譬如说现在美国搅局南海，局势云谲波诡，复杂多变。如果认不清实质，莽撞应对，很可能擦枪走火，铸成大错。我们必须看清美国搅动南海的实质。美国之所以挑动南海，是因为中国提出“一带一路”倡议，设立亚投行，从而挑战了美国的美元霸权，他才在南海、东海、台湾海峡三海联动，并在韩国部署萨德。看准了，拨云见日，再做决策，这就叫驾驭能力。

5. 书。书就是书法，主要指识字和写字。要想学习好汉字、书写好汉字，就必须要知道汉字是怎么造出来的。中国汉字主要有四种造字方法：象形、指事、形声、会意。大家知道我们的老祖宗用这四种造字方法造出了多少汉字吗？目前，已经通过专家鉴定有出处并进入国家文字库的汉字有91251个。在这些字当中，形声字最多，占80%以上。

象形造字是用简单的线条摹写出事物的形状，如日、月、马、鸟。在汉字中，象形字虽少，但象形造字法却是汉字历史上重要的里程碑。

指事造字就是用“点”“画”等象征性符号表明事物的意义。一是纯指事的字，如一、二、三、四；二是在象形字的某一部位加上“点”“画”符号，表明造字的意图，如刃、本、末。

形声造字就是用表示事物形象的符号和表示汉字读音的符号组成一个新的汉字，如河（左形右声）、锦（左声右形）、草（上形下声）、想（上声下形）。

会意造字就是把两个以上的字组合在一起，表示一个新的意义的字，如戍、林、森、众。

6.数。数就是计数、算法。古代的“九数”即九九乘法表，就是古代学校的教学教材。在现代，数学是学校的主要课程之一。学好代数能提升人的逻辑思维能力，学好几何能提升人的形象思维能力。

中国古代的“六艺”奥妙无穷。在今天，我们仍然可以在“六艺”的海洋里翱翔！

● “射”应该读“ǎi”

链接：（2）《“射”应该读“ǎi”》

按：这是在演讲“六艺”时，为给听众增添乐趣，笔者演绎出的一个幽默故事，意在让人在调侃中体味中国文字的奥妙。

“射”应该读“ǎi”

孔子所处的时代，那可是一个人才辈出的时代。佛教文明的创始人释迦牟尼就与孔子生于同一时代，并且比孔子大14岁。因为孔子讲六艺，还演绎出了一个生动的故事。

话说有一天，释迦牟尼从传言中听说，孔子讲六艺时，把“射”读成了“shè”，他心里就犯了愣，中国古人造字时，不是有一种会意造字法吗？“射”肯定是会意字，那么“寸”“身”会意不是“矮（ǎi）”吗？不行，我得去找孔老夫子叨咕叨咕。

说走就走。释迦牟尼不远万里，远渡重洋，来到了鲁国。真不愧都是文化人，二人一见如故，亲密有加，一侃就是半天。不过，释迦牟尼藏在心里的话还是得说出来。他说，天底下都说咱俩是文化人，今天，咱是不是相互测试一下谁更有文化。孔子说，行，怎么个测试法？释迦牟尼说，各出两个汉字，看读什么，谁读错了，就照他的眉头弹两下。人家都说你是圣人，你就先出题考我吧。

孔子稍作思考，随即就说，上边一个千千万万的“千”，下边一个一里路两里路的“里”，两个字重合到一块儿念什么？释迦牟尼随口答道，轻重的“重(zhòng)”。孔子说，不对。你想，一里路两里路就很远了，千里路不就更远了，此字应读“yuǎn”。第二个字，上边一个大山的“山”，下边一个大山的“山”，合起来念什么？出来进去的“出(chū)”。孔子说，也不对。一座山本来就很重了，两座山放在一块儿不就更重了，应该念“zhòng”。释迦牟尼说，我答错了，甘愿受罚。孔子伸出手指，照他的眉头啪啪弹了两下。

然后，释迦牟尼出题，孔子回答。释迦牟尼说，你在讲六艺时曾经讲过这个字，左边一个身体的“身”，右边一个尺寸的“寸”，合起来念什么？射箭的“射(shè)”。不对。“寸”“身”会意，不是说明人的身体很矮吗？这个字应该念“ǎi”。第二个字。左边一个有的放矢的“矢”，右边一个委托的“委”，合起来念什么？高矮的“矮(ǎi)”啊。不对。“委”“矢”会意，就是把箭放到弓弦上让人放出去，这不是“shè”吗？释迦牟尼说，你也答错了，也得惩罚你。谁知，释迦牟尼刚伸出手，做好弹人的动作，孔子一躲闪就没弹着。

释迦牟尼走后，孔子心潮澎湃，浮想联翩，激动不已。中国文化真是源远流长，博大精深。老祖宗把字给造对了，后人却用错了，这种情况的确存在，也必须引起我的重视。起码“射”和“矮”是相互用错了。用错了那怎么办呢？他反复冥思苦想，没办法，将错就错，就让它约定俗成吧。所以，后来就出现了许多类似的情况，“呆(ǎi)板”变成了“呆(dāi)板”，“看病”变成了“看医生”，“打扫垃圾”变成了“打扫卫生”，等等。

［十九］ 天宇之大，时空之遐，而中国居四大文明古国之一；斗转星移，时过境迁，唯华夏文明巍然独存不隳。

天宇：指宇宙。

之：助词，用在定语和中心词之间，组成偏正词组。

时空：时间和空间，也指宇宙。

遐：远。

而：转折连词。

居：在（某种位置）。

四大文明古国：指世界上具有原创文明的四个古国，古巴比伦、古埃及、古印度、中国。

斗转星移：斗，北斗星的简称；星，夜晚天空中闪烁发光的天体，天文学上指宇宙间能发射光或反射光的天体，分为恒星（如太阳）、行星（如地球）、卫星（如月亮）、彗星、流星等；“斗转星移”指宇宙飞快运转的意思。

时过境迁：时，时间；过，从一个地点或时间移到另一个地点或时间；境，境地；迁，变迁；“时过境迁”意思是时间和境地都发生了很大变迁。

孔庙大成门石柱上的龙浮雕

唯：单单，只。

华夏文明：即中华文明。

巍然：巍，形容高大；然，表示状态的词尾，即……的样子；巍然，形容高大的样子。

独：单一，一个，独自。

隳：读“huī”，毁坏。

● 世界四大文明古国

世界上具有原创文明的四个古国，包括古巴比伦、古埃及、古印度和中国。而在世界四大古代文明中，中国是到现在为止唯一一个还在延续的文明。古巴比伦（今伊拉克）文明

（也称两河文明，两河指幼发拉底河和底格里斯河）、古埃及文明、古印度文明都因战争、文化等因素没有得以延续。希腊文明也是一个非常古老的文明，曾经对世界产生过很大影响，但经世界学者们研究，它是巴比伦文明和埃及文明在地中海上的遇合。波斯（今伊朗）文明也是非常伟大的文明，但它是巴比伦文明和印度文明在陆地上的遇合。这两大文明既不是原创文明，也没有延续下来。

赋文“天宇之大，时空之遐，而中国居四大文明古国之一；斗转星移，时过境迁，唯华夏文明巍然独存不隳”，意为“宇宙无限广大，时空无限久远，但是中国却是世界四大文明古国之一；宇宙飞快地运转，时间和境地都发生了很大变迁，只有中华文明雄伟高大地独自存在，没有遭到毁坏”。

［二十］　今之圣城，杏坛侧畔，国人高声诵读《论语》；孔子像前，外宾肃然顶礼膜拜。先圣睿思宏轨，将自我曲阜而流布全球，惠及寰宇。

杏坛

杏坛：传为孔子讲学的地方，在今孔庙大成门内、大成殿前。

侧畔：旁边。

孔子像：指大成殿内的孔子塑像。

肃然：恭敬的样子。

顶礼：原指佛教徒的最高敬礼，合掌举过头，然后跪下用头来叩人的脚。这里比喻人们对孔子的特殊恭敬和极端崇拜。

膜拜：跪在地上举两手虔诚地行礼。

以上两句形成互文，反映出事隔2000多年，孔子及孔子思想仍然具有极强的影响力，依然把不同肤色、不同国度的人们吸引在其身旁。

睿思：睿，有智慧，看得深远；睿思，具有前瞻性的思想。

宏：广大，宽宏。

轨：原指车子两轮之间的距离，后指车轮碾过的痕迹，引申为一定的运行路线和轨道，这里比喻事物正常的规则和秩序。

将：介词，把。

自我：自己（对自己做某事），这里指孔子把对曲阜做的事当成自己的事。

而：顺接连词。

流布：流，移动，传播；布：分布；流布，传布，传播。

惠：给予或受到的好处。

及：达到。

寰宇：寰，广大的地域；宇，上下四方的整个空间，指宇宙；寰宇，指全世界。

此句把孔子、孔子思想与曲阜城对接，指出历史文化在曲阜这座城市中的功能与意义，具有承上启下作用。

大成殿前膜拜孔子

赋文“今之圣城，杏坛侧畔，国人高声诵读《论语》；孔子像前，外宾肃然顶礼膜拜。先圣睿思宏轨，将自我曲阜而流布全球，惠及寰宇”，意为“当今的圣城曲阜，在杏坛的周围，国内的人们高声诵读《论语》；大成殿的孔子像前，外国宾朋恭敬地拜谒孔子。先圣孔子前瞻性的光辉思想和行为规则，把自己的故里曲阜传播到全球，让全世界受益”。

链接:《代代相传的故事》

按：该文是笔者在2010年春天带孙子游览孔庙后写成的散文。文中涉及本家族9代人与孔庙相关的故事，本意是想通过人脉传承这一外壳反映孔子思想传承的深刻内涵。2010年11月29日，《光明日报》予以刊发。

代代相传的故事

含饴弄孙

孙子是在学习《论语》的快乐中成长的。每当看见他那天真和执着的表情，喜悦之情油然而生。

星期天一大早，他跑进我的房间，

忽闪着大眼睛说："爷爷，您说过好几次了，要带我去孔庙玩儿，咱们今天去吧。"眼里闪烁着期盼之光。

我一把抱起他，说："哦，爷爷今天就带你拜拜咱老祖宗去。"

曲阜城不大，我们祖孙俩一会儿就来到了明故城边。神道笔直而宽畅，两侧古柏参天，蓊蓊郁郁，晨霭中呈露出城门高大的轮廓。

孙子一路在前跑着，看着他的稚气与可爱，我不禁想起小时候与我的爷爷一起来祭拜孔庙的事。

那是20世纪60年代初，我该上学了。一天早上，爷爷对我说："你要上学了，咱们先去祭拜孔庙。"

初夏的早晨还带着一丝凉意。那时，我们家在离城十几里以外的农村。也像今天一样，我在前边跑，爷爷跟在后头，一前一后，来到了神道。

那时，神道还不是石板路，周围杂草丛生，却显得生机盎然。古城墙高耸挺拔，像个饱经沧桑的老人，苍老而威严。我指着城门上的四个字问："爷爷，那上面写的是什么？"

"万仞宫墙。"随后，爷爷又说："这四个字可是乾隆皇帝的御笔。一仞等于八尺，说明孔夫子的思想深着呢。"

爷爷小时候上过私塾，在村里算个文化人。爷爷的爷爷是御批的七品执事官，曾司孔庙祭祀，因而爷爷可没少跟着逛孔庙。我小时候，凡不懂的事都问爷爷。爷爷的回答，我并不能全都明白。带着那些疑问，走过了半个世纪。

走近第一道牌坊，爷爷告诉我，"金声玉振"是指乐曲。孔子的思想就是一首乐曲。接着，他解释说，孔子思想的核心

金声玉振坊

是“仁”。按咱老百姓的理解，“仁”的本意就是人与人之间互相爱护。一个人做事，想怎么着就怎么着，但两个人以上，就得协调好关系。通过协调，人与人之间都能以仁相待，这不就是“和”吗？“和”就是“包容”。从爷爷这个传授出发，我后来一直认为，孔子一生主要做了两件事，一则教给咱们怎么做人，再则教咱们怎么把人做得更好。他创立儒家学说，世上从此有了做人的原则；他呼唤人性升华，让人在关爱自己的同时，还要关爱他人。

站在“金声玉振”坊前，一眼望去：棂星门—太和元气坊—圣时门—弘道门—大中门—同文门—大成门，直至大成殿，气势恢宏，深不可测，那种通透感让人惬意。爷爷自语道，物为人为者，人如其物也。

我们一路走着，爷爷还一边指指点点，那是侧坊，那是腰门……我心里赞叹着孔庙的雄伟和壮观。

“中，中庸之道也。是说做事既不能过头，也不能不到位，这是孔子的处事之道。”爷爷指着大中门说，过去，世界上有四大文明古国，可是那三个都没延续下来，唯有咱中国维系了上下五千多年的文明，就是因为中国接受了孔子思想。这个“中庸之道”啊，它像黄河、像长江，滋润着咱中国人的心，化解了人们多少怨气和矛盾，减少了多少麻烦和灾难？

进了大成门，来到杏坛前。这里，绿树掩映，杏花簇拥，传说是当年孔子讲学的地方。一棵高大苍劲的桧柏吸引了我，旁边的石碑上写着“先师手植桧”。再往四周一看，一棵棵桧柏枝繁叶茂，我一直以为，这些桧柏就是“先师手植桧”繁衍的后代。

大成殿前，人们比肩继踵。这时，我心里犯着嘀咕，为什么这么多人都来拜孔子？

多少年后，对当年的许多疑问，终于渐渐明白了。孔子是中国古代伟大的思想家、教育家。他创立的儒家学说，奠定了中华文明的基石。中华文明先于西方文明跃入世界，它又以东方文明的包容和大度，与西方文明一起，创造出人类文明的一个又一个辉煌，孔子也由此被评为世界十大思想家之首。

后继有人

祖孙三代同祭孔图

今天，人类已进入新的世纪。这个似乎已经现代化了的时代展现给人们的图景五彩斑斓，也把种种困惑和危机推到了人类面前。

早在1988年，75名诺贝尔奖获得者就在巴黎发出联合宣言：人类要在21世纪生存下去，必须回首2500年，从孔子那里汲取智慧。中国政府顺应历史潮流，提出了“构建和谐社会”的执政理念，这与孔子的“和文化”有着直接的文脉传承。

我想，这就是一代又一代的中国人，以及不同肤色、不同民族的人祭拜孔子、尊崇孔子的原因吧！

从跟着爷爷第一次来孔庙至今，已过去了整整半个世纪。50年来，孔庙历经风雨。十年“文革”时，无数红卫兵冲进孔庙，造成巨大的破坏性损失。2000多年来，不知发生过多少天灾和人祸。然而，摧毁的只是孔庙的建筑和文物；风雨过后，又都得以重建和恢复，传统文化并没有泯灭。只要文化支柱还在，我们的民族就会重新繁荣。

孙子高兴地玩着闹着，我们来到了诗礼堂。我告诉他，这里是孔子教子孙习诗学礼的地方。礼，就是规矩，就是法则，只有人们都中规中矩，社会才能有秩序。孙子睁大眼看着，一如当年的我。

孙子拉着我的手寸步不离，就像当初我拉着爷爷的手一样。圣迹殿里，他饶有兴致地听着孔子一个又一个有趣儿的故事。突然，他指着一通石碑问："爷爷，那是什么？"

"那是米芾碑"，我随即念了起来："孔子，孔子，大哉孔子。孔子以前既无孔子，孔子以后亦无孔子……"

孙子不解地问："爷爷，不对不对，怎么没有孔子，孔子不就在上面吗？"

从"金声玉振"到"大哉孔子"——孔庙自始至终，构成了一幅孔子思想的绚丽画卷。

孙子依偎着我，说："将来，我有了孙子，也带他来看孔庙。"

孔庙大成殿

［二十一］ 夫曲阜者，地无汉穗之广，民无沪渝之众。然则，南携江淮，北枕泰岳。东临黄海之浩瀚，西眄中原之辽阔。

以上两段以磅礴的气势，抒写了曲阜璀璨的历史文化，点缀出曲阜的城市之魂。从本章开始，顺理成章抒写曲阜的城市之美。

夫：用在一句话开始的文言发语词。

者：助词，表示语气停顿。

地：指土地面积。

汉穗：汉，武汉的简称，湖北省会所在地；穗，广州的简称，广东省会所在地；武汉和广州是中国土地面积较大的城市。

之：助词，用在主谓结构之间，取消它的独立性，使变成偏正结构。

广：（面积、范围）宽阔（跟“狭”相对）。

民：人民，此处指人口。

沪渝：沪，上海的简称；渝，重庆的简称；上海和重庆是中国人口较多的城市。

众：多（跟“寡”相对）。

然则：连词，用在句子的开头，对上文表示承接，有“既然如此，那么”的意思。

携：本意是拉着（手），引申为“连接”。

江淮：指淮河以南和长江下游一带的江淮平原，由淮河、长江之水冲击而成。

枕：原指躺着的时候把头放在枕头上或其他东西上，这里引申为“背靠着”。

泰岳：岳，高大的山；泰岳，指泰山。

泰山在曲阜以北约70公里的泰安市中部，绵延起伏直至长清、济南，长约200公里。泰山是列入联合国世界文化遗产保护名录的文化与自然双重遗产，全国重点文物保护单位，国家5A级旅游景区。主峰玉皇顶海拔1545米，气势磅礴。自古以来，泰山有“五岳之首”之称，享有“五岳独尊”的美誉。泰山是一座文化名山。自秦始皇封禅泰山后，历代帝王不断在泰山封禅祭祀，并在泰山上下建庙塑神，刻石题字。文人墨客对泰山更是仰慕备至，先后纷至沓来，赋诗作记。孔子登泰山时发出了“登泰山而小天下”的深情感叹，杜甫登泰山时留下了“会当凌绝顶，一览众山小”的千古绝唱。泰山宏大的山体上留下了20余处古建筑群，2200余处碑碣石刻。

临：靠近。

黄海：黄海是太平洋西部的一个边缘海，位于中国大陆与朝鲜半岛之间，是一个近似南北走向的半封闭浅海，总面积38万平方千米，平均水深44米，海底平缓，为东亚大陆架的一部分。黄海的名称来源于它的大片水域水色呈黄色。历史上黄河水注入黄海有七八百年的时间，河水中携带的大量泥沙将黄海近岸的海水染成了黄色，遂被称为黄海，并成为国际通称。

之：用在主谓结构之间，取消它的独立性，使变成偏正结构。

浩瀚：形容水势盛大。

眄：看。

中原：指黄河中下游地区，包括河南的大部分地区、山东的西部和河北、山西的南部；这里主要指山东的西部平原。

鲁西平原主要指山东西部济宁、菏泽、聊城的大部分区域，该平原几无山区。历史上因黄河多次改道、泛淤，因而形成了岗、坡、洼交错分布的地形，土地肥沃，资源丰富，为天然粮仓。

辽阔：辽远广阔。

赋文“夫曲阜者，地无汉穗之广，民无沪渝之众。然则，南携江淮，北枕泰岳。东临黄海之浩瀚，西眄中原之辽阔”，意为“曲阜，土地面积不如武汉、广州宽阔，城市人口不如上海、重庆繁多。既然如此，那么它南面连接江淮平原，北面背靠东岳泰山。东边毗邻水势盛大的浩瀚黄海，西看是辽远广阔的鲁西平原”。

链接：《朦胧听海》

朦胧听海

丁酉春节，年味儿正浓，我却从广袤的鲁西平原驶向太阳升起的地方。

海滨的下榻处，潮湿的空气里，脑际连接着大海进入了梦乡。

朦胧中，似乎听到了惊涛拍岸的声响，或清晰可辨，或依稀渺茫，却始终震撼着我的心房。

顿时恍然大悟，那是大海的力量。我急不可耐，披衣下床，走出房门。天朦朦，雨蒙蒙，承受着海风的透骨彻凉，寻觅着海浪袭来的方向。

漫步在沙滩上，它柔软得让你惬意，它细腻得让你心怡。凝视着，眺望着，大海无垠，水天一色，浑然一体。我用心地寻找着边际，那只是一厢情愿，白白费力。缓慢前移，低头凝思，这是自然界之水都积聚在了一起。

倾听着大海的心声，别有一番韵致。这时没有潮汐，它的运行是那样的规律。三五秒的间隔，水就拍上岸来，转瞬又退了回去。远远望去，碧波荡漾，无限涟漪。转眼没了阴霾。一轮红日喷薄而出，却找不到它的方位，不知是在空中，还是在海里。茫然前行，百思不解，大海为什么是这样的神奇！

忽然，一阵悠扬的歌声传来——“望着水，望着天，望着睿智的容颜。落日也红，海水也蓝，你是我心中灯一盏。情也悠悠，意也绵绵……”我如痴如醉，领略着大海的深邃和内涵。歌声响在海边，却美在我的心间。

依恋着，痴迷着，不舍离开那漫长的海岸线，狂奔的思绪中弹出了上古人的名言：“夫江河长百谷者，以其卑下也。”江河之水最终确是流到了海里啊！那是因为它地理位置的低下。

农历二〇一七年正月初八清晨，速写于黄海之滨

［二十二］ 洙泗流贯，沃野万顷。尼峄滴翠，回峰千重。白云舒卧，紫霞纵横。

洙：洙水河，周朝鲁国为排洪护城兴修的人工河。

泗：泗河，曲阜境内最长的河流，过境段40公里，河床宽150米至300米。

贯：贯通。

洙水河是周朝鲁国为排洪护城兴修的一条人工河，在曲阜城北，东西走向，流经孔林，在城西南方向与沂水汇合。

洙水河中共建有3座桥，左右皆为平桥，唯中间一桥为单孔石拱桥，此为“洙水桥”。洙水桥正值孔子墓中轴线上。洙水流经孔子墓前，传说与圣脉攸关，“灵源无穷”，因此把它与泗河并称“洙泗”，作为孔子思想发祥地的代称。桥前有一座石坊，上书“洙水桥”，为明朝

孔子后裔孔林祭孔

孔林家祭

严嵩所书。严嵩曾为明朝重臣，后因故遭罢黜，其孙女嫁于孔府，为孔子第64代孙、衍圣公孔尚贤夫人。

西狩获麟与孔子去世

关于洙水河，在曲阜有一个流传很久的神奇故事。相传，鲁哀公十四年，公元前481年，孔子已经71岁。这年的春天，管理山林的虞人在曲阜以西的大野（今山东巨野县）打死了一只怪兽拉了回来。当这一消息传到孔子耳中，他急匆匆赶去。孔子一看是麒麟，伤心地说："吾道穷矣。"联想到自己颠沛流离，四处弘道，却不被理解和重用，他老泪纵横，伤心地说，我就像兽中的麒麟啊。麒麟出来却死了，看来我的道也该穷尽了。回到家后，他内心纠结，心想，吾寿将尽矣！

曲阜城北、泗河以南那块墓地，是孔子与他的弟子一起早就选好的。他的夫人亓官氏、儿子孔鲤早就长眠于此。据当地人传说，当时他看中了这块地方后，弟子们却说，确实是风水宝地，但就是缺水。孔子听后便说，自有秦人来挑河。人常说，七十三,八十四，阎王不叫自己去。这话其实就是从孔子这里说起的。当最后一点灯油将要耗尽，人生之灯即将熄灭之时，孔子拖着年迈的身躯，毅然站立大门之外，唱起了他的人生绝唱：

孔子圣迹·西狩获麟

泰山其颓乎！梁柱其坏乎！哲人其萎乎！

泰山将要崩塌了，梁柱将要折坏了，哲人也将要离开人世了！多么悲凉，多么凄惨！ 7天后，那首人生绝唱似乎还在弟子们耳边回荡，而孔子却带着遗憾走了。这一年，他73岁。孔子去世后，就埋葬在他自己选定的墓地里。

小时候听爷爷讲的秦始皇掘孔子墓的传说

几百年后，一个时代结束了，秦始皇统一了中国。而后，他大逆不道，焚书坑儒。相传，公元前219年夏天，他东巡来到山东半岛的成山头（俗称“天尽头”）。这是天子的尽头，过

孔子墓

去的国君谁来过？在天尽头游览之后，他若有所思，天子的尽头，莫非我不该来，莫非我的大寿将近？回来的路上，他闷闷不乐，左顾右盼。但他的随从却茫然不知，他的车队风驰电掣，跨潍坊，越临淄，过临沂，转眼就到了曲阜。忽有人报，前方有一片茂密的树林，据说孔子的墓地就在里边。秦始皇没精打采，一听“孔丘”二字却陡然兴奋起来。真是冤家路窄，原来，我烧儒籍，杀儒生，今天却有幸在这里扒到了老根。他咬牙切齿，从车上下来，快步走进孔林，果然发现了孔子墓。为了破坏孔林风水，当即派人在孔子墓前挖了一条大河。然后，又不问青红皂白，挖开了孔子墓室。进去一看，是三间房屋格局，中间一间放置了悬棺，西间是生活区。秦始皇进了东间，看到一张桌子，桌子上有一本书，一张床，床下有一双鞋。秦始皇穿上床下的鞋，坐在床上看桌上的书。翻开书一看，上面赫然写着："秦始皇，秦始皇，趿了我的鞋，坐了我的床，你必定死在西边沙岗上。"秦始皇魂不守舍，撒腿就跑，结果就死在东巡返回途中的一个沙丘上。

孔林里自从有了这条河，不仅风水没遭破坏，反而英才辈出，人脉兴旺。

孔氏家族修谱

在孔子逝世之后的2000多年里，孔子家族世代赓续，绵延不断，目前子孙已传至80多代，形成谱系有序、辈分分明、有史可据、规模庞大的家族。就世界范围来说，孔家也是名副其实的"天下第一家"。《孔子世家谱》涵盖了孔氏家族的整个传承史。它以其延时之长、族系之明、纂辑之广、核查之实、体例之备、保存之全，于2005年被吉尼斯世界纪录列为"世界最长家谱"。

孔氏全族之正式有谱，始于宋朝元丰甲子年间（1084），迄今已历900余年。在此之前也有族谱，不过只收长支，不及旁系。自康熙甲子年后规定：每逢甲子大修一次，甲午小修一次。

《孔子世家谱》

孔子世家谱续修颁谱典礼

所谓小修，即将30年内孔裔的生死变迁分别填造成册作为大修的底册，亦即为大修做准备。清代康熙、乾隆甲子年（即1684、1744）曾经两次大修。自此以后，孔氏族谱正式命名为《孔子世家谱》。它最后一次大修是1928年，在曲阜孔府组成了以77代衍圣公孔德成任总裁的修谱筹备处。孔德成生于1920年2月23日，农历正月初四，同年农历四月二十日满百日时袭封衍圣公，1935年南京国民政府改衍圣公爵号为"大成至圣先师奉祀官"。孔德成当时仅有8岁，实则由陶氏夫人担纲，着手全国孔氏家族的合修家谱工作，历时7年，完成了现存的从孔子到现代近2500年的108卷家谱档案。

中华人民共和国成立后首部《孔子世家谱》的大修始于1996年，历经13年，共收集140多万孔子后裔资料，再合民国谱所录后裔，新谱总人数约达200万，总字数约计2500万。

这次续修，由时任中国孔子基金会名誉会长谷牧（原国务院副总理）提议，经流寓台北的大成至圣先师奉祀官孔德成首肯，委托其堂弟孔德墉先生完成使命。

本次续修有三大创新：一是跨越性别、民族与地域，收入女性、少数民族、港澳台及海外孔子后裔；二是增加个人信息；三是建立数据库。全谱共分“卷首”和“五集”：“初集”为始祖孔子至分60户；“二集”为43代孔仁玉之后外迁支派；“三集”为孔仁玉之前外迁支派；“四集”为待考支；“五集”为海外支，共80册。《孔子世家谱》对于研究孔子学术思想和生平事迹具有重要学术价值。

在孔子身后，孔氏族人世代赓续，繁衍生息，孔子后人已达数百万之众，遍布全球各地。但是，在2000多年延续的进程中，有两件大事也成为孔氏族人心理上永远挥之不去的阴影，一是“刘末乱孔”，二是“北宗与南宗的变迁”。

● 刘末乱孔

“刘末乱孔”是孔氏家族历史上的大事变。

刘末本来是一个叫花子，但他却给孔氏家族带来了灭顶之灾。

唐朝末年，战乱四起。唐朝王室自顾不暇，对孔氏族人的优渥也不如以前，孔子42代嫡长孙孔光嗣因此没有袭封文宣公的爵位，只是在唐天祐二年（905）被任命为泗水县县令。孔光嗣与曲阜林后张王村张温的女儿结婚后生了一个儿子，名字叫孔仁玉。

一天，有一个外来的乞丐名叫刘末，来到孔府讨饭，突然病倒在门前。仆人把这事报告给主人孔光嗣。孔子后裔一直秉持着“诗礼传家”的良好家风，辈辈都注重道德品质修养。孔光嗣自幼仁厚质朴，乐善好施。一听有人病倒门前，他就安排仆人把它抬了进来，收留在府中养病。刘末本来并无大碍，就是又渴又饿，才倒在了门前。孔府里有吃有喝，没过几天，刘末就好了起来。打那以后，孔光嗣就留下他在孔府里做事。

刘末非常聪明，很会察言观色，因而得到了主人的信任。后来，孔光嗣就赐给他“孔”姓，由“刘末”改成了“孔末”。孔末开始做洒扫的下人，但是，靠工于心计奸佞献媚，攫取了管家的职位。后来，依靠着孔府的名望，孔末娶了兖州知府的女儿作为妻子，可以说富贵和荣耀已经都得到了。这时，孔末不仅不对孔府感恩，反而以恶报德。当时天下大乱，时局动荡，他感觉时机已到，于是起了谋逆之心，开始蠢蠢欲动，勾结地方官员，串通社会暴徒，伺机篡夺孔府权位。

后梁乾化三年（913），孔末率领乌合之众到了泗水，残酷地将孔光嗣杀害，趁乱自称孔子嫡裔，篡夺了孔府权位。乌云密布，大祸将临，孔光嗣夫人张氏抱着9个月大的孔仁玉，伺机逃回林后张王村娘家。孔末为斩草除根，一路追杀孔仁玉母子到了张王村。为了能够留下孔氏家族的血脉，张姥姥急中生智，把与仁玉年龄相仿的亲生儿子张雷抱了出来，孔末随即杀了张雷，又杀了仁玉的母亲。接着，又将曲阜当地的孔子后裔戕杀殆尽。此后，孔末似若无事，俨然以孔子嫡裔自居，还做了曲阜县令。

为了给孔仁玉提供一个安全的生存环境，张姥姥与外孙孔仁玉改为母子称呼；张姥姥又怕性情刚烈的大儿子张云报复孔末，暴露了孔仁玉的真实身份，因此让张云远走他乡。张云走后，销声匿迹，音讯全无，到死也没有回来。孔仁玉在张姥姥的精心抚养教育下，9岁时就精通六艺，并且身强力壮，姿貌景人。

后唐明宗长兴元年（930），曲阜当地人把孔末假冒嫡裔，窃取官爵之事一纸诉状上报官府，文曰："曲阜令孔末非圣人之后，光嗣有子仁玉，现育于外婆张氏家中。"后唐得知此事后，派人前往曲阜详加调查，确认属实，遂下令处死孔末，命孔仁玉任曲阜县主簿，主持祭祀孔子。后唐长兴三年（932），皇帝恩准孔仁玉袭爵文宣公。从此，孔仁玉恢复原名，改张雷

孔氏中兴祖孔仁玉墓修复仪式

为孔仁玉，几将断宗的孔氏家族得以中兴。因此，孔子后世称孔仁玉为“中兴祖”。

孔仁玉为报外祖母家救命和养育之恩，奏请当朝皇帝恩准，张温家为孔府世代恩亲，张温夫人季氏官称“张姥姥”，赐张姥姥龙头拐杖一柄、棒槌一个，用来管教孔府包括文宣公和夫人在内的所有人。张姥姥去世后，世代袭封。到目前为止，林后张家仍有张姥姥传世。

孔氏家族的“南宗”与“北宗”

“北宗与南宗的变迁”是国家战乱和动荡对一个家族的撕裂。

北宋末年，朝廷腐败，北方女真族迅速崛起。女真族在与北宋联合灭辽后，已经发现宋朝虚弱，无力为继，因而兵分两路南下，合围宋朝首都汴京（今河南开封）。北宋政权内部主战派和主和派争论不休，终于发生了1127年的靖康之耻，宋徽宗、宋钦宗被俘，皇后、皇子宫廷人等皆被金人俘虏。宋徽宗的第九个儿子康王赵构，因被外派任河北兵马大元帅，而成为皇室唯一的幸存者。

在大臣们的推举下，赵构在应天府（今河南商丘）登基，改元建炎，成为南宋第一任皇帝宋高宗。建炎二年（1128）秋，高宗移行宫于扬州，准备冬至时在郊外举行祭祀。

同年十一月，孔子第48代孙、袭封衍圣公孔端友携同他的叔父孔传奉诏到扬州陪祭，郊祀后返回曲阜。十二月，金兵入侵东平，攻下济南。危机时刻，孔氏族人商议，除孔端友的胞弟孔端操、侄子孔璠留守阙里外，孔端友率百余族人，带上端木子贡亲手摹刻的孔子和亓官夫人的楷木像南下，避寇扬州。

建炎三年（1129）二月，金兵破楚州逼扬州，宋高宗仓皇逃往杭州，孔端友等随即到达。后金兵北退，孔端友携孔传率领南来的孔氏族人参拜高宗，向高宗陈述了孔氏家门旧典，诉说了离祖丧家之苦。高宗感念奉驾南渡之情，于是颁旨让他们在衢州安家，同时还立了家庙。南宋王朝先后封了孔端友、孔玠、孔搢、孔文远、孔万春、孔洙六代衍圣公，并重用孔氏族人，安排了爵位不等的官职。

南下的孔子后裔定居衢州之后，与南宋政权对峙的金朝皇帝金熙宗封了孔端友留守曲阜的弟弟孔端操的儿子孔璠为衍圣公，主持曲阜祭祀。从此，孔氏宗室分裂成南宗和北宗，孔子世家内形成了两个宗子、两个衍圣公的局面。

元朝统一中国后，至元十九年（1282），元世祖忽必烈召南宗第六代衍圣公孔洙赴京入觐，令其载爵回故里曲阜承祀。当即，孔洙向元世祖面陈了两难的处境。他说，自己已有五代先祖葬于衢州，又在那里立了家庙，世代居住衢州已经140余年，实在不忍心离开先祖的庙基；孔洙表示愿意把衍圣公的爵位让给北宗的族弟孔治。他祈求元世祖说，衢州的老母亲年老多病，乞请准予南还衢州。“孔洙让爵”之举让元世祖大加赞赏，称其“宁违荣而不违道，真圣人后也”。至此，南宗罢封，北宗世袭，南北复归统一。

南宗袭封中断250年之后，明正德元年（1506），武宗授南宗世袭翰林院五经博士，爵位为衍圣公次子待遇。1936年，国民政府下令废爵，改授曲阜、衢州两地孔子嫡长世孙分别为北宗、南宗奉祀官，直至1949年初夏废爵。

尼：尼山，位于曲阜东南30公里处，孔子出生地。尼山，原名尼丘山。据《史记》记载，孔子父母“祷尼丘山而得孔子”。后人为避孔子之讳而改尼丘山为尼山。尼山海拔340米，山顶五峰连峙。山上有尼山孔庙，始建于北魏，历代重修。现存尼山书院占地25亩。尼山孔庙东南角建有观川亭，是孔子观看五川汇流的地方。《论语·子罕》记载：“子在川上曰：逝者如斯夫，不舍昼夜。”尼山东麓有传说中的孔子诞生地坤灵洞，俗称夫子洞。《阙里志·尼山》载：“溪流而南，其上为坤

孔子墓前恭读祭文

灵洞。”坤，雌性之意；灵，精灵。

峄：峄山，位于邹城东南10公里处，海拔582.8米，为历史文化名山。

翠：翠绿色，形容郁郁葱葱，充满生机。

回：曲折。

千重：比喻层峦叠嶂。

舒：舒缓。

卧：躺下，引申为“漂浮着”。

紫霞：紫，红和蓝合成的颜色；霞，日光斜射在天空中，由于空气的散射作用而使天空和云层呈现黄、橙、红等彩色的自然现象，多出现在日出或日落的时候，通常指这样出现的彩色的云。紫霞，指彩色的云。

纵横：本指竖和横，这里指奔放自如。

赋文“洙泗流贯，沃野万顷。尼峄滴翠，回峰千重。白云舒卧，紫霞纵横”，意为“洙水泗河，贯通曲阜，奔流不息，肥沃的田野一望无际。尼山峄山，层峦叠嶂，曲折迂回，郁郁葱葱青翠欲滴。白色的云彩舒缓地漂浮，彩色的云朵奔放自如”。

［二十三］ 实乃凝天地之灵气，聚山水之精华；往圣先贤，生于斯，家于斯，创业于斯，良有以也。

实：实际，实在。

乃：是，实在是。

凝：由气体变成液体或由液体结成固体，凝结。

天地：指自然界。

灵气：神奇的力量。

聚：聚集。

山水：泛指自然界。

精华：（事物）最重要、最好的部分。

以上两句为互文。上文在写了曲阜优美优越的自然环境之后，此处接着对上文的铺陈加以总结和升华。

往圣先贤：指过去的和先前的圣贤。

斯：代词，这，这里。

家：家庭的住所，这里是名词作动词用，意思是“把家安在这里”。

良：副词，很，实在是。

以：原因。

孔子出生地尼山风光

神灵的曲阜：圣人门前倒流水

曲阜是孔子故里，自古以来就被誉为人杰地灵的地方，在这里出现了“圣人门前倒流水”的奇观。

在大地构造位置上，曲阜处于中朝准地台鲁西断隆的中北部偏西，菏泽—尼山隆起上的尼山凸起与曲阜凹陷的交接部位。境内地层出露不甚连续，断裂构造发育，岩浆作用微弱。境内出露地层，从老至新有太古界泰山群，古生界寒武系、奥陶系、石炭系，新生界下第三系及第四系。基岩出露于北、东、南部低山丘陵地带，中西部则为大面积第四系所覆盖。

在大地貌位置上，曲阜处于鲁中南低山丘陵与鲁西平原的交接地带，属泰、沂、蒙山前冲积扇的中上部。北、东、南三面环山，丘陵起伏；中西部是泗河、沂河冲积平原，为鲁西南平原的东北角。地势的总特征是北高南低，自然由东北向西南呈倾斜状态。南北相对高差501.1米，东西相对高差273.4米。从东北部老虎窝山至西南部的程家庄长39公里，比降1/650。曲阜东高西低，与全国西高东低的地形相反。全国江河里的水都是从西往东流，曲阜的河水却是从东往西流，中间经过孔府门前，这就是所谓的“圣人门前倒流水”。这种现象本身就是一种神奇的景象。

曲阜属暖温带季风大陆性气候，四季分明，雨量充沛。境内太阳辐射总量平均为120.23千卡/平方厘米，常年平均气温为13℃左右。

自远古至现在，在五六千年的历史长河中，曲阜地区从未发生过重大的地质结构、地理风貌的改变，几无大的自然灾害和极端气候，确属一块天然的风水宝地。据民间传说，从孔子出生地尼山一直到曲、兖交界处的金口坝，这是一道龙脉。尼山为龙头，孔子父母埋葬地梁公林所处的防山高地、黄帝诞生地所处的寿丘高地为龙脊，其丘陵地势如同龙身，这道龙脉穿过鲁国故城、孔林、城区，一直往西南方向摆尾延伸。

由于地理区位优越，远古时代的太昊伏羲氏、炎帝神农氏、黄帝轩辕氏、少昊金天氏、颛顼、虞舜等，有的生在这里，有的定居在这里，有的工作在这里，他们在这里创造了灿烂的远古文明。到了夏、商、周时期，商朝曾经在这里建立首都，至商朝末年，奄国已成为商在东方的一大方国。西周初年，曲阜成为鲁国的首都。自孔子创立儒家学说以来，曲阜则成为当之无愧的东方圣城。

赋文“实乃凝天地之灵气，聚山水之精华；往圣先贤，生于斯，家于斯，创业于斯，良有以也”，意为“曲阜实在是凝结了自然界神奇的力量，聚集了山水间最好的精华；古代圣贤，有的诞生在这里，有的把家安在这里，有的在这里创造出人生伟业，那实在是有原因的”。

［二十四］《礼记》曰："鲁城中有阜，逶曲长七八里"，故名曲阜。

《礼记》:《礼记》是中国古代一部重要的关于典章制度的书籍。《礼记》并非一人所著。据考,《大学》等篇为孔子的弟子曾参所作,《中庸》系孔子之孙子思所作，其余则由孔子的弟子或弟子的弟子等多人完成。该书的编定是西汉礼学家戴德和他的侄子戴圣。戴德选编的85篇本叫《大戴礼记》，在后来的流传过程中若断若续，到唐代时只剩下39篇。戴圣选编的49篇本叫《小戴礼记》，即我们今天见到的《礼记》。这两种书各有侧重，各有特色。东汉末年，著名学者郑玄为《小戴礼记》做了出色的注解，此后这个本子便盛行不衰，在唐代被列为"九经"之一，在宋代被列为"十三经"之一，成为士者必读之书。

鲁城：指鲁国古城。

阜：土山。

逶曲：逶，形容道路、山脉、河流等弯弯曲曲延续不绝的样子；曲，弯曲（跟"直"相对）；"逶"和"曲"连用，使单音节词变成双音节词，读之上口，仍为"弯弯曲曲"之意。

名：名词动用，意为"把名字称作"。

曲阜明故城正南门·万仞宫墙

● 曲阜的历史到底有多长：曲阜一共有 9 个名字

在中国，曲阜是一个历史悠久的地区。它的历史长度与中国的历史长度是等同的。曲阜的历史沿革有着清晰的脉络。

早在五六千年之前，东夷、华夏氏族部落就在这里繁衍生息，创造了人类的早期文明。史前文明中最早的人文始祖太昊伏羲氏在这里创建了“大庭氏之国”。“大庭氏”应是曲阜的第一个称谓。

公元前二十六七世纪，炎帝神农氏领导着他的部落在“大庭氏之墟”营都聚居，休养生息。大约在同一个时代，中华民族的人文初祖轩辕黄帝诞生于寿丘。寿丘遗址就在当今曲阜城东4公里处的旧县村北。“寿丘”应是曲阜的第二个称谓。

在稍后的时期，黄帝的儿子少昊金天氏以寿丘为中心营建都城。在黄帝逐步南移，定居河南之后，少昊成为东夷部落首领，相传在位84年，活到百岁以上，死后葬于寿丘北边的云阳山。与此同时，黄帝的孙子、少昊的侄子颛顼辅佐少昊领导东夷部落。颛顼20岁时，他的爷爷黄帝去世，他奔赴中原继承祖业，成为华夏部落联盟首领，死后葬于濮阳。历史的车轮进入成熟的文明时代，约公元前17世纪以后，商汤灭掉了夏朝，建立了商朝。南庚时期，商朝把首都迁往奄国。奄国作为商王朝的首都达50年之久。奄国正是今天的曲阜。应该说，“奄国”是曲阜的第三个称谓。

公元前1066年，周武王伐纣灭商。西周初年，周公姬旦被封于奄地，建立鲁国。鲁国是当时除周王朝首都镐京外的全国文化最发达的城市。特别是春秋时期孔子兴办教育之后，这里成为全国的教育中心。“奄”沿用河南鲁山之名而改称“鲁”。“鲁国”是曲阜的第四个称谓。

公元前249年，战国末期，楚国灭掉鲁国，始设鲁县。此时的鲁县属于楚国管辖。“鲁县”是曲阜的第五个称谓。

秦始皇二十四年（前223），秦国灭掉楚国，鲁县被秦国管辖。秦始皇二十六年（前221），秦统一中国，行郡县制，鲁县属于薛郡管辖，薛郡治所设在鲁县。汉景帝前元三年（前154），汉帝刘启改封皇子、淮阳王刘余为鲁王，当时也以鲁县为国都。隋朝统一中国后，隋文帝开皇四年（584），文帝下诏改鲁县为汶阳。自鲁国灭亡改为鲁县，至是年止，这里以“鲁”为县名，历时长达833年。“汶阳”这个名称仅仅用了12年。“汶阳县”是曲阜的第六个称谓。

隋文帝开皇十六年（596），文帝又下诏将汶阳县改为曲阜县。“曲阜”这个名字一直沿用到现在。“曲阜”的由来源自《礼记》:“鲁城中有阜，逶曲长七八里”，所以叫“曲阜”。阜，土山。曲阜东部、北部多以丘陵地带为主。“曲阜县”是曲阜的第七个称谓。

到了宋朝，宋真宗下诏把曲阜县改为仙源县。仙源县城是曲阜有史以来继周、汉鲁城之后的第三座古城。宋高宗建炎二年(1129)，金兵南下，仙源县被金朝管辖，于是又恢复了曲阜县旧名。“仙源县”是曲阜的第八个称谓。

1953年，曲阜改属济宁专署；1958年，曲阜与滋阳(即兖州)合并，县治设滋阳，县名为曲阜县；1962年，曲、滋分治，恢复旧建制；1986年，经国务院批准，曲阜县撤县制，改省辖县级市，始称曲阜市，由济宁市代管。“曲阜市”是曲阜的第九个称谓。

综上所述，曲阜历史沿革的脉络是：

(1)大庭氏→(2)寿丘→(3)奄国→(4)鲁国→(5)鲁县→(6)汶阳县→(7)曲阜县→(8)仙源县→(9)曲阜县→(10)曲阜市。

赋文“《礼记》曰：‘鲁城中有阜，逶曲长七八里’，故名曲阜”，意为“《礼记》中说：‘鲁国古城中有绵延起伏的土山，弯弯曲曲七八里路长’，因此，把这里的名字称作曲阜”。

［二十五］ 入斯城也，历代古迹，应接不暇；先贤遗泽，触目皆是。

入：进来或进去（跟“出”相对），此为进去，进入。

斯：近指代词，这。

城：曲阜城。

也：助词，表示句中的停顿。

历代：历，统指过去的各个或各次。历代，过去的各个朝代。

古迹：古，经历多年的。古迹，古代的遗迹，多指古代流传下来的建筑物。

应接不暇：《世说新语·言语》中说：“从山阴道上行，山川自相映发，使人应接不暇。”“应接不暇”原指一路上风景优美，看不过来。后来也形容来人或事情太多，接待应付不过来。

先贤：已经去世的有才德的人。

遗泽：遗，留下；泽，恩惠，恩泽。“遗泽”在此指留下来的惠及后人的遗迹。

触目：视线接触到，目光所及。

孔林神道上的万古长春坊

● 曲阜文物知多少

曲阜是我国东方文化的发祥地之一，地上地下文物俯拾皆是。自20世纪80年代中期以来，曲阜境内被确定为国家、省、市、县级重点文物保护单位的即达209处。其中有与北京故宫、承德避暑山庄齐名的孔庙、孔府建筑群，有全国最大、延续时间最长的家族墓地孔林。曲阜现存历代碑刻4000余块，其中汉碑25块，为全国之最。馆藏文物10万余件。孔府档案是全国保存时间最长、最完整的私家档案。

曲阜已发现新石器时代文化遗址20余处，多分布在泗河、沂河及险河两岸。商、周、汉代文化遗址，隋至宋朝的古窑址也多有发现。这些古城遗址及不同时代建筑遗址的存在，构成曲阜文化遗存的一大特色。

古文化遗址包括：少昊陵遗址、南兴埠遗址、马庄遗址、西夏侯遗址、韦庄遗址、果庄遗址、尼山水库遗址、夫子洞遗址。

古城遗址包括：周鲁国故城遗址、汉鲁国故城遗址、宋仙源县城遗址、明曲阜县城遗址、董大成古城遗址。

古窑址包括：息陬窑址、河套窑址、河夹店窑址、宋家村窑址。

古建筑遗址包括：景灵宫遗址、春秋书院故址、十二府故址。

另外，曲阜还有新石器时代以前的其他古遗址20余处，商周至宋时期的其他古遗址10余处。

目前，被联合国教科文组织列入世界文化遗产名录的文物古迹有孔庙、孔府、孔林。

全国重点文物保护单位11处：

（1）鲁国故城（周代—汉代）

（2）孔林（周代—清代）

（3）汉鲁王墓群（汉代）

（4）孔庙及孔府（金代—清代）

（5）颜庙（元代—清代）

（6）尼山孔庙及书院（清代）

（7）防山墓群（东周—汉代）

（8）周公庙（西周—清代）

（9）孟母林墓群（东周—清代）

（10）西夏侯遗址（新石器时代—商代）

（11）景灵宫碑（宋代）

孔林甬道

鲁国故城国家考古遗址公园

山东省文物保护单位56处（以下仅为部分）：

（1）西夏侯遗址（新石器时代）

（2）少昊陵遗址（新石器时代）

（3）仙源县故城（宋代—明代）

（4）少昊陵（宋代—清代）

（5）梁公林（东周春秋—汉代）

（6）东颜林（东周春秋—清代）

（7）林放墓（周代）

（8）孟母林墓群（东周—清代）

（9）防山墓群（周代—汉代）

（10）姜村古墓（汉代）

（11）韦家墓群（周代—汉代）

（12）安丘王墓群（明代）

（13）九龙山摩崖造像石刻（唐代）

（14）曲阜明故城城楼（明代—清代）

（15）洙泗书院（明代—清代）

（16）周公庙（明代—清代）

（17）石门寺建筑群（清代）

（18）九仙山建筑群（明代—清代）

（19）四基山观音庙（明代—清代）

（20）曲师礼堂及教学楼（清代—中华民国）

（21）朱德总司令召开军事会议会址（孔林）（1950年）

济宁市文物保护单位11处（以下仅为部分）：

（1）果庄遗址（新石器时代）

（2）坡里遗址（新石器时代）

尼山书院

（3）董大成古城址（东周战国—宋代）

（4）景灵宫遗址（宋代）

（5）明故城（明代）

曲阜市文物保护单位118处（略）。

赋文“入斯城也，历代古迹，应接不暇；先贤遗泽，触目皆是”，意为“进入这座城市，过去各个朝代的文物古迹，让人看都看不过来；先圣先贤惠及后人的遗迹，目光所及之处全部都是”。

［二十六］ 明故城墙，古称万仞；森森孔庙，纵贯南北。

明：指明代。

故：从前的。

城墙：古代为防守而建筑在城市四周的又高又厚的墙。

万仞：仞，古时八尺或七尺叫作一仞；万仞，比喻非常高大。

● 世界上最高的墙：万仞宫墙

明正德六年（1511），河北刘六、刘七率领的农民起义军“破曲阜，焚官寺民居数百，县治为墟”。正德七年（1512），明武宗诏令山东巡抚于鲁故城西南隅以孔庙为中心重筑新城。自正德七年始建，至明世宗朱厚熜嘉靖元年（1522）竣工，历时10年，修筑了以孔庙、孔府为中心的明故城墙。在与孔庙正南门相对处设立城正南门。因正南门为孔庙而设，所以应视正南门与孔庙为一体。城墙高约9米，底部宽约8米，城墙周长约4.8公里。城墙内城区面积约1.41平方公里。城墙外护城河宽、深约3.3米，城与河间距7米至10米不等。故城有5座城门，南门仰圣门、北门延恩门、东门秉礼门、西门宗

万仞宫墙前的祭孔仪式

鲁门、东南门崇信门。各门都筑有深阔的瓮城。城门上建有歇山重檐式的城楼。

1978年7月，由于不明历史原因，将明故城拆除。仅留南门、北门和东北、西北城角。2002年3月，始建新城墙周长5300米，墙高6米。

明故城正南门上方悬有“万仞宫墙”石额，为明代学者胡缵宗所书。《论语·子张》载：“叔孙武叔语大夫于朝，曰：‘子贡贤于仲尼。’子服景伯以告子贡。子贡曰：‘譬之宫墙，赐之墙也及肩，窥见室家之好。夫子之墙数仞，不得其门而入，不见宗庙之美，百官之富。得其门者或寡矣。夫子之云，不亦宜乎！’”意思是说，叔孙武叔（鲁国大夫，名州仇）在朝廷上对大夫们说：“子贡比仲尼更好一些。”子服景伯（鲁国大夫）把这一番话告诉了子贡。子贡说：“拿房舍的围墙来作比喻，我家的围墙只有齐肩高，人们都能窥见房屋的美好。我老师家的围墙却有几仞高，如果找不到门进去，你就看不见里面宗庙的富丽堂皇和房屋的绚丽多彩。能够找到门进去的人并不多。叔孙武叔那么讲，不也是很自然吗？”胡缵宗认为，数仞宫墙仍不能表达他对孔子的仰慕和赞扬，于是将其改为“万仞宫墙”。

到了清代，乾隆皇帝到曲阜祭孔，为了显示他对孔子的敬仰，把胡缵宗书写的石额换下，自己亲笔书写了同样的四个字镶于城门。现在人们看到的“万仞宫墙”石额，即为乾隆皇帝御笔。

森森：原意为形容树木茂盛繁密，这里是形容阴森岑寂，有庄重严肃之意。

孔庙：纪念和祭祀孔子的庙，这里指曲阜孔庙。

纵：地理上南北向的（跟“横”相对）。

贯：穿，贯通。

世界上最大的孔庙

孔庙位于曲阜市区中心，在我国祀孔庙堂中建造年代最早，规模最大。孔庙又称至圣庙。

曲阜孔庙是祭祀孔子的本庙，是分布在中国、朝鲜、日本、越南、印度尼西亚、新加坡、美国等国家2000多座孔子庙的先河和范本。曲阜孔庙以其规模宏大、气魄雄伟、年代久远、保存完整被建筑学家梁思成称为世界建筑史上的孤例。

孔子死后第二年（前478），鲁哀公将他的故宅改建为庙。隋朝时开始扩建，至唐代，已有正殿、两庑等建筑30余间。北宋天禧年间，建为三路布局四进院落，殿堂廊庑316间，明弘治年间奠定现存规模。清雍正八年（1730），火后重建的孔庙“巍焕崇闳，坚致壮丽，纤悉完备，灿然一新”，正殿及其大门仿皇宫制改用黄色琉璃瓦和金龙合玺彩绘。

孔庙南北长：东侧637米，西侧651.7米；东西宽：南侧141米，中部153米；面积约9.6万平方米。共九进院落，前

曲阜孔庙大成殿

三进为引导性庭院，从第四进庭院起建筑增多，第六进以后分为左、中、右三路布局。整个建筑疏密有致，布局严谨，中贯轴线，左右对称。现存殿、堂、亭、门、坊等104座，466间，建筑面积达1.6万余平方米，分别建于金、元、明、清诸朝及民国时期。庙内还存有两汉以来的历代碑碣1000余块，是历史、文化、书法等研究的珍品。1961年，孔庙即被国务院公布为全国重点文物保护单位。孔庙与北京故宫、承德避暑山庄被称为中国三大古建筑群。现为世界文化遗产。

赋文“明故城墙，古称万仞；森森孔庙，纵贯南北”，意为“明代的城墙，似有万仞之高；庄重严肃的孔庙，从南至北一线贯通”。

［二十七］大成殿美轮美奂，孔圣受祀于内。

大成殿：指孔庙的主体建筑；大成，为“集大成”之意，即集中某类事物的各个方面，达到相当完备的程度，大成殿因尊崇孔子集先贤先圣之大成而名。

美轮美奂

美轮美奂：《礼记·檀弓下》曰：“晋献文子成室，晋大夫发焉。张老曰：‘美哉轮焉，美哉奂焉。歌于斯，哭于斯，聚国族于斯！’”意思是，晋国祝贺赵文子宫室落成，晋国的大夫发礼致贺。张老（前去送礼的晋国大夫）说：“多么高大，多么华美！您将在这里祭祀奏乐，在这里居丧哭灵，在这里与国宾、宗族聚会了。”轮，轮囷，古代的一种圆形高大的谷仓，此处指高大。奂，众多，盛大。美轮美奂，古时形容房屋建筑高大华丽。

大成殿前的祭孔乐舞

● 大成殿

曲阜孔庙的大成殿与北京故宫的太和殿、泰山岱庙的天贶殿一起被称作“东方三大殿”。

大成殿在孔庙中最高、最大，规格超群。始建于宋天禧二年（1018），现存为清雍正二年（1724）火后重建。殿高24.8米，阔45.69米，深24.85米。殿立于2.1米的台基上，前与月台、后于寝殿相连。殿基为须弥座，两层栏柱，上层为火焰宝珠顶，下层为重层覆莲瓣顶，柱有圆雕螭首外探。

大成殿面阔9间，进深5间，重檐黄瓦歇山顶，金龙和玺彩画。柱架结构简洁整齐，有外、中、里三圈柱列。外围为28根石檐柱，高近6米，承下檐斗拱及围廊天花。前檐下的

大成殿内孔子塑像

10根深浮雕石柱，每柱有二龙上下对翔，争戏宝珠，龙周围遍刻云朵，柱下端刻山石波涛，是我国稀有的石刻艺术品。其余18根为八棱水磨石柱，每面浅雕9条团龙，每柱72条，总计1296条。中圈为16根木金柱，高约15米，承上檐斗拱及殿中的外槽天花。内圈也为16根金柱，高约18米，承殿中的内槽天花。殿内正中为斗八藻井，内额枋及小额枋间为一斗六升斗拱，枋上以七踩品字斗拱承托天花。殿外下檐用七踩单翘重昂斗拱，上檐用九踩单翘三昂斗拱，平身科明间四攒，次、稍间三攒，下檐尽间一攒。斗拱用材很大，斗口平均12.5厘米，超过北京故宫太和殿9厘米的斗口。

孔圣：孔圣人，指孔子。

受：接受。

祀：祭祀。

于：介词，在。

●“四配”“十二哲”

大成殿内正中木制神龛内为孔子坐像。龛上施十三彩斗拱，龛前为垂莲柱罩，柱雕降龙。其前面有4个神龛，再外还有6对神龛，是供奉“四配”“十二哲”的。1966年，殿内神龛被毁，1983年重新复制。

大成殿内正中供奉孔子塑像，坐高3.35米，头戴十二旒（古代帝王礼帽前后的玉串）冠冕，身穿十二张王服，手捧镇圭，一如古代天子礼制。

大成殿两侧为“四配”。

东位西向的是复圣颜回和述圣子思。

颜回（前521—前481），春秋末年鲁国（今山东曲阜）人，字子渊，亦称颜渊，孔子最得意弟子，被列为72贤之首。颜回以德行著称。《论语·雍也》记载：“一箪食，一瓢饮，在陋巷，人不堪其忧，回也不改其乐。”颜回不幸早逝。

子思，享年62岁，生卒年月不可确考，孔子嫡孙，名孔伋，字子思。春秋战国时期著名思想家。因子思父早逝，子思直接受教于孔子及孔子弟子曾参，深得孔子真传，子思门人又将孔子学说再传孟子，后人则把子思、孟子并称为“思孟学派”。子思发展了孔子的中庸思想，并使之系统化，成为自己学说的核心。子思在儒家学派发展史上占有重要地位。

西位东向的是宗圣曾参和亚圣孟轲。

曾参（前505—前436），姓曾，名参，字子舆，春秋末年南武城（今山东嘉祥）人。曾参上承孔子之道，下启思孟学派，对孔子思想既有继承，又有发展和建树。他的修齐治平的政治观、省身慎独的修养观、以孝为本的孝道观，影响中国2000多年，至今仍有极其宝贵的社会意义和实用价值。他是孔子思想的主要传播者，曾担纲编纂了《论语》，为孔子思想的传承做出了巨大贡献。

孟轲（前372—前289），名轲，字子舆，邹（今山东邹城）人。孟子作为子思再传弟子，继承并发扬了孔子思想，成为仅次于孔子的一代儒家宗师，与孔子并称为“孔孟”。政治上，他提出“民为贵，社稷次之，君为轻”；哲学上，他提出“性善论”；道德上，他提出存心养性说，具有“富贵不能淫，贫贱不能移，威武不能屈”的浩然正气。孟轲是战国时期儒家思想重要代表人物之一，中国古代伟大的思想家、教育家。

“四配”外为“十二哲”。

东位西向的是：

闵损（字子骞）

冉雍（字仲弓）

端木赐（字子贡）

仲由（字子路）

卜商（字子夏）

有若（字子若）

西位东向的是：

冉耕（字伯牛）
宰予（字子我）
冉求（字子有）
言偃（字子游）
颛孙师（字子张）
朱熹（字元晦）

需要说明的是，在“四配”“十二哲”中，战国时期的孟轲和南宋时期的朱熹本不是孔子的弟子，因为他们二人皆为儒家思想发展史上里程碑式的人物，故列入受祀之列。朱熹是南宋著名的理学家、思想家、教育家、诗人、闵学派的代表人物，世称朱子，是孔子、孟子以后最杰出的弘扬儒学的大师。

在“十二哲”中，有两个人也值得一提。一是端木赐，字子贡，春秋末年卫国（今河南浚县）人。他是孔子最得意的门生之一，孔子曾称其为“瑚琏之器”。他学业优异，文化修养丰厚，政治、外交才能卓越，理财经商能力高超。在孔门弟子中，子贡是把学和行结合得最好的。另一个是有若，春秋末年鲁国（今山东曲阜）人。他对孔子的思想学说理解较深，曾提出“礼之用，和为贵”。在《论语》一书中，除孔子以外，只有曾参和有若称“子”。据传,《论语》即以曾子和有子为主总体谋划，广泛收集资料，以子思为主编纂。

大成殿后设有寝殿，是专奉孔子夫人亓官氏的。

孔庙后部西路启圣王殿专奉孔子之父叔梁纥，启圣王寝殿专奉孔子之母颜徵在。

孔庙后部东路家庙内供奉孔子上五代祖先：肇圣王木金父、裕圣王祁父、诒圣王孔防叔、昌圣王伯夏、启圣王叔梁纥；崇圣祠内奉祀历代“圣”“贤”的先人:“圣兄”孟皮、颜回之父颜无繇(季路)、曾参之父曾点(曾皙)、孟轲之父孟激、朱熹之父朱松、程颢和程颐之父程珦、周敦颐之父周辅成、蔡沈之父蔡元定、张载之父张迪等。

在大成殿两侧，即孔庙主院的厢房东庑、西庑中还供奉着孔子的弟子及历代先贤先儒156人。

赋文“大成殿美轮美奂，孔圣受祀于内”，意为“大成殿高大华丽，孔圣人在那里接受人们的祭祀”。

［二十八］ 十龙柱双龙戏珠，庆云缭绕其间。

十龙柱：指大成殿前檐下的10根深浮雕龙柱。

戏珠："戏"与"珠"之间省略了"于"，应是"戏于珠"；戏，游戏；珠，宝珠；戏珠，在宝珠周围游戏。

庆云：庆，喜庆，吉庆，引申为"吉祥"；庆云，吉祥的云朵，旧指好事情的兆头或象征。

缭绕：（在空中）回环旋转。

间：指一定的地方或时间。

大成殿深浮雕龙柱

龙柱原为明弘治十三年（1500）敕调徽州工匠耗尽20年一

刀一刻雕成，清雍正二年（1724）火灾后重刻。前檐10根龙柱，高5.98米，直径0.81米，为深浮雕。所谓深浮雕，是说起位较高、较厚，利用三维形体空间起伏或夸张处理，形成浓厚的空间深度感和强烈的视觉冲击力，使浮雕艺术对于形象塑造具有一种特别的表现力和魅力。每柱两龙对翔，盘绕升腾；中刻宝珠，四绕云焰；柱脚缀以山石，衬以波涛，通柱惟妙惟肖。10根龙柱两两相对，各具变化，无一雷同。造型优美生动，雕刻玲珑剔透，刀法刚劲有力，龙姿栩栩如生。这是曲阜独有的石刻艺术瑰宝。相传，清乾隆皇帝来曲阜祭祀孔子时，石柱均用红绫包裹，不为皇帝看到，恐因超过皇宫而遭怪罪。

赋文“十龙柱双龙戏珠，庆云缭绕其间”，意为“大成殿前檐下的10根深浮雕龙柱，每根龙柱上的两条龙都在宝珠周围游戏，吉祥的云朵像在空中回环旋转”。

［二十九］ 红缠杏坛，先师讲学之声悬想在耳；绿映泮池，诸生弦歌之状默思入目。

孔庙“杏坛”

红：像鲜血那样的颜色，此指鲜艳的杏花。

缠：缠绕。

先师：指孔子。

悬想：凭空想象。

杏坛：孔子讲学的地方

杏坛是孔子讲学的地方，位于孔庙大成门以内、大成殿之前。关于杏坛的最早记载见于《庄子·渔父》：“孔子游乎缁帷之林，休坐乎杏坛之上，弟子读书，孔子弦歌鼓琴。”

宋代以前孔庙内并没有杏坛。现杏坛的位置是宋代以前孔庙的正殿。宋天禧二年（1018），孔子第45代孙孔道辅监修孔庙，将正殿扩建，位置后移。为纪念孔子讲学，在原正殿旧址“除地为坛，环植以杏”，即筑一座土台，周围植上杏树，名曰“杏坛”。

金代在坛上建亭，元世祖至元四年（1267）重修，明隆庆三年（1569）改建为重檐十字脊，上面覆盖黄琉璃瓦，牌匾为乾隆皇帝御笔。现有杏坛高12.05米，阔7.34米，平面呈正方形，四面敞开，每面3间。杏坛东南隅有“孔子手植楷”。杏坛建筑结构别致，全国少见。四面悬山，十字结脊，巨角重檐，黄瓦朱栏，雕梁画栋，精美华丽。亭周围有方正石栏，亭前水波花纹石雕香炉为金代遗物。

杏坛内现有石碑两幢。背东面西一碑为金承安三年（1198）文人党怀英篆书“杏坛”，由孔子51代孙孔元措立于亭内。面南一碑为清乾隆皇帝第一次来曲阜祭孔时以正楷手书的“杏坛赞”，背面是乾隆第二次来曲阜祭孔时以行草手书的七言诗：“重来又值灿开时，几树东风簇降枝。岂是人间凡卉比，文明终古共春熙。”孔子后裔60代衍圣公孔承庆《题杏坛》诗云：“鲁城遗迹已成空，点瑟回琴想象中。独有杏坛春意早，年年花发旧时红。”

绿：像草和树木茂盛时的颜色，在此处指绿色的植物。

映：因光线照射而显出物体的形象。

泮池：指古代鲁国学宫。

诸：众多。

生：指孔子的弟子。

弦歌之状：弦，乐器上发声的线，一般用丝线、铜丝或钢丝制成，这里是名词动用，指吹、拉、弹、唱；歌，歌曲，这里是名词动用，指唱歌；状，样子。弦歌之状，指吹拉弹唱的样子。

默思：不出声地想。

杏坛开讲

诸生弦歌之状默思入目

古泮池位于曲阜市明故城东南隅，始建于周代，传为孔子与弟子课余游憩之处，是鲁僖公办学的遗址。《诗经·鲁风》有“鲁侯戾止，在泮饮酒”的诗句。传孔子常带群弟子游泮。

古代诸侯学校设半圆形水池，名泮池。后世便把读书人入学叫作“入泮”。西汉时，泮池成为灵光殿建筑的一部分。西汉初年，汉景帝之子鲁恭王刘馀常到此垂钓，故又称“太子钓鱼池”。东汉末年，灵光殿被毁，泮池再次废弃。明成化年间，61代衍圣公孔宏绪整修为别墅。清乾隆二十年（1755），改建为乾隆行宫。乾隆驻跸泮池行宫时，曾留下了“千年古柏城头绿，过雨春花水面红”的诗句。乾隆以后，行宫废弃，清末时建筑陆续倒塌。光绪二十年（1894），76代衍圣公孔令贻为抵制美国建教堂，于池北建立了文昌祠。原建筑今已不存，其遗址1986年公布为曲阜市文物保护单位。

现存古泮池东西长196米，南北宽73.4米，水面面积1.4万平方米。

赋文“红缠杏坛，先师讲学之声悬想在耳；绿映泮池，诸生弦歌之状默思入目”，意为“鲜艳的杏花开了，缠绕在杏坛的周围。来到这里，自然想象出孔子当年讲学的情景，那讲学的声音好像响彻耳畔。茂盛的草木，映射在明镜般的泮水之中。来到这里，闭目一想，孔子众多弟子吹拉弹唱的景状不禁映入了眼帘”。

［三十］ 奎文阁奎星高照，藏书万卷；御碑亭飞檐耸翠，钩心斗角。

奎文阁：指孔庙藏书楼。

奎星：星名，二十八宿之一。

万卷：比喻书籍多，丰富。

奎文阁是孔庙三大主体建筑之一，被誉为中国十大名阁之首，是收藏御赐书籍、笔墨、字画的地方，素以藏书丰富、建筑独特而驰名中外。奎文阁始建于宋天禧二年（1018），原名藏书楼，金明昌二年（1191）重修时改名奎文阁，明弘治十三年（1500）又重修。

“奎”为星名，二十八宿之一。《孝经》称“奎主文章”，后人进而把奎（魁）星演化为文官之首。后代封建帝王为赞颂孔子，故将孔庙藏书楼更名为奎文阁。

这座独特雄伟的建筑，完全是木质结构的，在中国楼阁建设上称得上孤例。奎文阁高24.35米，东西阔30.1米，南北深17.62米，三层飞檐，四重斗拱，结构合理，坚固异常，经受了几百年的风风雨雨和多次地震的摇撼。据记载，清康熙年间的一次大地震，曲阜“人间房屋倾者九存者一”，而奎文阁

奎文阁

安然无恙，不愧为我国著名木结构建筑的杰作。为此，明代吏部尚书李东阳专门写了《奎文阁赋》，赞誉奎文阁的建筑研究价值。奎文阁内原有藏书现均移入孔府档案馆保存，现展出的是孔子圣迹图陈列。

御碑亭：御，封建社会指与皇帝有关的；御碑亭，一是说明碑亭是依据皇帝圣旨建造的，二是说明亭中之碑的内容是记录与皇帝相关的事迹的。

飞檐：我国传统建筑檐部形式，屋檐特别是屋角的檐部向上翘起。

耸：原意为高起、直立；这里是形容词作动词用，“耸动”的意思。

孔庙碑亭“钩心”

翠：青绿色，这里指琉璃瓦在阳光的照射下发出的青翠的光芒。

钩心斗角

钩心斗角：也作“勾心斗角”。唐朝杜牧《阿房宫赋》：“各抱地势，勾心斗角。”原形容宫殿建筑结构交错精致，后用来比喻各用心机，互相排挤、攻击。钩，指翘起的檐角伸进另一建筑翘起的两角之间的空隙。心，翘起的两檐之间的空隙。斗角：两座建筑飞檐翘起，两角相抵。

十三碑亭位于孔庙第六进院落，奎文阁后，大成门前。亭分南北两排，北排五亭，南排八亭，故称十三碑亭。其中金代碑亭两座，元代碑亭两座，清代碑亭九座，保存了唐、宋、金、元、明、清及民国时期所设立碑刻57块。南排中间两座

孔庙碑亭“斗角”

碑亭为元代至元五年（1268）和元大德六年（1302）所建；次外两座为金代明昌六年（1195）所建，是孔庙现存最早的建筑，其他均为清代建筑。通过十三碑亭可窥见历代建筑技术的发展变化。

在十三碑亭院内，出现了双檐穿插交错的现象。因此有人说这种建筑结构犬牙交错、两角相顶、巨檐相交，是古建筑学上所讲的“钩心斗角”。“钩心斗角”是碑亭建筑中的奇观，这种犬牙交错的建筑模式，也只有在孔庙十三碑亭的院落里才会出现。这种独具匠心的建筑美学，巧妙地解决了空间狭窄所造成的拥挤现象，不仅显示了古人高超的建筑技艺，更以一种文化现象留给后人不尽的思索。

十三碑亭内碑文的内容多是历代皇帝对孔子追谥加封的昭告、拜庙祭祀的祭文和修建孔庙的记录。亭中最早的是两块唐碑。一块是立于唐高宗总章元年（668）的“大唐赠太师鲁先圣孔宣尼碑”，一块是立于唐玄宗开元七年（719）的“鲁孔夫子庙碑”，皆位于南排东起第6座金代碑亭中。十三碑亭中的碑文有汉、满、蒙古文多种，真草隶篆，块块不同，无论从历史的价值或文学及书法的价值，十三碑亭均可称得上是一座文化的宝库。

在孔庙内1372块碑刻中，按其重量来说，最重的一块碑应数清康熙二十五年（1686）所立的康熙御制碑（位置在大成门前东侧），这块碑碑身重35吨，连赑屃水盘共65吨重。此碑的石料采自于北京的西山。当时从北京将碑刻好，然后沿京杭大运河从通州运往济宁，中间用了两个多月的时间。然后又从济宁运往曲阜。济宁到曲阜约45公里，征用了民工600人，耕牛443头，趁冬季寒冷，地上泼水结冰，碑从冰上滑行。文献上讲每天走卧牛之地，这样45公里路运了整整15个昼夜，耗费库银600余两。

十三碑亭院两侧，东建毓粹门，西建观德门，供人出入。人们依照皇宫之名，称为东华门、西华门。这是孔庙的第三道侧门。

赋文“奎文阁奎星高照，藏书万卷；御碑亭飞檐耸翠，钩心斗角”，意为“藏书楼如同奎星照耀，里面的藏书无比丰富；御碑亭的飞檐上耸动着青翠的光芒，碑亭的飞檐犬牙交错，两角相抵”。

［三十一］ 成化碑，赞先圣思想膏泽天下。

成化碑：明宪宗朱见深成化四年（1468）所立之碑，故称成化碑。

先圣：指孔子。

膏泽：膏，脂肪，引申为内涵十分丰富、营养价值极高的物品；泽，恩惠。膏泽，比喻给予恩惠。

孔子被奉为“天下文官主，历代帝王师”。统治者对他的推崇见证于孔庙一次又一次的扩建重修。明朝对孔庙重修扩建达21次之多，最大的一次是明孝宗弘治十二年（1499）。当时，孔庙遭雷击，大成殿等主要建筑120余楹“化为灰烬”，明孝宗急忙下令重修，历时5年，耗银15.2万两。

历经洪武、永乐、成化、弘治等重修扩建，基本形成现存孔庙的规模，并为后人留下了著名的洪武、永乐、成化、弘治四座御制巨碑。

洪武碑立于洪武四年（1371），是朱元璋“为祀岳、镇、海、渎，免祀杂神，专崇孔子”之御碑。碑文道：“朕奋起布衣，以安民为念，训将练兵，平定华夷，大统以正，永为治之道，必本于礼。”又说：“孔子善明先王之要道，为天下师。”其

成化碑

政治用意，不言而喻。

永乐碑为朱元璋第四子朱棣所立。永乐十五年（1417）重修曲阜孔庙，朱棣便亲自写下了御制孔子庙碑文，赞扬孔子“参天地、赞化育、明王道、正彝伦，使君君、臣臣、父父、子子、夫夫、妇妇，各得以尽其份”，命有司维修孔庙，“撤其旧而新之”，以期“作我士类，世有才贤，佐我大明，于万斯年”。同时炫耀朱元璋尊孔之盛举。

弘治碑为明孝宗朱祐樘于弘治十七年（1504）所立，因碑文中有“金元入主中国，纲常扫地之时”一语，招惹清乾隆皇帝不悦，遂将碑亭拆掉，今只剩龟趺孤碑了。

● 成化碑：孔子思想是封建社会的指导思想

成化碑作为孔庙第一碑，为明宪宗朱见深重修孔庙御制。

明成化四年(1468)立，碑高6.2米，龟趺高1.25米。碑文为宪宗朱见深御制，楷书，书体严谨、端庄，为世人所称道，是明代名碑之一。成化碑有两个特点引起后代大家重视。一是正楷字写得好，规范、标准、精湛，字体笔法可谓“著称于世”；二是对孔子评价最高，历代皇帝对孔子都有评说，评价最高的却是成化皇帝，他把孔子的思想、办法比作吃饭、穿衣、花钱，须臾不可离开。有孔子之道，就能人尽其才，物尽其用，地尽其力；有孔子之道则有天下，无孔子之道则无天下，反孔子之道则失天下。

成化御制重修孔子庙碑碑文如下：

朕惟孔子之道，天下一日不可无焉。何也？有孔子之道则纲常正而伦理明，万物各得其所矣。不然，则异端横起，邪说纷作，纲常何自而正，伦理何自而明，天下万物又岂能各得其所哉！是以生民之休戚系焉，国家之治乱关焉！有天下者，诚不可一日无孔子之道也。盖孔子之道，即尧、舜、禹、汤、文、武之道，载于六经者是已，孔子则从而明之，以诏后世耳。故曰：天将以夫子为木铎，使天不生孔子，则尧、舜、禹、汤、文、武之道，后世何从而知之。将必昏昏冥冥，无异于梦中，所谓万古如长夜也。由此观之，则天生孔子，实所以为天地立心，为生民立命，为往圣继绝学，为万世开太平者也。其功用之大，不但同乎天地而已，噫，盛矣哉！诚生民以来之所未有者。宜乎弟子形容其圣不一而足。至于《中庸》一书，而发明之无余蕴矣。自孔子以后，有天下者无虑十余代，其君虽有贤否、智愚之不同，孰不赖孔子之道以为治。其尊崇之礼愈久而愈彰，愈远而愈盛。观于汉魏以来，褒赠加封可见矣。迨我祖宗，益兴学校，益隆祀典，自京师以达于天下郡邑，无处无之，而在阙里者尤加之意焉。故太祖高皇帝登极之初，即遣官致祭，为文以著其盛而立碑焉。太宗文皇帝重修庙宇而一新之，亦为文以纪其实而立碑焉。

朕嗣位之日，躬诣太学，释奠孔子，复因阙里之庙岁久渐弊，而重修之，至是毕工，有司以闻，甚慰朕怀。呜呼！孔子之道之在天下，如布帛菽粟，民生日用不可暂缺，其深仁厚泽，所以流被于天下后世者信无穷也。为生民之主者，将何以报之哉？故新其庙貌而尊崇之，尊崇之者，岂其徒然哉，冀其道之存焉尔，使孔子之道常存而不泯，则纲常无不正，伦理无不明，而万物亦无有不得其所者。行将措斯世于雍熙泰和之域，而无异于唐虞三代之盛也，久安长治之术端在于斯，用是为文勒石，树于庙庭，以昭我朝崇儒重道之意焉。系以诗曰：

天生孔子　纵之为圣　生知安行　仁义中正
师道兴起　从游三千　往圣是继　道统流传
六经既明　以诏后世　三纲五常　昭然不替
道德高厚　教化无穷　人极斯立　天地同功
生民以来　卓乎独盛　允集大成　实天所命
有天下者　是尊是崇　曰惟圣道　曷敢弗宗
顾予眇躬　承此大业　惟圣之谟　于心乃惬
用之为治　以康兆民　圣泽流被　万世聿新

报典之隆　尤在阙里　庙宇巍巍　于兹重美
文诸贞召　以光于前　木铎遗响　余千万年

成化四年六月十一日

赋文“成化碑，赞先圣思想膏泽天下”，意为“成化碑赞颂孔子将其美好的思想学说施惠于天下百姓”。

［三十二］ 玉虹楼，誉孔子后人绍继箕裘。

玉虹楼：指孔氏十二府孔继涑的书斋名。

誉：称赞，赞誉。

绍继箕裘

绍继箕裘：绍，接续，继承；继，连续，接着；箕，扬米去糠的竹器，指簸箕，或者背柴草用的畚箕之类的东西；裘，本指皮衣，这里指冶铁用来鼓气的风裘。绍继箕裘，比喻继承祖上的事业。

“箕裘”典出《礼记·学记》：“记问之学，不足以为人师。必也其听语乎？力不能问，然后语之；语之而不知，虽舍之可也。良冶之子，必学为裘；良弓之子，必学为箕。始驾马者反之，车在马前。君子察于此三者，可以有志于学矣。”意思是说，自身学习没融会贯通，仅仅能背诵书本知识是不足以做别人老师的。一定要让学习的人听从解说吗？他们对学习的内容感到疑惑，却无法表述出来，那就为他们做出解释；给他们解释了但还有不明白的地方，就可以把它放在那里等到以后再解释。冶铁良匠的孩子，一定要学会做鼓气用的风裘；制弓良匠的孩子，一定要学会制作畚箕之类的藤器。才开始被用来驾车的小马，一定要把它拴在车子后边，让它尾随着车子前行。君子们但凡能够明察到这三件事的，那么他一定是有学习的志向的。

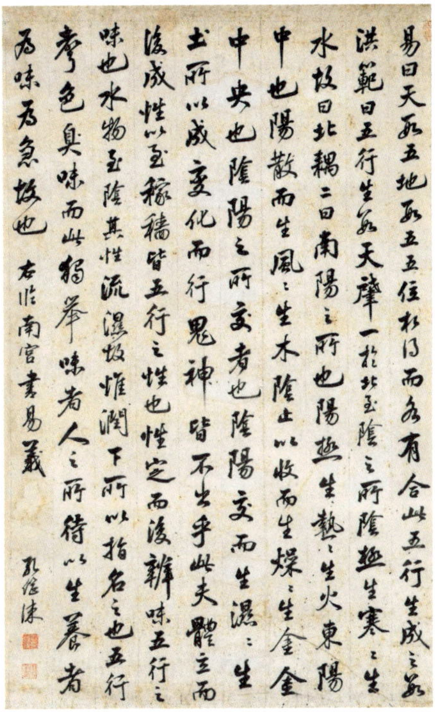
孔继涑书法

● 孔继涑与玉虹楼

“玉虹楼”是孔子69代孙孔继涑的书斋，他在这里励志成才，度过了传奇的一生。

孔继涑，字体实，号信夫、谷园，别号葭谷居士，是68代衍圣公孔传铎的第五个儿子。他生于清雍正三年（1725），卒于清乾隆五十五年（1790），终年66岁。孔继涑出生于文化世家，自幼天资聪颖，敏而好学，年仅15岁便考中了秀才，17岁时岁试第一成为廪生，19岁时成为贡生。

孔继涑受家族文化影响，不仅精通儒学，而且酷爱书法。他从小就喜爱笔墨，常常将自己关在书斋里研习书法，废寝忘食，这为后来他的法帖事业的成功打下了坚实的基础。

父亲孔传铎去世后，孔继涑的侄子孔广棨世袭了衍圣公。

不料，孔广棨只做了8年衍圣公就去世了。这时，又由8岁的侄孙孔昭焕袭封。因为孔昭焕年幼，孔继涑和哥哥孔继汾主持孔府府务及孔庙祭祀。在这期间，孔继涑迎来了对其一生影响最大的人物。乾隆十三年（1748），乾隆皇帝来曲阜拜祭孔庙，祭礼完毕，照例由孔子后裔为乾隆皇帝讲经，而这项光荣的任务自然就落到了孔继涑和孔继汾头上。果不出众人所料，兄弟二人的才华很快就得到了乾隆皇帝的认可。孔继汾当即被授为内阁中书舍人，孔继涑受到皇帝高度褒奖而未获封，这一年，孔继涑23岁。

因为同样爱好书法，孔继涑结识了当时颇有名气的书法家张照，他对张照的书法推崇至极，经常到张照处学习讨教。一来二去，孔继涑与张照的女儿产生了美好的爱情。看到孔继涑如此聪颖好学，才华横溢，张照便将自己的女儿许配给他，待择吉日完婚。这时的孔继涑可谓春风得意。虽然在为乾隆讲经时未获官职，但他知道，只要获得了皇帝的认可，封赏只是早晚之事。而此刻的他又抱得美人归，真可谓皆大欢喜。可孔继涑不知道，他的人生，却潜伏着巨大的危机。

乾隆二十年（1755），皇帝确定在下一年的春天去曲阜孔庙亲自祭孔。因此，地方官开始大兴土木，筹备接驾事宜。孔家是地方大户，地方官员因派差事占用了孔府户人，与衍圣公产生了矛盾。孔继涑兄弟二人觉得自己受皇帝赏识，便同衍圣公孔昭焕联名上奏朝廷。殊不知，地方官是皇帝命官，反对地方官也就是反对皇帝。年轻的孔继涑并没有看出其中奥妙，这个鲁莽的举动彻底激怒了乾隆，乾隆大发雷霆："朕亲祭曲阜，即衍圣公当躬自却扫，岂有转庇庙户、归咎有司之理！”在乾隆授意下，山东巡抚白钟山回奏朝廷，反告孔继涑、孔继汾挑唆衍圣公与地方官作对，使得迎驾准备工作难以完成。皇帝顺水推舟，孔继汾被革职，孔继涑亦被革去贡生。

孔继涑俨然走到了人生的十字路口。他还没有从悲愤中走出来，屋漏偏遇连阴雨，另一个惨痛的消息接踵而来。他的未婚妻平生无恙，但因得急病，一夜暴毙。接二连三的打击，使得孔继涑跌入了低谷。

经过短暂的恢复，孔继涑决定再试科举。乾隆三十三年（1768），经过精心准备，44岁的孔继涑考中举人，这多少让他看到了些许希望。然而，后面连续两次的进士考试都名落孙山。当年的才子已过不惑之年，现如今却是如此失意。后来，朝廷虽将孔继涑纳资为候补内阁中书舍人，而此后他却一生未能出仕，真的当了一辈子的候补中书舍人。也许，这也是乾隆皇帝跟他开了一个天大的玩笑。

乾隆五十年（1785），他的哥哥孔继汾因撰写《孔氏家仪》，被人告发“于区区复古之心”“增减会典服制”，大有图谋不轨之心，因而上纲上线，以致该案经乾隆皇帝御览定谳。《孔氏家仪》一书被连夜查抄封杀，孔继汾也被发配伊利充军，后来客死他乡，不得善终。

孔继涑接连丧失了功名、未婚妻子、兄长。他心灰意冷，前路渺茫，而后退居十二府，专心研究书法艺术，以张照为师，广临众帖，推欧、虞、米、黄。孔继涑与杭州大书法家梁同书一直保持着较为密切的关系。他们的关系缘于两个方面，一是书法同道并且互相钦佩，二是孔继涑之兄孔继汾长女嫁于梁同书之弟梁敦书的次子而形成姻亲关系。因此，孔继涑与梁同书的关系非常密切，并且二人书法名气很大，当时人们就把他们称为“南梁北孔”。孔继涑把《大学》首章写成四幅“联屏”刻成石碑，立在孔庙“金声门”的左边。据说，后来乾隆帝瞻仰孔庙时，看到“联屏”上的字迹笔笔有力，字字通神，也不禁反复品味，连声称赞。从此，孔继涑的书法名闻全国。

然而，已步入暮年的孔继涑仍没有得到安生。71代衍圣公孔昭焕死后，府中对孔继涑插手府务过多感到不快。一次宫中占卜，说山东有人图谋不轨，威胁到乾隆的统治。这本是星相占卜的无稽之谈，却被一些人抓住了机会，诬陷孔继涑造反。孔继涑居住的十二府，房屋是按八卦样式建造的，正屋九间。抄家时，他们认为九间房脊连在一起，仿佛龙飞在天，这是犯了大忌，当即拆断了他家的房脊，并把它作为孔继涑图谋不轨的罪证。恰巧当时孔庙的先师手植桧柏正枝不长而长旁枝，没想到这也是孔继涑落难的缘由，有人说是孔继涑“念咒语发二枝”，言外之意就是孔继涑无所不用其极地想夺权，欲取代衍圣公地位。就这样，孔继涑成了封建大家庭斗争的牺牲品。他虽然没有受到朝廷的处罚，却被开除出孔氏家族。连年的苦难终于耗尽了孔继涑的意志，他义愤填膺却无处哭诉，只得多次出游，远离这块是非之地。乾隆五十五年（1790），一代书法大家孔继涑在北京悄然离世。

孔继涑一生历经坎坷，但愈挫愈奋，凭其坚强的毅力和不懈的追求，走向了中国民间法帖收藏创作的艺术之巅，铸就了

乾隆画像

伟大的历史光环。他用毕生精力，完成了《玉虹楼法帖》收集摹刻的浩大工程，刻石584块，拓片装订101册，俗称“百一帖”。今天，陈列于孔庙的玉虹楼法帖刻石，成为孔继涑一生辉煌成就的最好见证。

在孔子后裔中，像孔鲋、孔融、孔尚任、孔继汾、孔继涵、孔广森等卓越超群者屡见不鲜。本赋只举出多灾多难的孔继涑这一佼佼者，只不过是从一个侧面反映孔子后人继承祖业、发奋成才的缩影罢了。

赋文“玉虹楼，誉孔子后人绍继箕裘”，意为“标志着孔继涑励志创业的玉虹楼，那是在赞誉孔子的后世子孙们继承祖业发奋成才”。

● 乾隆女儿下嫁孔府之谜

链接：《乾隆女儿下嫁孔府之谜》

按：乾隆女儿于氏公主下嫁孔府，是孔氏家族中的重大事件。200多年来，于氏公主的身份认同却成了一个谜团。该文就是笔者通过分析论证，得出的比较客观的结论。

乾隆女儿下嫁孔府之谜

在封建社会，谁家要与皇家联姻，那可是要一步登天的。可当年，乾隆皇帝的女儿嫁于孔府，这也算得上是门当户对。但是，不管怎么说，皇上的女儿嫁到孔家，这也是整个孔氏家族的荣耀。

不过，在曲阜当地，乾隆女儿下嫁孔府似乎成了一个谜。依我看来，这个谜实在是不应该成为谜的。号称天下第一家的千年孔府，一点儿零星小事都要记录在案，衍圣公大婚，媳妇是何身份，来自何方，这可是天大的事，难道就不探究、不记载？那万分严肃的孔府档案可是明明白白地摆在那里的。要么

孔府大门

就是秘而不宣，要么就是揣着明白装糊涂，没有真实记载历史而已。我想，其实问题并没那么复杂，只是有层窗纸没人愿意捅破罢了。

关于乾隆皇帝女儿于氏公主下嫁孔府，主要有两种说法：一是“消灾说”，二是“义女说”。

第一种说法：消灾说。乾隆皇帝有个女儿，他十分喜欢。女儿长得特别漂亮，可就是脸上有个黑痣。公主一年一年长大，已经到了待字闺中女大当嫁的年龄，乾隆请了一位相术先生为女儿相命。一番打量之后，相术先生说，公主乃大福大贵之人，只是脸上这颗黑痣主灾，破灾的唯一办法就是将公主嫁给比王公大臣更显贵的人家。乾隆一想，人们常说，天底下只有一家子半人家，一家是孔府，那半家就是朝廷了。因此，女儿嫁给孔府理所当然。可是，问题来了，满汉不能通婚啊。这时，乾隆皇帝灵机一动，心想，把女儿送给当朝大臣汉族大学士于敏中作义女，改姓“于”，这事不就成了。于是，乾隆女儿就成了于氏公主，而后嫁给孔子72代孙、衍圣公孔宪培。

第二种说法：义女说。乾隆皇帝一向崇尚儒学，尊重孔子，因此一心无二与孔府联姻。可是当下自己又没有与孔府72代衍圣公孔宪培年龄相仿的公主，只好与汉族大学士于敏中商议，认其女儿作义女，而后以公主身份嫁到孔府。

以上两种说法显然都有问题。

说乾隆女儿嫁到孔府，可翻开乾隆朝历史档案得知，乾隆在宫中一共生有10个女儿，除夭折的以外，凡成年后嫁人的，包括驸马、子女等都着实记录在案，其中并没有嫁到孔府的。

看来，第一种说法是否定的。

说于氏公主是于敏中的女儿，似乎也存在问题。首先，皇帝的女儿给了于敏中作义女，就改姓于；那么，于敏中的女儿给了乾隆，就应该是皇姓啊，为何还称“于氏公主”？再者，于夫人去世之后，在孔府东院，73代衍圣公孔庆镕专门为她建了祠堂，名为“慕恩堂”。1956年，文物专家杨鸿勋、王世仁在孔府穆恩堂调查时发现，在建筑稍间的前檐额坊上绘有“和玺”彩画，二位专家特别指出：“这是全府唯一的一段描金绘龙的彩画。”要知道，在等级森严的封建社会里，如果没有真正的龙脉，不是真正的皇室成员，谁敢擅用皇家专用的龙的图案？看来，于氏公主应该不是于敏中的女儿，第二种说法也是否定的。

两种说法都否定了之后，势必要有第三种说法。这个说法，在过去，我想，只能意会，不能言传，因为那是要维护皇上的尊严和权威的。应该说，于氏公主可能就是乾隆皇帝在宫外的私生女。乾隆皇帝要把这个女儿嫁到孔府，就得先冲破满汉不能通婚的禁戒。因此，他跨过宫廷，将此女送于于敏中作义女，改姓“于”，而后于乾隆三十七年（1772）与孔宪培大婚。如果要说理由，那可以说出一条又一条。

第一，72代衍圣公孔宪培夫人，即于氏公主去世后，为其修建的慕恩堂，绘制了和玺彩画，使用了龙的图案。试问，如果不是皇室成员，没有真正的龙脉，谁敢冲破这个禁忌？

第二，于氏公主去世后，为其修建慕恩堂时使用了绘龙彩画，清道光皇帝于道光五年（1825）亲书祭文，刻于金匾悬在

孔府乾隆御笔“六代含饴”

堂上；孔宪培夫妇去世后，其墓葬内，孔宪培着的是龙袍，这是在所有衍圣公中唯一一个着龙袍的。道光皇帝又为其皇姑修了牌坊（即于氏坊），写了祭文。如若于氏公主只是一个汉族女子，而不是皇室成员，当朝皇帝如何以如此之高的规格对待她？

第三，乾隆三十七年于氏公主与孔宪培大婚时，场面隆重非凡。1913年，李舆德所撰《孔子世家》记载：“七十二世孔宪培，字养元，高宗以‘其子妻之’。”看这极其自然的口气，哪有什么“义女”的意涵。

综上所述，我认为于氏公主可能就是乾隆皇帝的亲生女儿。

［三十三］ 于城前，则九龙跨蹑，汉代墓林林总总；于城后，则九仙盘踞，孔子石傲然挺立。

于：介词，与下文表示方位的“城前”组成介宾结构作前置状语。

城：指曲阜城。

则：表判断，是，乃是。

跨蹑：占据着，似虎踞龙盘。

林林总总：形容繁多，众多。

九龙山汉代摩崖墓群

九龙山汉墓位于曲阜城南9公里处的九龙山南麓，是西汉诸鲁王的陵墓。陵墓依山开凿，是中国最大的山崖墓群。

崖壁上东西并列着5座南向古墓，为西汉时鲁王陵墓。第一位鲁王是汉景帝的儿子刘馀，于景帝前元三年（前154）改封曲阜，其后子孙安王刘光、孝王刘庆忌、顷王刘劲、文王刘晙相继袭封，直到建国二年（即王莽篡政第二年，公元10年）封地被王莽废除。陵墓均为依山凿洞，除东起第一座外，其余4座都于1970年被发掘。陵墓形制、结构基本相同。其中西起第三座最有代表性，墓纵深全长72.1米，最宽处24.3米，最高处18.4米，前为墓道，长37.5米，宽4.6米至4.8米，由人工自山表下凿山石而成，葬后以土回填。墓道北端向北凿石为洞，依次为墓门、甬道、前室、前室四耳室、后室、石龛。墓门宽2.2米，高2.5米，深4.5米，以19块长方形石块堵塞。甬道长17米，北端东、西有耳室，左、右各有二室。前室东西8米，南北6.3米，高4.2米；后室置棺椁，长宽均为6.5米，高4.6米，北壁凿刻石龛。为排掉山体渗水，墓底凿有水道，自后室排向东车马室的自然山缝。整墓凿石2900多立方米。

1998年进行旅游开发，对第三号墓予以复原陈列，展出棺、车马、随葬品等，修有登山道一条，并有专路与外界连通。

九仙：九仙山。

盘：回旋，缠绕。

踞：蹲，坐。

孔子石：指九仙山上酷似孔子行教像的奇异石头。

傲然：坚强不屈的样子。

挺立：坚强地直立着。

九仙山位于曲阜城北18.5公里处，传说天宫王母娘娘大宴群仙而醉，九个仙女趁机偷偷下凡，因迷恋人间美景而化为九个仙峰常立人间，因此而得名。此山海拔460米，面积2.45平方公里，山体峻拔，古木参天，植被丰富，古迹众多。九仙山山水相互辉映，以碧霞祠为代表的40多处名胜古迹和造化神奇的自然景观，散布于青山秀水之间，层峦叠翠，灵气四溢，是鲁南泰、峄之间又一座名山，素有“小泰山”之称。

九仙山古称“甄山”，文物古迹始建于清康熙八年（1669），有石台阶938级，大小庙宇殿宬32间。山顶“碧霞元君祠”攀云插汉，实属“空中楼阁”。山下“红门宫”是供奉九仙老奶奶的庙宇，红墙碧瓦、高庙门、方影壁，是我国传统建筑的杰作。依“红门宫”沿溪而上，建有仙人桥、蜇龙井、黑龙潭、观音庙、吴帝庙、华佗庙、王母行宫、孔子登临处、颜子洞、孟母携子石、吴起营寨、呼家兵城、黑风口、三天门、中天门、安邱王墓群、芦斗寺等著名古迹。这些古迹又有着众多美丽的民间传说，如“石盘遇仙”“九仙狐仙”“九女堂”“九仙女下凡”等。九仙山前后大山怪石嶙峋，形态各异，形象逼真，有凤凰山、孔子石、神鱼石、牛腿石、香炉石、棋盘石等。

这里曾是春秋时期长勺之战故址。长勺之战发生于周庄王十三年，齐桓公二年，鲁庄公十年（前684）。齐、鲁两个诸侯国交战于长勺（曲阜以北），最后以齐国战败、鲁国胜利而告终。公元前684年，齐桓公派兵攻鲁，当时齐强鲁弱，两军在长勺相遇。鲁军按兵不动，齐军三次击鼓发动进攻，均未奏效，士气低落。之后鲁军一鼓作气，打败齐军。后鲁军乘胜追击，获得了长勺之战的胜利。长勺之战的规模虽然不大，但它正确地反映了以弱对强的基本作战规律和原则，一直为历代兵家所称道。

山顶之上还有“吴王城”，今仍可见古代砌垒的石墙围寨。据《曲阜县志》记载：“吴王城在九山之巅，或云吴起所筑也。”吴起，卫国人，喜兵法，从学于曾子，仕鲁为武士。《史记·吴起列传》记载，齐国侵略鲁国，鲁以吴起为将，与齐师大战，大破齐军而获胜。相传吴起当年就是在这里屯兵抵御齐军的。

凤凰山以东的山崖绝壁上，有一处殿堂遗迹，名曰“九女堂”，传说是当年9位仙女下凡后居住修炼的地方。九女堂东面，是一座赫红色的山峦，名曰“红山”，是明代鲁王宗室安丘王及其子孙的陵墓。这片陵墓群处在四面环山的山坳里，共三座大墓，呈鼎足排列。其中两座封土完整。最大的一座为圆丘形，封土直径达80米；另外一座封土东西宽24米，南北长40米，斜面坡高20米。还有一座，石砌墓室中有一墓志铭，铭文题为：“鲁府安丘王镇国将军圹志铭”，为篆书浅刻。铭文记载，墓主人为明太祖朱元璋六世孙、安丘王朱阳釜第三子、镇国将军朱当沿。成化二年（1466）六月朱当沿受封为镇国将军，死后归葬于兖州鲁府东北的属地九仙山中。其余两座墓冢因未发掘，尚不知墓主人是谁。1977年12月23日，墓群被定为“明安丘王墓群”，同时列为山东省重点文物保护单位。

九仙山“孔子石”

赋文“于城前，则九龙跨蹑，汉代墓林林总总；于城后，则九仙盘踞，孔子石傲然挺立”，意为“在曲阜城的前面，乃是九龙山虎踞龙盘，崖壁上有众多汉鲁王陵墓；在曲阜城的后面，乃是九仙山回旋缠绕，巅峰上酷似孔子行教像的奇石如同伟岸的孔子一样坚强不屈地直立在那里”。

链接：《曲阜仙山赋》

曲阜仙山赋

东眺黄海浩瀚，西眄辽阔中原。南携悠悠江淮，北依巍巍泰山。煌煌孔子故里，兀然大美仙山。

夫仙山者，九山之谓也。九女下凡兮，九女堂中居九仙。九峰对峙兮，高耸云端；万壑幽深兮，碧溪潺潺。纳乾坤之润泽，化葳蕤之琼沾。沧桑绵绵，气象万千。历史悠久，文化璀璨。亭亭山兮，黄帝祭拜；社首山兮，成王封禅。孔子劝和兮，赤心拳拳；和圣高风兮，坐怀不乱。智永建庙芦斗寺，王林静卧朱当沿。云缭雾绕，隐现沙场烽烟；风啸松吼，似闻跃马扬鞭。跑马岭兮，呼延屯兵；凤凰山兮，曹刿论战。日月如梭，一夜越千年。斗转参横，九峰托金盘。

若夫仙山，不羁于云至兮，洒脱于风雪间。吐百花之馥郁，播云雨之梦幻。施田园之风情，创天下之奇观。轻弹田园牧歌，于慢城中游览。阡陌人家，儒风雅韵。峪东贡枣，峪西孝贤；高楼葡萄架，东岭生态园；大河崖乡愁馆，龙尾庄百花艳。星级农家乐，民俗风景区，七彩花海长廊，千亩樱花公园，慢生活里让人自得悠闲。慢步九仙山，凤凰城、碧霞祠、黑风口、九女堂、观音台……如痴如醉，流连忘返。

嗟夫！看我仙山，云霞流丹，山花烂漫。山林鼓乐，禽鸟鸣喧。隐隐浤浤之晚岫，层层叠叠之晴峦。摘千朵仙山云中云，把我家乡妆扮；索万幅仙山画中画，点缀我神州更新鲜！

写于二〇一七年冬月

［三十四］ 于城东，则尼山蜿蜒，夫子洞清气氤氲；于城北，则石门透迤，《桃花扇》余韵萦回。

蜿蜒：原指蛇类爬行的样子，这里比喻山脉弯弯曲曲的样子。

夫子洞：夫子，指孔子；夫子洞，传孔子出生的地方。

清气：清，洁净、清澄（与“浊”相对）；清气，此指孔子的一身正气。

氤氲：气体（云烟等）很盛的样子。

尼山夫子洞

孔子诞生地尼山

刘汉俊先生在《尼山的月光》一文中说：“尼山静卧在山东曲阜城外约30公里处，朴素得像真理一样。虽然奇不过三山，险不过五岳，高不过340多米，却是中华文化乃至世界文明的制高点。因为尼山，诞生了孔子。”

尼山东临沂河，中峰东麓有孔子庙和尼山书院等建筑；另有五老峰、鲁源林、智源溪、坤灵洞、观川亭、中和壑、文德林、白云洞所谓“尼山八景”。尼山孔庙东南角有一亭，名曰“观川亭”，据说是孔子临川观水，慨叹时间之珍贵的地方——“逝者如斯夫，不舍昼夜”！那一叹，不知激起多少人们开启了生命与时间的拉力赛。尼山东麓有传说中孔子出生的山洞——坤灵洞（俗称夫子洞）。

为纪念孔子，五代后周显德年间始建庙宇，宋庆历三年（1043）重建夫子殿、讲堂、学舍等，金明昌五年（1194）大修，金末塌毁，元至元四年（1338）重建，清道光二十六年（1846）又大修。新中国成立后多次维修，1975年全面大修，1977年被公布为山东省重点文物保护单位，2000年被公布为全

尼山观川亭

尼山圣境孔子铜像

国重点文物保护单位。

尼山建筑群前为庙宇，后为书院，各成院落。孔庙占地1.6万平方米，现有殿、堂、门、亭、祠等建筑27座81间，建筑面积约1700平方米，分东、中、西三区。中区有前后两院，前为大成殿，后为寝殿。东区有讲堂、土地祠，西区南有启圣殿及寝殿，东南部与中区相接处有毓圣侯祠。尼山书院占地660平方米，有正房、两厢各三间。尼山书院建于北宋时期。当时，著名文学家范仲淹发起了第一次兴学运动。在这个大潮中，孔府第一位衍圣公孔宗愿在修建尼山孔庙时一并建起了尼山书院。尼山孔庙家居式的淳朴、夫子洞的神秘色彩与尼山书院的文化背景形成了尼山景区独特的文化内涵。

尼山景区现为国家4A级旅游景区，国家级森林公园，省级旅游度假区。如今，72米高的孔子塑像业已崛起，大型文化旅游项目“尼山圣境”为这块文化遗产增添了无穷的现代气息和勃勃生机；具有万亩水面1亿立方库容的圣水湖，正在浸润着这块古老的圣土。

石门：指石门山。

逶迤：也作委蛇，形容道路、山脉、河流弯弯曲曲、绵延不绝的样子。

《桃花扇》：清初作家、孔子64代孙孔尚任所著历史剧。

余韵：遗留下来的韵致。

萦回：回旋往复。

石门山位于曲阜城东北25公里处，原名龙门山，因山有二峰对峙，状如石门，故名。石门山洞壑幽深，山峰俊秀，林木葱茏，风光秀丽，为国家级森林公园。胜涵峰为全山主峰，海拔406米。有水雪洞、蟠龙洞等24景，尤以石门月霁最为有名。山上有孔子撰写《易经·系辞》处、子路宿于石门处、李白杜甫燕集处等遗址。胜涵峰山腰之阴有石门寺，是曲阜唯一的一座寺院。该寺宋、元时为全真观，明景泰七年（1456）归僧家所有，改称五泉寺，后依山名改为石门寺。全寺以佛殿为主体建筑，前后建有两层楼阁数座，西面建有配房数十间，均为民国时建筑，今寺已废，遗址尚存。石门寺西北里许处为孔尚任隐居处，遗迹尚存。石门山附近，距市区15公里处有石门书院，原为曲阜四大书院之一。石门书院旧为儒、释、道三教之堂，乾隆四十年（1775）迁佛、老之像于庙东北隅，在原址建大殿，独奉至圣先师像，春秋致祭。

孔尚任与《桃花扇》

孔尚任与石门山有着密切的联系。他一生跌宕起伏，曾两次隐居石门山。35岁前隐居石门，结庐3间，曰“孤云草堂”；因写《桃花扇》遭罢黜后，又回石门山隐居，直至去世。

清朝初年，中国剧坛出现了两位著名的剧作家，洪升创作了《长生殿》，孔尚任创作了《桃花扇》，这两部剧作代表了古典戏曲创作的两座高峰，堪称传奇剧本中的双璧。因为洪升是南方浙江钱塘人，孔尚任是北方山东曲阜人，因而享有“南洪北孔”的美誉。

孔尚任，字聘之，号东塘，自称云亭山人。出身孔门望族，是孔子64代孙。35岁之前孔尚任在石门山隐居，闭门读书。康熙二十三年（1684），康熙皇帝到曲阜祭孔，孔尚任御

孔尚任隐居处“孤云草堂”

前讲经受到皇帝赏识，被破格授予“国子监博士”，赴京就任。不久，他被清政府派往淮扬一带治水，历时3年有余，这让他看到了不少官场的黑暗和人民的疾苦，感触颇深。其间，他居住在泰州，还遍游了南京、扬州一带，凭吊古迹，访问明朝遗老，对南明的兴亡有了进一步认识。当时，他虽处清朝盛世，却感觉到了危机所在，这反映了他思想的深邃。因此，他开始创作《桃花扇》，边工作边创作，而且写一出演一出，创作的激情让他兴奋不已。一次，他看完一出戏后激动地写道：“管箫吹开月倍明，灯桥踏遍漏三更。今宵又见桃花扇，引起扬州杜牧情。”康熙二十九年（1690），他从江南回到北京，担任户部主事，但对官场已不感兴趣。江南所见，对他的后期创作及定稿起到了关键作用。他不畏三更灯火，历时10年，三易其稿，康熙三十八年（1699），52岁的孔尚任终于写成了《桃花扇》，一时洛阳纸贵，京城内外声名大噪。“王公荐绅，莫不借钞”，连康熙皇帝也星夜传索剧本。

《桃花扇》是孔尚任经过长时间的构思，在掌握了大量史实的基础上，根据真人真事创作的一部历史悲剧。它描述的是明末弘光朝廷覆亡的历史，而以当时的复社文人侯方域和秦淮名妓李香君悲欢离合的爱情故事贯穿全剧，最后以李香君血溅桃花扇而告终。《桃花扇》集中反映了明末腐朽动荡的社会现实及统治阶级内部的矛盾和斗争，也就是作者所说的“借离合之情，写兴亡之感”。这是全剧的主题思想，同时也体现了作者的艺术构思。作者说：“桃花扇一剧，皆南朝新事，父老犹有存者。场上歌舞，局外指点，知三百年之基业，隳于何人？

败于何事？消于何年？歇于何地？不独令观者感慨涕零，亦可惩创人心，为末世之一救矣。”（《桃花扇》小引）这就说明作者所说的兴亡不仅是南明王朝的短促命运，同时还企图指出明朝300年基业为什么会覆亡的历史经验教训，作为后人的借鉴。《桃花扇》是中国现实主义文学的伟大创举，与《长生殿》《西厢记》《牡丹亭》并称“中国古典四大名剧”，使清初剧坛上出现了“纵使元人多院本，勾栏争唱孔洪词”的盛况，至今仍久演不衰。《桃花扇》是一部忠于史实的优秀历史剧作，是明清戏剧的压轴之作，是中国戏剧史上的绝唱。

《桃花扇》揭露了活生生的社会现实，鞭挞了黑暗的封建统治，在当时引起了广泛的社会影响，这却触怒了清廷，康熙四十一年（1702）孔尚任终遭罢黜。他在《放歌赠刘雨峰》中说：“命薄忽遭文字憎，缄口金人受谤诽。”可见他的罢官是由文字肇祸的。

孔尚任被罢官后，在北京短暂逗留，于54岁这一年返回曲阜老家，在石门山隐居。其间，他系统地编辑了自己的《岸堂文集》《长留集》《湖海集》及与顾采合著的《小忽雷》传奇，使这些作品得以传世。

康熙五十七年（1718），这位享有盛誉的一代戏曲家，在曲阜石门山家中与世长辞，终年70岁，葬于孔林内东北部。

赋文“于城东，则尼山蜿蜒，夫子洞清气氤氲；于城北，则石门逶迤，《桃花扇》余韵萦回”，意为“在曲阜城的东面，乃是尼山弯弯曲曲，传说中孔子诞生

石门山风光

的夫子洞里散发出的缕缕云烟，那正是孔子身上的阳刚正气；在曲阜城的北面，乃是石门山绵延不绝，孔尚任潜心创作的《桃花扇》遗留下来的韵致，至今依然回旋往复”。

链接：《鹿鸣声声》

按：该文是笔者游览石门山后写下的游记，主要反映当今石门山地区欣欣向荣的发展景象。此文后由《济宁日报》刊发。

鹿鸣声声

自幼喜欢爬山，爬的最多的就是石门山，但只到过山之阳，从未涉足山之阴。

石门山是座名山。清朝初年，时任户部员外郎的孔子后人孔尚任写了一部《桃花扇》，得罪了皇帝，罢官回到曲阜老家，在石门山隐居，此山就出了名。

一场秋雨过后，天蓝得让你陶醉。那天晨曦未露，我已到了半山腰。漫步尚任隐居处，踏过李杜话别亭，不觉来到了山顶。

眺望着一座座山峰，欣赏着一幅幅美景。忽然，后山传来声声鹿的叫声，眼前不禁浮现出《诗经》里的情景：呦呦鹿鸣，食野之苹……

急不可耐，翻下山去，直奔鹿鸣处。梅花鹿！一群又一群的梅花鹿，有相互簇拥着的，有相互依偎着的，又依山就势斜映在山上，犹如空悬着的山鹿图。再抵近些，才得知那些家伙们的温顺，怨不得先人唯一地将它以植物命名。细看那“梅花”，似透发出花的馨香，预示着世间的吉祥。霎时，鲁迅先生“三味书屋”的图景在脑际呈现：一只很肥大的梅花鹿伏在古树下。画意双关，“伏”与“福”谐音，“鹿”与”禄”谐音，“古树”合“古书”——画中之意：学也，福禄其中矣。

正品味山中的美妙，忽有哗哗作响的水声，那是偌大的喷泉。信步朝西山走去，隐隐约约，似甜美的歌声云间飘来。

山里的新奇目不暇接。不知不觉，走进了山坳。放眼望去，南山头上，一群群孔雀竞相开屏，野山鸡在山坡上觅食，黑天鹅在镜湖里嬉戏。东山头上，老虎一声长啸，叫声在山谷中回荡；狮子怒吼，冲下山岗；野狼长嚎，野猪憨憩，青山羊、黑山羊咩咩乱叫……

正呆呆地站着，忽有人背后拍了一下，转眼一看，是位老者。他引我进了他的小院。

“先生贵姓？”我礼节性地打问。

“免贵姓温。”他十分随和。

“是山里人吗？”这温姓老者慢条斯理地讲述着他的故事——

我爷爷的爷爷就生活在这里。他从小没了母亲，一直体弱多病。这老祖宗有酒癖，也有怪癖，只看山，不打猎，酒葫芦整天挂在腰上。一天清晨，一头野鹿从山崖上冲撞下来，应声倒下，老祖宗闻声赶了过去。鹿的眼角流出了泪水，前腿折了，血流如注。祖宗救生心切，不问横竖，握紧流血处，打开酒囊，把酒倒在伤口上。他想，鹿可是神物，这血不能白费，遂将酒囊放在下面，让鹿血一滴一滴滴了进去。慢慢地，血止住了。他从身上撕下布条，包扎好伤口，抱着它回到家里。他天天抱着它，到北山吃他亲手种的粮，到西山喝那清澈的山泉水。鹿的腿伤慢慢好了，逐渐恢复了元气。有一天，祖宗摸着鹿的头说：“你已经完全好了，回山林去吧。”鹿的眼角又湿润了，它舔舔祖宗的手，拱拱酒囊，三步一回头地向山林走去……鹿走了，留下的是祖宗的思念。每每想鹿的时候，则喝上一盅掺了鹿血的酒。不料，身体却一天天强壮起来。后来他想，鹿来了，我的福也来了，以后我这小院就叫“福禄山庄”吧。这山，打那以后就叫“鹿鸣山”。

我如痴如醉，沉思良久，问：“那现在呢？”

“你现在看到的，是我后人的野生动物生态园。”他内心里

石门山下的美丽乡村

洋溢着喜悦。

我豁然开朗。走出小院，还沉浸在那神奇的景象中。旋望着，倾听着：北山呦呦鹿鸣，南山孔雀开屏，西山泉水叮咚，东山朝阳通红……

［三十五］ 丘山之中，巧匠鲁班留佳话。

丘山：小土山。

巧匠：工艺技术高明的人。

鲁班：春秋末期鲁国（今山东曲阜）人，姓公输，名班，因是鲁国人亦称鲁班。

佳话：佳，美，好；佳话，流传一时，当作谈话资料的好事或趣事。

● 班门弄斧

鲁班，生于公元前507年，卒于公元前444年。据《中国古代名人辞典》记载："鲁班活动年代，约当定（鲁定公）哀（鲁哀公）之际，比孔子稍后，相传他发明木作工技。"《孟子·赵注》曰："公输子鲁班，鲁之巧人也。或以为鲁昭公之子。"《山东通志·方技志》曰："公输子，鲁公族，名班，或作般。"从上述记载可以断定鲁班为鲁国人。从古至今，曲阜当地关于鲁班的传说家喻户晓，耳熟能详。曲阜有这样一则传说，有一年在修葺孔庙藏书楼时，鲁班曾下凡监工，并用神锯、飞斧显示了绝技。工匠们发现后，想拜师，人们一直追到曲阜城东门外，他却不见了踪影。因此，后来工匠们就在东门外修了鲁班庙，每年祭祀。从这个传说也可以推断，鲁班的家可能就在曲阜城东门外的某个地方。

鲁班是为中国和人类做出杰出贡献的伟大的科学技术工作者，是我国当之无愧的科技发明第一人，他的发明涉及建筑、工匠、工艺、机械、车辆、军工等门类。《墨子·鲁问》载："公输子削竹木为鹊，成而飞之，三日不下。"《鸿书》载："公输班为木鸢以窥宋城。"他发明的这种木鸟，应该是人类制作的世界上最早的航天器。他发明了木工用的锯、墨斗、曲尺、钻子、凿子等工具。他还发明了战争用的云梯和钩拒。他还是房屋和桥梁的设计师。明梅之涣题《李白墓诗》曰："采石江边一堆土，李白之名高千古。来来往往一首诗，鲁班门前弄大斧。"此即"班门弄斧"的来历。意思是在鲁班门前摆弄斧子，比喻在行家面前卖弄本领。同时也说明，工匠之高，莫过鲁班。

鲁国作为东方文化的发祥地，它不仅包含以孔子为代表的儒家文化，而以鲁班为代表的绚烂的工匠文化亦是题中应有之义，这是齐鲁大地的骄傲和自豪。

赋文"丘山之中，巧匠鲁班留佳话"，意为"在遍布丘陵土山的这块古老的地方，工艺技术高明的工匠鼻祖鲁班为后人留下了许许多多美丽的传说"。

链接:《鲁班文化传习馆赋》

鲁班文化传习馆赋

尼峄滴翠，古城璀璨，悠悠洙泗河，巍巍九龙山。卧虎山下，蓼水河畔，小小古村落，西庄历久远。千年古村兮，留下乡愁；班门文化兮，锁住积淀。沧桑风雨情，尽在传习馆。

夫鲁班者，人类科技鼻祖也。生鲁国，居春秋，与仲尼同时同乡；精研发，施教化，造就出一代双贤。细察野草毛边，造锯代砍；仰观鹏鸟展翅，木鸢飞天。宫室车毂台榭，民间锁凿磨碾。墨斗刨子曲尺，更有云梯辅战。求精，求严，得古代工圣之赞；专注，创新，领大国工匠之先。

若夫刘氏家族，号曰“公输堂”也。追本溯源，根宗鲁班；绍继箕裘，八代真传。“仁德立身，忠孝为先。信义为本，崇礼尚贤。”刘氏家训兮，常响耳边。依规传统，造大车，做耧耙，件件惟妙惟肖；固本开新，建高楼，做古建，桩桩美轮美奂。工艺游走传人手上，功夫下在百姓心间。代代相传兮，绵延百年；公输堂风兮，世人慨叹。

嗟夫！今之公输故里，八音协奏，五色相宣。处处葳蕤芳菲，朗朗大美人间。春夏往复，日月浩然。鲁班文化，依旧绚烂。民族复兴兮，工匠精神须殷鉴；中华崛起兮，大国工匠应点赞！

写于二〇一八年仲春

［三十六］ 春秋庙前，至圣孔子书华章。

春秋庙：指为纪念孔子作《春秋》而修的庙宇。

至圣：至，极，最；至圣，享誉最高的圣人。

华章：华美的诗文，此指《春秋》一书。

“孔子作春秋处”在今曲阜城东南3公里处的息陬村北，旧有春秋书院，书院内曾立“孔子作春秋处”碑一座。任昉《述

孔子作春秋处

异记》称，孔子作《春秋》处即为此地。

历史上曾有“仲尼厄而作《春秋》”的典故。“厄”是困苦、灾难的意思。这里是说孔子在困苦和灾难中写成了《春秋》，赞颂他在逆境中仍能有自强不息的精神。

春秋时，孔子曾一度任鲁国司寇，并代行相事，但是由于不满季氏政权的黑暗与腐败而离开鲁国，周游于卫、宋、陈、蔡诸国，宣传自己的政治主张。在此期间，孔子处境十分艰难，政治上屡遭打击，生活上困顿不堪。但孔子并未一蹶不振，而是表现出愈挫愈奋的理性和坚毅。回到鲁国后，他依然再广收门徒，并且开始了他人生中又一伟大的事业——整理史籍。他删《诗》《书》，订《礼》《乐》，并编撰了我国第一部编年体史书《春秋》。

鲁哀公十二年(前483)，68岁的孔子自卫返鲁。《孟子·滕文公下》指出了当时的社会现状：“世道衰微，邪说暴行有作，臣弑其君者有之，子弑其父者有之，孔子惧，作《春秋》。”据传，孔子进鲁城前，曾在陬地稍事休息，故后人把这里命名为“息陬”。后来，孔子在此编修鲁国史《春秋》。为了纪念这一盛举，孔氏族人及当地居民倡议修建了春秋书院。

息陬村西北角现存还辕桥，为双孔平板桥，取于《陬操》中“临津不济，还辕息陬”之句。传此桥为孔子师徒一行于卫返鲁，临河而返息乎陬乡，还辕息陬时所过的桥。桥北旧有“孔子作春秋处”石碑一座，今仍存。《曲阜县志》载：“春秋书院既春秋台在城东南十里邹村，士人又谓既息陬。”任昉《述异记》载：“孔子作春秋于此。”宋时立庙设像以本村市税为祭

春秋书院

祀之用，以庙宇官主其祭，后人随时修葺。乾隆辛卯圣斋立石以记之。春秋书院原为两进院落，岁久失修，已颓废殆尽。曲阜古代有四大书院，即洙泗书院、尼山书院、春秋书院、石门书院。春秋书院因是孔子作《春秋》处，所以居四大书院之首。

息陬村是一个大自然村，成集始于宋代建春秋庙后，息陬集逢五排十，延续至今。由此看来，息陬自宋代始就是商贾云集的地方。如今，春秋书院已经恢复，还辕桥旧址依在，民俗一条街又现往日辉煌。息陬是京沪高铁“曲阜东站”所在地，为鲁南地区重要交通枢纽，现已成为曲阜经济发展重镇。

中国最早的编年体史书《春秋》

《春秋》是儒家五经之一，记载了从鲁隐公元年（前722）

到鲁哀公十四年（前481）的历史，是中国现存最早的一部编年体史书。

编年体是我国传统史书的一种体裁，按年、月、日编排史实，以时间为经、以事件为纬来记录历史，有利于读者按照事件发展的先后顺序了解历史事件及其相互联系。

“春秋”本来是上古时期各国官修历史通用的名称。甲骨文时代，一年只有春秋两季。后来一年才分为春、夏、秋、冬四季，但是朝廷大事还是在春、秋两季进行，所以古人特别重视春、秋二季。史官记载一年到头的国家大事，也就把国史称作“春秋”。《墨子·明鬼篇》有“周之《春秋》”“燕之《春秋》”“宋之《春秋》”“齐之《春秋》”等说法，就是指周朝及燕、宋、齐各国都有自己的史书。后来各国的史书都失传了，只有鲁国的《春秋》流传至今，于是《春秋》便成了鲁国国史的专称。孔子是历史上第一个开门授徒，并把文化典籍教给平民百姓的人，他教学生有六门必修的功课，就是“易、诗、书、礼、乐、春秋”，即“六经”。在六门必修课中，孔子把《春秋》作为历史教材传授。古时候文字只能刻在甲骨、金石或竹简上，传播极其困难。靠着孔子门下一代又一代学生的艰苦努力，鲁《春秋》才能够在民间流传下来。

《春秋》一书，现存16000多字，记载鲁隐公元年到鲁哀公十四年，也就是从公元前722年到公元前481年这242年间的历史大事。后世因此把这242年称作春秋时代。《春秋》始于鲁隐公，迄于哀公十四年“西狩获麟”，这一断限着实耐人寻味。隐公处于周天子式微的特殊时期，又是鲁国第一个被弑的君主；郑国内战、卫国弑君、郑周战争、王权崩溃，昭显西周一统天下局面的终结。《春秋》选择无道乱象作为开端，显然希望起到“拨乱世反诸正”的作用。古人将麟视为“仁兽”，认为它只会出现在太平盛世；而哀公十四年，麟出现得不合时宜，又遭到戕害，象征着孔子孜孜以求的“王道”理想的破灭，孔子因而绝笔涕泣：“吾道穷矣！”

《春秋》是一部信史，也就是说，书中的历史资料真实可信。比如，鲁国发生的34次日食，有33次被现代科学方法的精密推算所证实。《春秋》的记事，有许多可以和后世陆续出土的文物古籍相印证。《春秋》作为一部编年体史书，采用鲁国的纪年，但所记内容并不局限于鲁国本身的历史，而是春秋时期各个诸侯国的大事。在我国，除了《尚书》中保存的若干上古文献以外，《春秋》是唯一一部较完整地保存至今的关于秦代以前历史的史书，它的史料价值十分珍贵。

《春秋》“属辞比事”，上明王道，下辨人事，褒贬是非，补旧起废，记事语言极为精练，被后人称为“春秋笔法”。《春秋》一书所奠定的儒家价值观念，对后世产生了极为深远的影响。历代史家不断从孔子那里汲取思想营养，自觉关心天地自然，关注社会人生，担负起以史实观世变、明纲纪的使命。于是，“千古之是非系于史氏之褒贬，史氏之是非则待于圣人之折衷”。

由于《春秋》记事过于简略，因而后来出现了很多对《春秋》所载历史进行详细记录的“传”，较为有名的是被称为“春秋三传”的《左传》《公羊传》和《穀梁传》。

赋文“春秋庙前，至圣孔子书华章”，意为“在春秋庙前那片神圣的土地上，享誉最高的圣人孔子写出了中国第一部编年体史书《春秋》”。

链接：《息陬赋》

息陬赋

儒韵息陬，德风春秋！坐拥东夷之域，地处孔子故里。东接尼防群山，西连沃野千畦；南携凫峄，北枕泗沂。聚山水之精华，凝天地之灵气。

至若陬人记忆，春秋之世，礼崩乐坏。孔子列国行，一路遑栖，终究危不夺志；十载归故里，陬地稍息，成就息陬来历。春秋书院里，著就华章，千载享誉；古之陬邑兮，栉风沐雨，勃勃生机。

入陬地也，春意盎然，芳草萋萋。创业路上，陬人前推后拥，川流不息。播云耕雨兮，遑论空中有霹雳；披星戴月兮，莫道路上有荆棘。固本开新兮，清风徐徐；生态文明兮，天人合一。平安、法治、和谐，构建幸福息陬；科学、创新、统筹，谋求三位一体。高铁贯南北，云轨穿东西。一夜凸起“孝养城”，转瞬现出“民俗衢”。

夫我息陬，葳蕤芳菲，和风习习。农家书屋里，全民学习书香久溢；百姓大舞台，轻歌曼舞欢声笑语；民情夜会兮，情爱注入群众心扉；和贵调解兮，邻里包容心心相许。“笑脸墙”

上，溢出幸福指数；“廉政街”里，涵养浩然正气。里仁息陬兮，我为他，他为你，求和谐，奔大同，九九归一。

嗟夫！观我今日息陬，春秋阁上，文化灿烂；还辕桥下，层层涟漪。五色相宣浸儒韵，八音协奏开新宇。四方英才多荟萃，息陬儿女竞豪气。依稀中国梦里，息陬正崛起！

写于二〇一七年仲秋

［三十七］ 夫曲阜者，仲尼桑梓也。人心嗤嗤，世道醇厚。构建和谐，修身养性；诚信儒雅，自强创新。

上文通过精雕细刻，写出曲阜城的古典之瑰丽；下文则通过粗犷的笔触，勾勒出曲阜城的现代之美好。

者：“者”与下文“也”构成“……者……也”的判断句，意思是“什么是什么”。

桑梓：古代住宅旁边常栽种桑和梓等树木，后来就把桑梓作为家乡的代称。

人心：指人的心地，特指善良的心地，此处泛指民风。

嗤嗤：敦厚。

世道：指社会状况，这里指社会风气，即世风。

醇厚：（气味、滋味等）纯正浓厚，这里指社会风气诚实朴素。

和谐：配合得适当和匀称。

修身：指努力提高自己的品德修养。

养性：陶冶本性。

诚信：诚实，守信用。

儒雅：气度温文尔雅。

自强：自己努力向上。

创新：抛开旧的，创造新的；当今时代客观理解“创新”的含义，应是在原有基础上进行创造。

以上两句是20世纪初曲阜市委、市政府确定的曲阜市的城市精神，并经曲阜市人大常委会通过而后向全社会颁布。

诚信儒雅：曲阜人的特质

曲阜是孔子故里，全市人口60余万，孔姓人口占五分之一，属孔氏族人较为集中的地区。孔姓在当地可谓绝对的“大户”，由于孔子的光环，也由于圣公府的影响，孔氏在当地居

孔子故里

民中备受尊崇。曲阜百姓相濡以沫，相处融洽，世代赓续，形成了良好的社会风气。曲阜人历来恪守儒家风范，自然形成了诚信儒雅的特质。何谓儒雅？儒是智慧和修养的境界，雅是品行和气质的高度。儒雅主要包含学有素养、行有教养、心有涵养、为人有型、处事有格。从古至今，曲阜人受孔子思想的影响根深蒂固，传统、本分、朴实、诚恳、勤俭、孝悌、崇文、尚礼，构成了曲阜民风、世风的基本内涵。

——重视道德养成。孔子一生苦苦追求的政治理想就是“仁”。“仁”的核心内涵对内即修身，对外即爱人。爱人的前提是实现修身的目标。曲阜民间对人的道德养成极为重视，一般从人的孩提时代抓起，沿着儒家确定的八个纲目，即格物、致知、诚意、正心、修身、齐家、治国、平天下，一步一步走下去，造就出极具丰富内涵且富有深厚仁德的人。

——依照规范塑人。“礼”是孔子思想中的一个重要板块。礼的核心内涵，对于一个人来说，就是对内守规矩，对外讲礼仪。孟子说，不以规矩，不能成方圆。曲阜百姓从自己的孩子一生下来就进行规范和约束，让孩子从小就有是非观念，学会和习惯在一定的框架约束之内有序参与，从而做到在家守规矩，在外守法纪。20世纪80年代初，政府推行了两项看似非常棘手的工作，一是计划生育，二是火化，而曲阜人在极短的时间内就适应了新政，生育率、火化率几近百分之百。

——崇尚孝悌为本。孝悌是孔子思想的核心。孔子把孝分为三个层次：（一）自然境界。孝是子女感恩心理的自然流露，因爱善待父母。（二）道德境界。孝是子女出于理性的自觉自愿，对父母真心地“敬”和“顺”。（三）天地境界。孝是人在尽己所能之后，担忧父母天命，生则颐养天年，逝则祭之以礼。基于孔子的孝道观，曲阜人把孝作为为人处世的第一底线，不孝者不与为伍。因此，孝亲尊老、兄友弟恭，在曲阜蔚然成风。

——注重勤劳节俭。子曰：“富而可求也，虽执鞭之士，吾亦为之。如不可求，从吾所好。”自古以来，曲阜人秉承孔子的倡导和主张，规规矩矩，脚踏实地，克勤克俭，过着平常人的日子。即使到了改革开放之后，也多在国家法律允许的范围之内，凭着自己的诚实劳动发家致富。

——具有担当意识。子曰：“老者安之，朋友信之，少者怀之。”曾子曰：“士不可以不弘毅，任重而道远。”从此可看出儒家的担当精神。自20世纪80年代以来，曲阜人就开始践行“人人彬彬有礼，处处干干净净”“在中国人面前我代表曲

大成桥

阜，在外国人面前我代表中国”的理念，因而创造出了全国最佳旅游城市，受到中外游客的高度认可。

赋文“夫曲阜者，仲尼桑梓也。人心嗤嗤，世道醇厚。构建和谐，修身养性；诚信儒雅，自强创新”，意为“曲阜是孔子故乡，民风纯真敦厚，世风诚实淳朴。构建和谐社会，必须努力提高品德修养，陶冶本性；诚实守信，温文尔雅，努力向上，固本开新”。

● 孔家的年俗

链接：《孔家的年俗》

按：中国的“年”，实则是一种文化，一种传统。时过境迁，现代不少人似乎觉得现在的年俨然缺少了年味儿。究其原因，是文化和传统的流失。但在曲阜，以孔氏家族为代表的民间年俗还是依然如旧。这不仅反映了当地淳朴民风的真切，还映射出对那份文化传统坚守的执着。该文写于2015年春节前夕，后经《中外文化交流》等报纸杂志陆续刊发，笔者还因此接受了《人民日报》的专访。

孔家的年俗

背景：孔氏分支

我家地处曲阜城西南10里许的马家庙村。说是“马家庙”，村里却没有一家姓马的。据说最早建村时有一个看庙人姓马，后来也没留下子嗣。

我们孔家这一支是孔氏家族60户中的第6户，即“旧县户”。旧县是宋代的老县城。我的祖上是在明朝末期从旧县分出来的。到清末、民国时期，我们这一支在马家庙村就繁衍到了六七百人，又分出前门、后门、东门、西门4个分支，我家则是西门。我们西门的中兴祖是我的高祖、孔子72代孙孔宪珍。他勤奋劳动，刻苦读书，因此，家里基业兴旺，儿孙满堂。土地240亩，房产上百间。4个儿子，8个孙子，全家50多口人。高祖是清朝咸丰皇帝御批的七品执事官，曾司孔庙祭祀。我们这个大家庭，目前已有150多人，虽都分居单过，却仍和睦相处。

序曲：腊八粥黏嘴

过年，对于我们这样的大家族是再有意义不过的事了。我小时候，一交了腊月，简直急不可耐，天天盼着过年。小伙伴们三五成群，跳啊，蹦啊，兴奋地唱着歌谣：“新年到，新年到，闺女要花儿要炮。”腊月初八，我们那里叫“腊八”。天还没亮，我的奶奶和母亲就早早地起床了。她们两个，一个淘米，一个烧火，说是熬“腊八粥”。大火烧开，小火慢炖，足足熬了个把时辰，一碗碗黏糊糊、香喷喷的腊八粥端上来了。听老人说，这天早晨，我们这里一家不落地都喝腊八粥。我们这些不谙世故的小孩子却问：“为什么在同一时间都吃同样的饭？”大人们说：“告诉你们，从今天开始就算年了。喝腊八粥就是要把你们这些小孩子的嘴黏上，少说不吉利的话，过个吉祥年。”听后，我们都大眼儿瞪小眼儿，丈二和尚摸不着头脑儿，疑惑地自语道：“嘴能黏住吗？”

小年：祭灶祈福

腊月二十二晚上，爷爷奶奶都发话了，明天是腊月二十三，小年儿了，大家都要早起，把屋里外头拾掇得一了百当，好过大年。第二天，晨曦微露，大人孩子都忙活起来。一天下来，窗明几净，利利索索。小孩子们以为全天的事已经完了，晚上总归可以出去撒野了。

晚餐还算丰富，比腊八那天又多了好几个菜。刚撂下饭碗，爷爷又放话了：“晚上祭灶。要想来年有个好收成，过上好日子，就都得到场，一个也不能少。”

晚上八九点钟，大家都围拢在厨房门外的院子里。厨房里边，高高的蜡烛台上，又粗又大的牛蜡蹿动着拃把高的火苗。通红的烛光下，奶奶正在用秸秆扎“马”，边扎边嘟噜：“坐上我扎的马，灶君爷上天，来回七天，回来我们就一起过年了。”母亲做“马”身上的“披挂”，做好后，请会写毛笔字的爷爷在两边分别写上“上天言好事，回宫降吉祥”。据说，家里的人，在这一年当中，都要做好事，不得做坏事，灶君爷都在看着大家呢。转眼一看，奶奶早已摆好了灶糖，那是唯一的祭品。灶糖是指把粗的长棍形糖果，里面是糖稀，外面沾满了芝麻，吃起来又香、又甜、又脆。孩子们都探过头去，眼巴巴地望着，那烛光映红了一张张顽皮的脸。奶奶看着这一群孙男

贴春联

弟女，心里甜滋滋的："都往后点儿，等灶君爷上了天你们再吃。"大家都耐心地等着。

母亲摆上香炉，点燃一炷香，然后从墙上揭下"一家之主"灶君的牌位，连同纸马一块儿，在火盆里焚掉，一边焚还一边念叨："上天言好事，回宫降吉祥。"终于轮到众人们登场了。先是祖辈们磕头，再是父辈们，最后才是我们小孩儿。一切都做完了，孩子们蜂拥而上，抢了灶糖，一个个溜了。烛光下，奶奶和母亲依然忙碌着。

年味：挂灯笼贴春联

除夕是春节最有趣儿的一天。一大早，女人们都在忙着贴窗花，男人们都在忙着挂灯笼。我们孔家西门这一支全都居住在村庄西首从南到北直来直去的一条大街上。中午时分，出来一看，家家户户的大门上都挂上了通红的灯笼，那简直是一道亮丽的风景线。

午时一到，开始贴春联。我的爷爷孔繁泗本是私塾先生，有文化，毛笔字写得又好，我们家的春联都是他自拟自写的。父辈们贴春联，小孩子们从春联堆里拣出来递给大人们。爷爷站在一旁指指点点，那是大门的，那是二门的，“嗯？错了，错了，上联、下联不能反了。”爷爷的心里洋溢着喜悦。

个把时辰，春联全贴好了，大人们又去忙别的事了。爷爷吆喝着：“过来，都过来，看春联。”我们当中大的十几岁，小的两三岁，大的念，小的听，不认识的字爷爷给我们指点，他还慢条斯理地讲述着那春联里的故事，我们乐在其中。原来，过年不光是玩耍取乐，还能学到好多东西。

我们细细地品味着。大门的竖联：沂水一畔五色相宣临圣域，圣地两端八音协奏颂仲尼。横批：阙里世家。我们迷惑不解，爷爷说：“我们家在沂河的边上，老祖宗孔子原来住在曲阜的最东边鲁源村，咱住在曲阜最西边，这不叫‘两端’吗？”大门门心：源起东鲁尼山地，流经沂水有孔家。再看二门上，一下子变了格调：春前有雨花开早，秋后无霜叶落迟。横批：春华秋实。让人觉得清新自然。进到院中，都在揣摩着堂屋门上的春联：一勤天下无难事，百忍堂中有太和。横批：东鲁雅言。门心：天增岁月人增寿，春满乾坤福满门。爷爷瞅瞅这个，看看那个，开腔了：“人要乐于做事，不能游手好闲。遇事要学会忍。忍，才能家和，才能有福。”走进屋里，东间门上：忠厚传家久，诗书继世长。横批：仁和人家。西间门上：一夜连双岁，五更分二年。横批：又是一年。我们认为都看完了，总该能撒欢儿了，可爷爷又说：“不行，再去看看厨房门。”那竖联简直太大白话了：百菜白菜美，野菜菜根香。横批：素以养人。爷爷说：“人要有平常心，粗茶淡饭能长寿，萝卜白菜可养人……”没等爷爷说完，大家都一溜烟儿跑了，边跑边喊：“咱家都成书斋咯！”

念祖：除夕“请老”

“请老”是过年的重头戏。活着的人快快乐乐，欢聚一堂，这个时候，不能忘了故去的老人，也要请他们回来过年。过年就得祭祖，人不能成无源之水、无本之木。

“请老”是一件最严肃、最郑重的事，必须由最年长、最有权威的人去做。下午，爷爷领着我们老少三代的代表，带上纸烛、供品、鞭炮，到孔林里去请老人。先到享殿后的孔子墓行大礼三跪九叩，再拜孔鲤、子思。拜完始祖三代，才到明墓群东我们小家族的墓地。爷爷动情地喊着：“祖啊，都回家过年吧，我们来请您了！”

回到家门，爷爷把事前写好的我家祖上主要故去老人的牌位放在托盘上，双手端着站在最前面，其他人跟在后面。家里的人早已准备好了爆竹，鞭炮齐鸣中，大家共同把“老人”迎回家中。那种浓浓的家味儿，足以让每一个人陶醉。爷爷把牌位一一插在牌位座上，又依次放在八仙桌后长长的条几上。那牌位是用红纸写就的。最中间的是：显始祖大成至圣文宣王

祭祖

讳仲尼始祖母亓官老太太之位。尔后是两边侧分，依次是爷爷的高祖、曾祖、祖父以及4位父辈。后面的墙上挂了“祖轴”，也叫中堂，上面画的是偌大的三进院落，建筑都是用竖条方格组成的，方格内填写的全是故去的祖上的名字。祖轴两边挂上了76代衍圣公孔令贻手书的挂对，文曰：“东鲁雅言诗书执礼，西京明召孝弟力田”，落款“阙里孔令贻”。把“祖宗”安置停当，接着上香炉、烛台，摆供品。爷爷点上成股的一炷香，他首先行大礼，然后一家人依次行大礼，请老仪式宣告结束。

共享： 除夕的晚餐

中国人在一年之中最有意义的一顿饭，就是除夕的晚餐，因为人们相信这是天、神、人在一起共同度过的美好时光。过年，不仅要祭祀自己的祖先，还要祭天，这反映了我们老祖宗孔子以人为本、知天命、畏天命、天人合一的思想。爷爷告诉我们：“过年的真谛就是祭祖、祭天，既不祭祖，也不祭天，那还有啥年味儿。”

堂屋门东侧，有一个高高的祭台，上面是一块大约一米见方的石头平台，我们叫“香台”。香台后面的墙上早已悬挂了祭天的牌位，文曰：“天地三界万灵十方真宰。”黄昏时分，首先在香台上点燃香、烛，摆上祭品；然后，在堂屋的方桌上摆上祭品；再后，为东间的保家神和厨房里的灶君神摆上祭品。行大礼后，人们入座准备用餐。妇道人家在厨房里做菜，下水饺。小孩子们跑来跑去，把饭菜全都分别放在各个祭台上，给天、神、祖供上，让他们“吃”完后再端下来放在人们的饭桌上。程序虽然烦琐了点儿，可是天、神、人和谐共处，共享这顿美味的晚餐，那是何等美妙的境界啊！

拜年

点睛：子时祭祀，大拜年

子时祭祀是过年的点睛之笔。这一夜的“五更”，即5个时辰，分别属于两个年头。一个时辰相当于现在的两个小时。子时以前算上一年，到了子时就是新一年的开始。过年，就是庆祝这个“子时”的到来。

旧年之末，大约亥时时分，大人们全都起来忙年了。女人们在厨房里准备供菜，男人们分别拾掇着4个供桌。堂屋的外间里祭祖，天井（即院子）里祭天，堂屋的东间里祭保家神，厨房里祭灶君神。

小孩子们兴奋了一天，全都蔫了，个个睡得像乏鸡一般。可是，这过年，却是一个都不能少。这不，全都让大人给轰起来了。看那小样儿，个个磕头打盹儿睡眼惺忪。整个屋子里灯火通明。高高的铜制蜡烛台连同那牛蜡足足有半米多高，火苗甜得像我们小孩子的笑脸。铜制的香炉上镌刻着“万寿无疆”四个大字，那可能是对故去老人的祝福吧。大桌子前边用一块绘有漂亮图案的布围了起来，大人说那叫桌饰。从桌上垂下两条闪着银光的东西。大人们说，那是用锡纸做的，是送给故人的“金币”。大桌子两侧的古式座椅，今天无论是谁都不能坐，那是给请来的“老人”坐的，就连我的爷爷、奶奶也是坐在四方墙边的长条凳上。我忽然发现，古式座椅的两边各放着满满的一竹箩东西，非常好奇。奶奶看透了我的心思，深情地说：“那是我们给老人们用火纸（即草纸）叠制的元宝和钱纸包，这可是为老祖宗们准备的一年的花销。”真是让人太感动了。我家的长辈们对故去多年的老人们都是那样厚道和真诚，可想而知，他们对待活着的人呢！

子时将到，供菜全摆好了，鸡、鱼、肉全有，各种果蔬也一应俱全。香点上了，燃得像莲花瓣儿一样。爷爷说："赶快去放鞭炮。"大人先点燃了火鞭，我们小孩捂着耳朵躲在大人们的身后。外面也响了起来，连绵不断，此起彼伏，漆黑的夜空竟然成了银光闪烁的海洋。大人又领大孩子们去放雷鸣炮，据说那是让孩子从小练胆量。小孩儿点着一根长长的香，大人拽着小孩儿的左手，小孩儿用右手的香去戳炮的捻子，"爆！"，火花四射，纸屑乱飞，放炮的吓得像丢了魂儿似的。

处处火树银花，处处欢声笑语。一阵热闹之后，开始祭天、祭祖、祭神灵。老人们、长辈们分别在四个祭台行大礼。然后，他们坐在那里看着小孩子们磕头。我们谁也不敢言笑，个个一字一板，作揖，跪下，叩首，再叩首，三叩首；再作揖……对叩头不像样的，大人们就会发出"嗯"的声音，那得立马纠正。祭祀完毕，该轮到孩子们给大人磕头了，大家都争先恐后，因为那是要领压岁钱的。压岁钱到手了，总算清净了下来。

上香是压茬儿进行，不能等头一炉香尽了再去烧下一炉。三炉香一尽，祭祀的环节就算结束。这时，爷爷发话了："都去拜年吧，五服以里的拜完就回来吃早饭。"只有爷爷、奶奶留下，等着别人家的晚辈来拜年，其他人全出去了。

小孩子们打着灯笼在前边给大人们照亮。外边人山人海，近支拜年的都出来了。街上遇着皆不磕头，只是作揖，互致

"过年好"！我们这个大家族一二十户人家，一圈儿下来就天亮了。

早饭桌上，爷爷催促道："快吃，不然拜年的又来了。"然后接着说："饭后接着去拜年，全村都要走到。过年是个截头儿，人的恩恩怨怨、差差点点，这一拜年都一笔勾销了。"抿了口儿酒，他又不无感慨地自语起来："中国人的这年啊，还真是有说处。不管你跑出去多远，这回来一聚，什么事儿都没了。这年，就是按咱老祖宗的中庸之道来的……"大家都不愿打断爷爷的思绪，一个个默默地出去，又拜年了……

尾声：元宵节"送老"

越是高兴，越是快乐，时间就过得越快，转眼就到了正月十五元宵节。我们村里的民俗是玩儿龙灯，观灯猜谜。村中央的空地上，人挨人，灯对灯，大人们乐不可支，小孩子们前仰后合，意犹未尽灯会就结束了。

爷爷、奶奶没去观灯，他们拾掇着祭台和供品，像是心事重重。等大家都回来后，就进入了过年的最后一个环节——"送老"。

点上香、烛，大家一一行礼。三炉香过后，奶奶和母亲把剩余的"元宝"和"钱纸包"全部烧掉。爷爷松下墙上的"祖轴"和挂对，庄重地卷上；又把那些牌位取下后焚掉，然后熄灭蜡烛。最后，奶奶把焚完的灰烬扫起来，放在托盘里，爷爷端着送到大门外。祖宗们"上路"了，爷爷看上去很郁闷，大家的心里也像缺了点儿什么……

年画

中国的年，那是一座山，不登上去，你就不知道上面的神奇；那是一道墙，不翻过去，你就不知道里面的深奥。实现我们的中国梦，就让我们从这座传统文化的殿堂里出发吧！

过年的故事

拦门棍

除夕那天下午，从孔林“迎老”回来，谁都不经意，我们大门外边一根粗粗的木棍横在那里。小孩子们一个个都莫名其妙。不行，到别人家去看看。一看，一条街上，家家如此，大门外边都横着长长的一条棍子。回到家，一股脑儿都拥到爷爷跟前：“爷爷，爷爷，为什么家家门前都放棍子，这不是成心要绊倒我们吗？”爷爷慢声拉语：“别急别急，那是有讲究的。

咱跑了老远，从孔林里把老祖宗们请来过年，不到正月十五不能让他们走。为了不让他们提前回去，就放了棍子挡住他们，这叫拦门棍。”“噢，原来过年还有这么多讲究。”孩子们说着，笑着，全都跑了。

守夜

子时过后，鞭炮放完，我们都跑得四分五落。这时，爷爷烦了，他大声喊着:“都过来，过来守夜。”我们原以为，过年就是让我们高兴，让我们快乐。岂不知，在老人们那里，却蕴含着深意。爷爷把我们喊到跟前，他语重心长地说:“过年就是让你们疯玩儿？咱把老祖宗请到家里，就得陪着他们过年。这就是守夜。”噢，原来过年还有这习俗。爷爷唠叨着：我的高祖时期，咱家就是名门望族。我的爷爷是皇上御批的七品官，专司孔庙祭孔。一天，他从孔庙回来，我才从私塾里下学，见了爷爷，我刚想跑，他一把把我拉住:“过来，背背上下论。上论，学而。”我乖乖地背了起来:“学而时习之，不亦说乎；有朋自远方来，不亦乐乎；人不知而不愠，不亦君子乎！”“下论，尧曰。”爷爷又命曰。“子曰:‘不知命，无以为君子也；不知礼，无以立也；不知言，无以知人也。’”爷爷会心地笑了。

爷爷让我们守夜，原来是让我们知道传统。

鲢鱼上供

早上跟着大人到张家拜年。张家在村里也是大户，祭祀的礼仪也十分讲究。大人们磕头拜年，小孩子们却是活蹦乱跳，东张西望。忽然，发现了一个小秘密，他们张家家家户户的供桌中间都是一条大鲤鱼；而我们孔家的祭品，5样供菜中唯独鱼不一样。

回到家里，孩子们就给爷爷闹了起来。咱家也太小气了，人家张家上供为何舍得买鲤鱼，我们孔家为何就不买鲤鱼？爷爷的心里却充满着优越感、自豪感，不慌不忙地说："那不叫鲤鱼，叫红鱼。""不是，不是，您别骗人，就是鲤鱼！"大家争先恐后上前争辩。爷爷胸有成竹，开始讲述那"鱼"里的故事：

咱老祖宗孔子，3岁丧父，17岁丧母，可他勤奋好学，知书达理，年轻时在鲁国上下就很有名气。19岁时，他娶了宋国官宦之女亓官氏为妻，这令鲁国国君也刮目相看。孔子结婚一年后，生了一个男孩，鲁昭公派人送来一条大鲤鱼表示祝贺，孔子因此给儿子取名"孔鲤"，字"伯鱼"。为避"孔鲤"之讳，咱整个曲阜人都给孔家面子，全曲阜从那以后都改叫"鲤鱼"为"红鱼"。孔鲤是咱孔家的二世祖，咱孔家逢年过节自然就不能用红鱼上供。这不，咱这鲢鱼就是我跑大老远从东关集上买来的。

听着这个生动的故事，孩子们都入了迷。

大门外的水饺

大年夜里，三炉香过后，我的奶奶端着一碗水饺，我的母亲端着一碗水饺汤，都恭恭敬敬地放在大门外边。大门的墙上，两边各挂着一枝柏枝，上边插着燃香，那香快燃尽了，火头烧着了柏枝，透发出浓浓的芳香。两个门枕前面各放着一堆“元宝”，母亲依次把它们点着，焚烧。我们都不解了，依偎在奶奶身旁。奶奶和风细雨，讲述着这里边的故事。咱们过年，祭天了，祭神了，祭祖了，可是那些没有子嗣、无家可归的神灵们，可不能忘掉。放在大门外边的水饺，就是也能让他们吃上团圆饭，这纸香也是供他们享用的。爷爷接过话茬：“孔林享殿东侧有个‘远代诸墓望祭之坛’，就是祭祀远代祖先和没有子嗣的祖先的地方。就连衍圣公祭孔，祭完始祖孔子，也要来这个地方祭拜。”多么宽厚的情怀啊，不禁让人豁然开朗。

两种心情

除夕“请老”回来，爷爷是那样的兴奋，家人也是十分的高兴，这种心情一直延续到正月十五。可到了正月十五晚上，爷爷、奶奶都不去观灯，一直闷闷不乐。晚上“送老”之后，爷爷一句话都没说过。回到屋里，我问母亲：“为什么会是这样？”母亲终于说出了原委。除夕把故去的老人迎到家里，我们在一起过了半个月的光景，那是多么愉悦啊。正月十五晚上，老人们一下子都走了，心里真是空荡荡的，人们心里能好受吗？原来如此！这就是一种情，一种无形的情，这是我们民族的血脉，它让我们知道从哪里来，到哪里去。正是有了这种情，我们的家国才有生机！

写于二〇一五年春节即将来临之际

什么是“孝”

链接：(1)《中国风　民族魂》

按：孝敬老人是曲阜的优良传统。为表彰孝敬老人的先进典型，曲阜市建起了“万名孝星榜”。此文就是笔者为其撰写的《前言》。

中国风　民族魂

——写在曲阜建起“万名孝星榜”之际

泱泱华夏，历史悠久，多彩神州，灿若星辰。在浩瀚缥缈的太空中，时时闪烁璀璨之光的，不乏一颗又一颗的“孝”星。国人重孝，是人类文明史上独特的亮丽景观，举世罕见。敬养父母，养育子女，推恩及人，缅怀先祖，忠孝两全——构成了孝的主体，丰富了中华民族传统美德的深刻内涵。

曲阜是东方文明的摇篮。远古时代，此为东夷之域。我们的人文始祖太昊伏羲氏、炎帝神农氏、黄帝轩辕氏等，在这里创造了灿烂的远古文明。在这个文明的源头里，“孝”已然成为重要元素。虞舜因孝被唐尧招贤，继任为部落首领。他自幼丧母，曾受父亲和继母虐待，却不计前嫌，百般孝顺，成为古代《二十四孝》之首，从而开启了中华民族的孝道文明。

曲阜是东方的耶路撒冷。春秋之时，孔子在这里诞生。他创立儒家学说，构建了孝的完整形态。孔子把孝分为三个层次：（一）自然境界。孝是子女感恩心理的自然流露，因爱而善待父母。（二）道德境界，孝是子女出于理性的自觉自愿，对父母真心地“敬”和“顺”。（三）天地境界。是人在尽己所能之后，担忧父母天命，生则颐养天年，逝则祭之以礼。孔子之孝的完整形态，根源于他的合情合理的底线要求，自觉自愿的一般要求，至善至美的终极要求。以此践行，我们的民族成为孝的民族，我们的国家成为孝的国度。

曲阜是道德的首善之区。五千多年文明延续至今，我们的国家和民族已经凝聚成社会主义的核心价值观：富强、民主、文明、和谐，自由、平等、公正、法治，爱国、敬业、诚信、友善。作为孔子故里，曲阜历史漫长悠久，文化底蕴丰厚。曲阜人民正以将古今文化相融相通、以文化人为己任，践行核心价值，弘扬孝道文化，培养公民人格，构建和谐家庭，筑牢稳定基石，提升民族合力，为创造现代文明的新辉煌发挥引领作用。

悠悠五千多年，百善孝为先。当今曲阜，葳蕤芳菲，春色满园。请您去看看当代曲阜人是如何坚守孝道的吧！那是一种文化的自觉，文化的自信；那是我们的中国风，民族魂。请您到“孝”的星空放情地翱翔，请您到孝的海洋尽情地徜徉！这里是您的精神家园，这里永远充满“孝”的阳光！

链接：（2）《孔子奖章赋》

按：21世纪初，曲阜就成立了“志愿者协会”，遍布于各处的志愿者们主动扶危济困，在社会上引起强烈反响。2015

年，全国的“志愿者联盟”在全国范围内评出10名最佳志愿者，而曲阜占其一。2015年年底，在曲阜召开表彰会，奖项名称则为“孔子奖章”。主办方约我撰写《孔子奖章赋》，匆忙之中写就此文。

孔子奖章赋

大哉孔子，伟哉仲尼！逢遽变之秋，处衰乱之世。一路遑栖，危不夺志；困不丧德，生生不已。创儒家学说，为生民立极；唤人性升华，倡仁智礼义。

若夫先圣睿思宏轨，流布全球，惠及寰宇。弘道路兮，志愿者前推后拥，川流不息。遍布恩泽，播洒春雨；雪中送炭，应人之急。灾难场上，有您身影；救急途中，现您足迹。遑论路上有荆棘，莫道空中有风雨。薪火传承兮，前赴后继。今是受益者，明则体味志愿者真谛。我为他，他为你，求和谐，奔大同，九九归一。孔子奖章兮，颁他、颁你，常激励，再唤起，楷模共学习。

至若今世，全球一体；东西南北，合而为一。光大仁爱，常怀惕厉。己欲立而立人，己欲达而达人。孔子思想，继天立极！

［三十八］ 设坛兴教，孔子开先河；文运繁昌，庠序遍城乡。“至今齐鲁遗风在，十万人家尽读书”。

设：设立。

坛：用土堆成的台，这里指教坛，今孔庙杏坛处，是当年孔子给弟子讲学的地方。

兴：创立，兴办。

开：开辟。

文：指社会发展到较高阶段表现出来的状态，这里指文化教育。

运：原指运气，这里是指事物发展的势态。

庠序：古代的乡学，泛指学校。

遍：普遍地达到，遍及。

“至今齐鲁遗风在，十万人家尽读书”，传为宋代著名文学家苏轼居鲁时名句，另说为其弟苏辙所作。

齐鲁：指山东大地。

遗风：某个时代留传下来的风气。

十万人家：十万，泛指众多；十万人家，意为千家万户。

当今明故城里的百姓

曲阜是中国教育的发祥地。自从孔子在此兴办私学发展教育，本地区就开始打破“学在官府”的现状，教育由贵族层面转移到平民。在古代，曲阜境内私塾林立。到清代时，几乎村村都有私塾，不少大村庄多达四五处。三国时期，孔氏家学兴起，后形成四氏学。宋庆历四年(1044)，行科举新法，曲阜始建县学，校址设于当时的仙源县治，即今城东旧县村，明嘉靖五年(1526)迁至今城内矍相圃故址，占地7.5亩。曲阜古代发达的教育体系，对曲阜人基本素质的形成和道德素养的提高奠定了坚实的基础。

在曲阜的现代史上，有一所历史悠久、业绩辉煌、世人瞩目的学校——曲阜师范学校。20世纪初，我国国力衰弱，西方列强入侵，清政府实行“新政”，废科举，立新学，建师范。清光绪三十一年(1905)，清政府决定在曲阜设立“曲阜县官立四氏初级完全师范学堂”，衍圣公孔令贻为总理，举人孔昭曾为监督（校长）。1912年，中华民国成立，学堂易名“山东省立曲阜师范学校”。1920年，山东省著名教育家范明枢出任校长。1926年，建立中共省立二师支部，此为鲁西南地区第一个党支部。1934年，万里、袁振等到校学习并开展学生运动。1936年夏天，万里在学校加入中国共产党，毕业后回东平县开展革命活动。范明枢、宋还吾、张郁光、康有为、梁启超、楚图南、马非百、李达、李广田、陶钝、王云阶等贤达先后在此执教。学校先后培育出万里、周兰田、程照轩、吴伯箫、任白戈等一批又一批国家精英。中华人民共和国成立后，曲阜师范学校得到了长足发展。作为一个历史名校，它为现代教育事业培育出众多优秀教育工作者，学校曾有“鲁南教师，多出曲师”的美誉。

中华人民共和国成立之初，党和政府十分重视曲阜教育事业的发展，国家当时就计划在此设立高等学校。1955年6月，创建于济南的山东师范专科学校即曲阜师范大学的前身。1956年9月，经教育部批准迁至曲阜，改名为曲阜师范学院。1984年11月，更名为曲阜师范大学。进入21世纪，济宁学院又在曲阜落地。在这片仅有896平方公里的土地上，就拥有两所公办高校，另有远东大学、齐鲁理工学院两所民办高校。各类职业学校、高中、初中、小学等遍布全市城乡，实现了教育的无缝隙、全覆盖。另外，民办教育、成人教育、党校教育等也成为曲阜教育的生力军。曲阜现代的教育网络，对于培养现代化人才，对于曲阜经济、社会的发展，正发挥着巨大作用。

赋文“设坛兴教，孔子开先河；文运繁昌，庠序遍城乡。‘至今齐鲁遗风在，十万人家尽读书’”，意为“设立教坛，兴办私学，孔子开辟了中国教育平民化的先河；（当今曲阜）文化教育事业繁荣昌盛，大学、中学、小学等各类学校遍及城市和乡村。‘直到现在，山东大地上古代留传下来的崇尚教育的好风气仍然存在；曲阜当地，千家万户的普通百姓依然痴迷于读书’”。

链接：（1）《时庄中学赋》

按：该赋文是应时庄中学之约，为其建校50周年而写的。时庄中学是一所农村中学，当踏进它的校园，处处让人感到震撼，它当是当今曲阜教育事业繁荣发展的缩影。

时庄中学赋

幸哉，时庄中学！坐拥神农试耕之所，地处孔子故里一隅。遐毗尼峄，迩临泗沂。聚山水之精华，凝天地之灵气。

入斯园也，葳蕤芳菲，和风习习。论语墙畔，五色相宣浸儒韵；孔子像前，八音协奏颂仲尼。和而不同，止于至善，校训沁心脾。至今齐鲁遗风在，十万人家尽读书，胜景览无余。

夫崇德楼兮，青丝皓首，甘为人梯。内外修炼，强本固基。一支教杆，引领圣乡孩提。一路走来，亦有晴空亦有雨。夫德墉楼兮，英姿年少，惺惺相惜。弘扬六艺，树下成蹊。几多课桌，领悟传承真谛。攀登途中，亦有霹雳亦有霓。

若夫校园八景，彼此相生情趣。弘毅松，金丝楸，林阴道里吐心曲；六艺场，明德园，绿茵丛中露笑语。仁乐山上，至善石后，尽讲格致诚正；紫藤瀑下，泮水池边，常谈治平修齐。莘莘学子兮，俨然少年君子。多彩人生道上，怀壮志，奔东西。

嗟夫！观我校园，声朗朗，情依依；听我教坛，融古今，贯中西。莫道乡野城区，遑论庙台高低。有作为，敢担当，始成大器。依稀中国梦里，我校正崛起！

链接：（2）《夏天　热情　希望》

按：教师是一个十分神圣的职业，因为他在做的是塑造人的工作。曲阜素有尊师重教的良好传统。我平生非常尊重所有的老师。随着年龄的增长，对于我的老师，无论是小学的、中学的，还是大学的，都倍加地想念他们、感恩他们。2015年5月25日深夜，突来灵感，打开床灯，写下此篇散文。

夏天　热情　希望

春打六九头。

乍暖还寒时，就开始了忙碌。整个春天，都在耕耘。下地了的，那是梦想的种子。

细雨，滋润着梦想；和风，催生着希望。似乎听到了地下的心声：膨胀了，破壳了，发芽了！

转眼就到了立夏。虽不算骄阳似火，气温着实升起了老高。大地上，田畦里，洋溢着的都是热情。俨然瞅到了地上的律动：昨日梦想的种子，今天长成了梦想的芽苗！

啊！那辛勤的园丁哟，或殚精竭虑，或废寝忘食。淫雨霏霏，野草菁菁，她像母亲，呵护着幼苗，除去杂草。连日的湿气，长虫了，她像医生，救死扶伤，灯下操刀。晨曦微露，就来到了地里，倾听着幼苗咯吱咯吱的拔节声，心里想啊，该施肥了。

呵！看那幼苗，像懂得了园丁们的心思，眼神的互动，心灵的撞击，都是那样的默契。长吧，你可以无拘无束，你可以无忧无虑。因为，这里是你们的天地。

夏天啊，挥洒的是汗水，播撒的却全都是热情；等到秋天来了，收获的，那将不是梦想，而全都是希望！

［三十九］ 古城新机，文脉长存。观光游，寻根游，修学游，游者击毂摩肩；谈《论语》，辩儒学，讲诸子，学界俊彦咸聚。明故城，鲁故城，黄帝城，城城人气旺盛；圣尼山，九龙山，九仙山，山山生机盎然。

古城：指由鲁国古城、仙源古城、明代古城发展而来的曲阜，意思是曲阜这座古老的城市。

机：指事情变化的枢纽，有关事情成败的重要环节，这里

金声玉振坊前的毕业生

世界游客在孔子故里

是“时机”的意思。

文脉：文，指思想和文化；脉，原是动脉和静脉的统称，引申为像血管一样连贯而成系统的东西。文脉，思想和文化的血脉。

观光游，寻根游，修学游：这是曲阜市推出的3个王牌旅游项目。游，原指人或动物在水里行动，引申为人在各处从容地行走，这里是“游览”“旅游”的意思；观光，参观外国或外地的景物、建设等；寻根，寻找根源，这里是指寻找中华民族思想文化的根源；修学，原指（学生）在校学习，这里指游客到曲阜参加儒学思想的教育和培训。

游者：旅游的人。

击毂摩肩：击，敲、打，这里是“碰”的意思，引申为“挨着”；毂，车轮的中心部位，有圆孔，可以插轴，这里代指车子；摩，接触，引申为“挨着”；肩，肩膀，这里代指游人。击毂摩肩，车子挨着车子，人的肩膀挨着肩膀。

曲阜是国务院第一批公布的24个历史文化名城之一，甲类对外开放城市，5A级旅游城市，每年到此观光旅游的中外游客均达数百万之众。

为提升城市品位，促进曲阜经济社会全面发展，自1984年开始，曲阜开创性地举办了以“纪念先哲，振兴曲阜”为目的的大型国际文化旅游纪念活动“孔子诞辰故里游”。

1984年9月22日，“孔子诞辰故里游”开幕当天，中国孔子基金会宣告成立。公推中国人民政治协商会议时任副主席谷牧为名誉会长，公推南京大学名誉校长、著名儒学专家匡亚明为会长，聘请全国人民代表大会常务委员会时任副委员长周谷城为首席名誉顾问，聘请王光英、冯友兰、刘靖基、荣毅仁、梁步庭、楚图南为名誉顾问，聘请宫达飞、吴福恒为常务副会长，孔令仁、孔令朋、孔德懋、王玉哲、刘福田、李子超、严北溟、辛冠洁、杨向奎、张健、张岱年、张黎群、金景芳、程汉邦、蔡尚思为副会长，组成了136人的理事会。下设三个委员会：由匡亚明任主任的学术委员会，由吴福恒任主任的基金委员会，由刘福田（时任中共济宁市委常委、曲阜市委书记）任主任的孔子故里文物研究委员会。

“孔子诞辰故里游”大型纪念活动的推出和中国孔子基金会的成立，开了曲阜改革开放和强劲发展的先河，在曲阜的历史上有着破天荒和里程碑的重大意义。1986年6月2日，国务院决定曲阜“撤县设市”。

“孔子诞辰故里游”的举办，拉开了曲阜对外开放的序幕。连续举办五届之后，曲阜在国内外的知名度和影响力得到了极大的提升。在此基础上，曲阜乘势而上。为使活动提升档次，扩大规模，增加内涵，将“孔子诞辰故里游”改为“中国（曲阜）国际孔子文化节”。“文化节”每年举行一届，辐射效应逐步扩大。每年的“文化节”开幕式上，联合国官员和中国政府官员都为“联合国教科文组织孔子教育奖”“孔子文化奖”“孔子旅游奖”获得者颁奖。“世界儒学大会”在此设立秘书处，大会每两年召开一次。设立于全世界100多个国家的上千所孔子学院和孔子课堂把曲阜确定为儒家思想体验基地。中国孔子基金会曲阜办事处在儒学研究、资金募集、文物保护方面发挥着基础性作用。建立了孔子研究院，儒学研究载体得到巩固和加强。孔子博物馆落成启用，曲阜众多文物得到有效保护。鲁国故城遗址得到国家重视，保护性开发业已启动。游客服务中心、宾馆服务、高铁、机场、国道等大批旅游服务设施逐步建设完善，旅游事业日趋活跃，来曲阜观光的中外游客与日俱增，曲阜经济社会全面发展，昔日古色古香千年古城，俨然已成现代化智慧城市。

谈：说，互相对话。

辩：争论，说明是非、真假。

讲：说。

以上“谈”“辩”“讲”三个动词是为了行文措辞避用同一

第一届世界儒学大会在曲阜举办

个字而错开的，其实都是讲解、阐述、学习、交流的意思。

诸子：指诸子百家，春秋战国时期学术思想派别的总称。诸子指孔子（孔丘）、老子（老聃）、墨子（墨翟）、荀子（荀况）等；百家指儒家、道家、墨家、法家、名家、纵横家、杂家、农家、小说家、阴阳家等。

学界：学术界、教育界。

俊彦：俊，才智出众的；彦，有才学的人。俊彦，指学术精英。

咸：全，都。

在曲阜这块浸润着丰厚古老文化的土地上，设有众多专门的学术研究机构，孔子研究院、曲阜师范大学国学院等始终引领着儒学的研究方向。全国人大常委会原副委员长许嘉璐先生

曲阜·儒学文化与空间发展国际论坛

担纲的尼山论坛，把全世界的目光吸引到地球的东方，中外学者在这里进行着一年一度的世界文明对话，把中国的软实力逐步彰显出来。设在曲阜的世界孔子学院总部体验基地，把世界各地有志于儒学学习、研究的学子吸引到孔子故里，让他们体味儒学的真谛。儒学馆、国学院等民间儒学教育、培训机构如雨后春笋遍布鲁城，为普及和弘扬中国优秀传统文化锦上添花。

明故城：指明代的古城。

鲁故城：指周代、汉代鲁国古城。

黄帝城：指以黄帝诞生地寿丘为中心的仙源古城。

城城：指曲阜各处。

圣尼山：是指圣人孔子出生地尼山。

山山：指曲阜各地。

第四届尼山世界文明论坛开幕式

生机：生命力，活力。

盎然：形容气氛、趣味等洋溢的样子。

赋文“古城新机，文脉长存。观光游，寻根游，修学游，游者击毂摩肩；谈《论语》，辩儒学，讲诸子，学界俊彦咸聚。明故城、鲁故城、黄帝城，城城人气旺盛；圣尼山、九龙山、九仙山，山山生机盎然”，意为“曲阜这座古老的城市，蕴含着崭新的发展时机，传统文化的血脉永存。观光旅游，寻根旅游，修学旅游，在曲阜旅游的人们人挨人肩并肩；大家在这里谈论《论语》，辨析儒家思想，讲述诸子百家，思想学术界的精英们都聚集在了孔子故里。明代古城、周鲁古城、仙源古城，曲阜处处都充满着旺盛的人气；圣人诞生地尼山，九龙山，九仙山，曲阜各地都洋溢着生机和活力”。

尼山圣境

链接:《觅中园》

该文写于2016年6月2日。是日恰逢国务院公布曲阜撤县设市30周年。谨以此文作为纪念。

觅中园

孔老夫子生活的地方，如今成了花园城市。遍布的公园，俨然消失了城乡分际。听说在建“中园”，三五成群地觅去。

静谧的夜，空气像滤过似的。争相贪婪着春的气息，漫步在公园的幽径上。轻轻拾起一片落英，近近地贴在心上，倾听着春的希望。廊桥上灯光绚丽，映照出广场上的男男女女。一支悠扬的舞曲响起，摆动起轻柔的舞姿，男女老少出奇地协调一致。转眼一看，偌大的巨石上写着“仁园”。仁，不就有这功能吗？它能让人和谐，让人亲密，让人求同存异。

说着，笑着，一股脑儿涌进茂密的树林。广阔的绿茵场中，几丈高的大树，垂下的尽是翠绿的紫藤。再一细看，支撑它的桧柏几近枯死。呵！这是“义园”。杀身成仁，舍生取义；赠人玫瑰，手有余香；富贵不淫，贫贱不移，威武不屈。这是我们民族的脊梁。

走着，寻着，不觉到了湖中的岛上，这是“礼园”。在不同规则的框框里，大人小孩儿玩儿着有趣儿的游戏。有正方形的，长方形的，六边形的，菱形的，人们尽情地乐着。突然，一个人冲出了界线，周围的人大声喊着：“犯规啦，犯规啦！”对啊，“礼”就是规矩。人们只有在允许的框架内有序参与，那才会有秩序。

走出金水湖，踏进蓼河畔。樱花疏密有致，清淡恬雅；桃花竞相吐蕊，像火，像霞……花儿争奇斗艳，人们陶醉其中

蓼河廊桥

蓼河公园

的竟是“智园”。有花必有果吗？不对。不是所有的花都能成为果，而所有的果都曾是花。一声尖叫，打破了夜的沉寂，原是一只蜗牛。瞅着它的憨态可掬，不禁遭到了奚落。有人接过了话茬，记得一位哲人说过，世界上能登上金字塔的生物只有两种：一种是鹰，一种是蜗牛。是啊，好学近乎知，力行近乎仁，知耻近乎勇。

一处公园，一道风景，让人沉浸于思想文化的画卷。实乃人在绿园中，心在儒韵里。但“中园”却是千呼万唤不出来，真有点儿急不可耐。于是，大步流星，穿越“信园”，跨过“和园”，终于到了“中园”门前，果然是一个最大的工程。可定神一看，公示牌上写道：“中园在建，谢绝游览。”这叫人顿时有了“应怜屐齿印苍苔”的凉意。

期盼着，憧憬着，一切都凝聚在无限的遐想之中。中，中庸之道也，那可是中华民族的大智慧……

［四十］ 古之曲阜，祥瑞蔚集；今之曲阜，气象万千。沂泗放歌，群山起舞。今朝更胜往昔，明日灿烂可期！

这里是全文的结尾。上文浓墨重彩抒写了曲阜悠久的历史、丰厚的人文、美丽的城市，把古代之韵与现代之美有机地结合在一起。结尾之处，寥寥数笔，勾勒出曲阜的昨天、今天和明天，使曲阜从古代至现代，从今天到明天，一气贯通，浑然得体。

祥瑞：指好事情的兆头或征象。

高铁曲阜东站

蓼河晓月

蔚：盛大。

集：聚集。

气象万千：形容景色和事物多种多样，非常壮观。

沂：沂河。

泗：泗河。

放歌：放声歌唱。

群：成群的。

起：起来，引申为“跳动”。

今朝：朝，早晨，此处是“日”的意思。今朝，今天。

胜：比另一个优越，胜过。

往昔：从前。

灿烂：光彩鲜明耀眼。

可：表示值得。

期：泛指等待或盼望，期待，期盼。

赋文“古之曲阜，祥瑞蔚集；今之曲阜，气象万千。沂泗放歌，群山起舞。今朝更胜往昔，明日灿烂可期”，意为“古代的曲阜，吉祥的征象全都盛大地聚集在这里；今天的曲阜，景色优美壮观。沂河泗河放声歌唱，成群的山峰跳起舞蹈。今天更加胜过从前，明天的灿烂美景值得期盼”！

【译文】

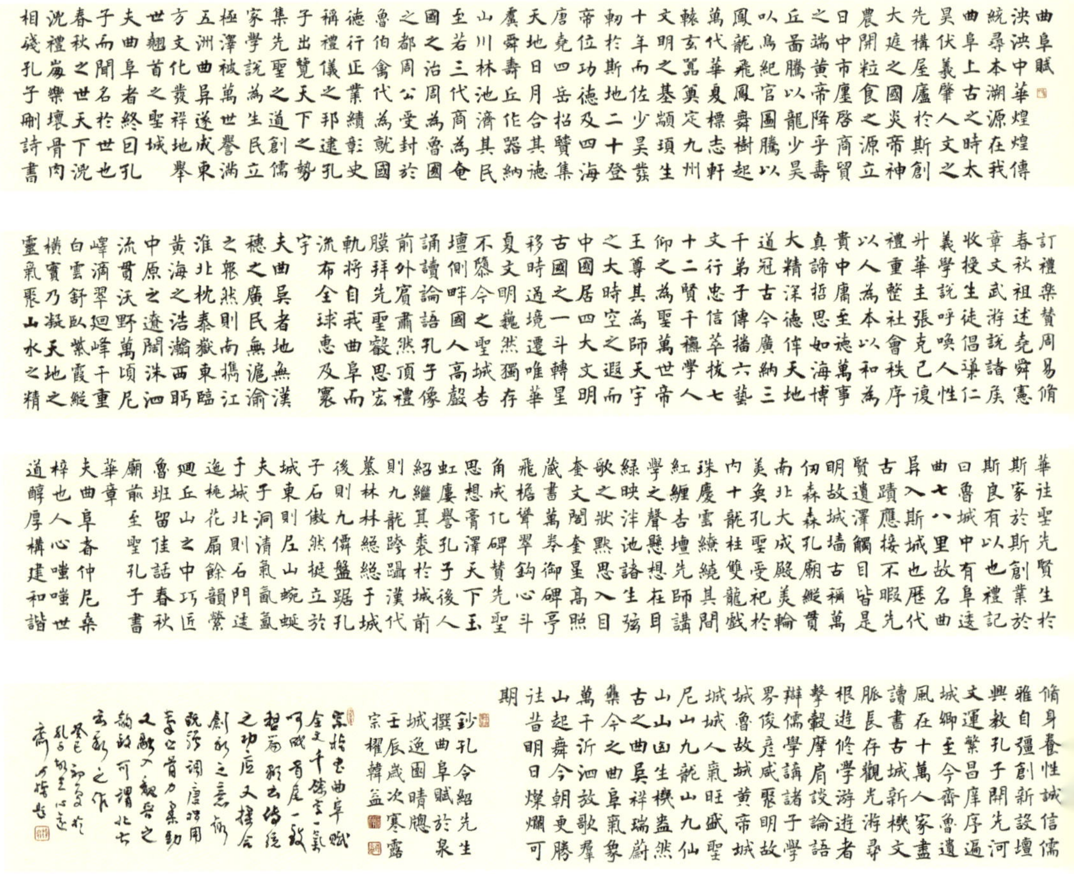

韩益楷书长卷（公棹题跋）《曲阜赋》

曲阜赋

广阔的中国气势宏大雄伟，悠久的历史文化显耀盛美。寻求根本，追溯源头，就在东方圣城曲阜。

在遥远的古代，太昊伏羲开启了人类文明的先河，他让属下在这里建造房屋，并创立了大庭氏这个古国。炎帝神农开启了农耕文明的源头，建立了红红火火的农贸市场，开启了商业贸易。黄帝降生在寿丘，用龙作为本氏族的图腾。少昊用鸟名记录官名，用凤作为本氏族的图腾。龙图腾、凤图腾的旗帜高高飘扬，树立起泱泱华夏永久的标志；黄帝、少昊的丰功伟绩，奠定了五千年中华文明坚实的基础。颛顼15岁起就辅佐少昊领导氏族部落，在这里发迹奋起；20岁时，继承黄帝祖业成为部落联盟首领。他功绩卓著，品德显达，名扬四海。唐尧从四方招集德才兼备的人，汲取人世间的好德行，使自己的修养品德达到极致。虞舜在寿丘制作什器，集中大自然中的一切资源惠及老百姓。至于说到夏、商、周三个朝代，商朝的时候，曲阜曾经是商朝的首都；周朝的时候，曲阜是鲁国的首都。周公在鲁国接受封地，儿子代替他治理鲁国。伯禽品行端正，业绩显著，历史上把鲁国称为“礼仪之邦”。

到了孔子时代，他观察天下发展的趋势，聚集过去圣贤的治世方法，创立了儒家学说，替大众百姓建立了做人的标准；恩泽惠及一代又一代，荣誉遍及全世界，曲阜于是就成了东方文化起源的地方，并且成为全世界都仰望的最具历史意义和作用的城市。

曲阜终归还是凭借着孔子才在全世界有名的。春秋时期，整个国家社会动荡；西周时期的典章制度崩溃了，世人相互摧残伤害。孔子删订《诗经》《尚书》，修订《礼经》《乐经》，赞美、阐释《周易》，编写《春秋》。尊崇唐尧虞舜，效法文武周公；周游列国宣传其政治主张，开办私学招收学生。提倡以仁为核心的儒家学说，力主人的本性得到提升；主张克制自己达到礼的要求，重新整治社会达到有条不紊。把人作为事物的根本，把和而不同作为宝贵的理念；做事情自始至终中正中和、不偏不倚是最高的道德原则，是一切事情真实的道理；孔子的智慧和思想像海洋一样，既宽广丰富，又精密深奥；他的德行与天地并齐，他的思想体系古往今来居于第一。广泛招纳三千弟子传授六艺，通过学习书本知识、参加社会实践、践行道德修养，出类拔萃者达到七十二人。千秋万代以来，学子们仰慕他是圣人，帝王们推崇他是师表。

宇宙无限广大，时空无限久远，但是中国却是世界四大文明古国之一；宇宙飞快地运转，时间和境地都发生了很大变迁，只有中华文明雄伟高大地独自存在，没有遭到毁坏。当今的圣城曲阜，在杏坛的周围，国内的人们高声诵读《论语》；大成殿的孔子像前，外国宾朋恭敬地拜谒孔子。先圣孔子前瞻性的光辉思想和行为规则，把自己的故里曲阜传播到全球，让全世界受益。

曲阜，土地面积不如武汉、广州宽阔，城市人口不如上海、重庆繁多。既然如此，那么它南面连接江淮平原，北面背靠东岳泰山。东边毗邻水势盛大的浩瀚黄海，西看是辽远广阔的鲁西平原。洙水泗河，贯通曲阜，奔流不息，肥沃的田野一望无际。尼山峄山，层峦叠嶂，曲折迂回，郁郁葱葱青翠欲滴。白色的云彩舒缓地漂浮，彩色的云朵奔放自如。曲阜实在是凝结了自然界神奇的力量，聚集了山水间最好的精华；古代圣贤，有的诞生在这里，有的把家安在这里，有的在这里创造出人生伟业，那实在是有原因的。

《礼记》中说："鲁国古城中有绵延起伏的土山，弯弯曲曲七八里路长"，因此，把这里的名字称作曲阜。进入这座城市，过去各个朝代的文物古迹，让人看都看不过来；往圣先贤惠及后人的遗迹，目光所及之处全部都是。明代的城墙，似有万仞之高；庄重严肃的孔庙，从南至北一线贯通。大成殿高大华丽，孔圣人在那里接受人们的祭祀。大成殿前檐下的10根深浮雕龙柱，每根龙柱上的两条龙都在宝珠周围游戏，吉祥的云朵像在空中回环旋转。

鲜艳的杏花开了，缠绕在杏坛的周围。来到这里，自然想象出孔子当年讲学的情景，那讲学的声音好像响彻耳畔。茂盛的草木，映射在明镜般的泮水之中。来到这里，闭目一想，孔子众多弟子吹拉弹唱的景状不禁映入了眼帘。藏书楼如同奎星照耀，里面的藏书无比丰富；御碑亭的飞檐上耸动着青翠的光芒，碑亭的飞檐犬牙交错两角相抵。成化碑赞颂孔子将其美好的思想学说施惠于天下百姓；标志着孔继涑励志创业的玉虹楼，那是在赞誉孔子的后世子孙们继承祖业发奋成才。

在曲阜城的前面，乃是九龙山虎踞龙盘，崖壁上有众多汉鲁王陵墓；在曲阜城的后面，乃是九仙山回旋缠绕，巅峰上酷似孔子行教像的奇石如同伟岸的孔子一样，坚强不屈地直立在那里；在曲阜城的东面，乃是尼山弯弯曲曲，传说中孔子诞生的夫子洞里散发出缕缕云烟，那正是孔子身上的阳刚正气；在曲阜城的北面，乃是石门山绵延不绝，孔尚任潜心创作的《桃花扇》遗留下来的韵致，至今依然回旋往复。在遍布丘陵土山的这块古老的地方，工艺技术高明的工匠鼻祖鲁班为后人留下了许许多多美丽的传说；在春秋庙前那片神圣的土地上，享誉最高的圣人孔子写出了中国第一部编年体史书《春秋》。

曲阜是孔子故乡，民风纯真敦厚，世风诚实淳朴。构建和谐社会，必须努力提高品德修养，陶冶本性；诚实守信，温文尔雅，努力向上，固本开新。设立教坛，兴办私学，孔子开辟了中国教育平民化的先河；（当今曲阜）文化教育事业繁荣昌盛，大学、中学、小学等各类学校遍及城市和乡村。“直到现在，山东大地上古代留传下来的崇尚教育的好风气仍然存在；曲阜当地，千家万户的普通百姓依然痴迷于读书。”曲阜这座古老的城市，蕴含着崭新的发展时机，传统文化的血脉永存。观光旅游，寻根旅游，修学旅游，在曲阜旅游的人们人挨人肩并肩；大家在这里谈论《论语》，辨析儒家思想，讲述诸子百家，思想学术界的精英们都聚集在了孔子故里。明代古城、周

尼山孔子铜像

鲁古城、仙源古城，曲阜各处都充满着旺盛的人气；圣人诞生地尼山，九龙山，九仙山，曲阜各地都洋溢着生机和活力。

古代的曲阜，吉祥的征象全都盛大地聚集在这里；今天的曲阜，景色优美壮观。沂河泗河放声歌唱，成群的山峰跳起舞蹈。今天更加胜过从前，明天的灿烂美景值得期盼！

【附录】

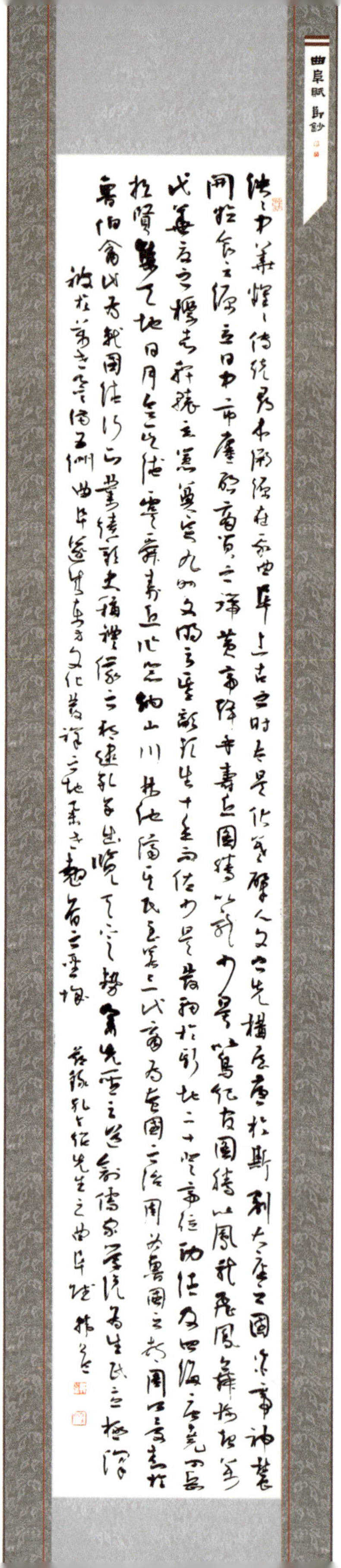

韩益 行草立轴『曲阜赋』

按：时隔十年，梅开二度，再写《曲阜新赋》，皆因习近平总书记视察曲阜。弘扬传统文化，建设现代曲阜，孔子故里正在书写盛世华章。

曲阜新赋

日出东方，天宇煌煌[1]。泱泱[2]华夏兮，龙[3]之故乡。东夷[4]薪火，燎原四方；圣城曲阜，礼仪之邦。

夫曲阜者，中华文明之源也。太昊伏羲[5]，开大庭之国[6]；炎帝神农[7]，启犁铧[8]之乡；轩辕[9]玄嚣[10]，创龙凤图腾[11]；三皇五帝兮，肇远古[12]之光。商[13]于奄国[14]建都，周[15]于鲁国[16]兴邦。旦[17]封于鲁，伯禽就国[18]。周公吐哺[19]，鲁地以飨。春秋之末，礼崩乐坏，孔子以降。创儒家学说，为生民立极[20]。仁为本，尚中庸，首开华夏儒风；倡以和，致以礼，奠定中华文明。一代圣贤，享誉五洲；举世名城，矗立东方。

若夫新世纪，新常态，筚路蓝缕[21]兮，首在领航[22]。“民亦劳止，汔可小康”[23]，中华千年梦想。善禁者兮，先禁其身，清洁社会建在百姓心上。中华崛起，民族复兴，展示中国梦，世人想往。追本溯源兮，屐齿履鲁乡[24]。直面孔子，正视儒学；经世致用，富民安邦。民族理性兮，战略定力得彰；文化自觉兮，乃我历史担当。治国理政兮，显中国智慧，施中国良方。

至若曲阜，中华文化标志也。弘扬传统文化，力建首善之区。相融相通，以文化人；心心相印，返璞归真。诗礼传家[25]兮，曲阜家风芬芳；文明国度兮，齐鲁家风高扬。全民阅读兮，十万人家久溢书香；勤善公和[26]兮，善行义举四德上榜；乐和家园兮，情爱注入群众心房；和贵调解兮，德法融合包容相向；民情夜会兮，描绘乡村和谐模样；百姓儒学节，让人徜徉文化长廊。春风化雨兮，满地和乐景象[27]。

夫我曲阜，泽被圣贤重光，国策惠风和畅。文化示范区[28]里，双创[29]浪潮浩浩汤汤。尼山论坛兮，构建支点，展开东西对话；国学讲堂兮，高屋建瓴，光大孔子思想。文化制高点上，讲述好故事，传递正能量。明故城、鲁故城、黄帝城、尼山圣境、孔子博物馆、清明上河园[30]——文化符号，愈磨愈亮。保护开发兮，堪称高大上。教育培训、文化旅游、休闲体验、动漫创意、演艺会展、艺术品交易——融合发展，且做且强。文化经济兮，趁势书华章。更有一带一路，助我耕耘世界；命运共同体里，携手奔前方。圣城列车兮，弯道超行，梦想成真在望；曲阜崛起兮，超常跨越，古城再现辉煌。

嗟夫，看我当今曲阜，五色相宜浸儒韵，八音协奏颂国昌。沂河园里，情依依，声朗朗；蓼河湖畔，五彩霞，灯辉煌。树上鹭鸶啾啾，水中小舟游荡。依稀中国梦里，龙腾高亢，凤鸣轩昂！

注释

［1］天宇煌煌：天宇，宇宙；煌煌，形容明亮，显耀盛美。整个宇宙一片光明。

［2］泱泱：本指水深、广，这里形容气势宏大。

［3］龙：我国古代传说中一种神异动物，意味着原始人把蛇加以神话超现实的现象。远古华夏民族在形成过程中把龙作为其部落的图腾。这里指炎黄子孙。

［4］东夷：我国古代东方的民族。

［5］太昊伏羲：古代传说中中华民族最早的人文始祖，所处时代约为旧石器时代中晚期，是中国古籍中记述的最早的王。他生于陇西成纪（今甘肃天水），据传长期工作生活在今甘肃天水、山东曲阜、河南郑州。中华民族五千多年文明，从此开启。

［6］大庭之国：大庭氏一族为太昊分支，伏羲使其为官居龙氏，创立小国，伏羲则以"大庭氏"命名。大庭氏，古国名，在今曲阜。

［7］炎帝神农：号烈山氏，播种五谷，教民稼穑，农耕文明创始人。《寰宇记》曰："曲阜，炎帝之墟。"

［8］犁铧：清修《阙里志》曰："神农祠在鲁城归德门外，今村

名犁铧店，神农试耕之所也。”犁铧店在今曲阜城西2.5公里处，据传为当时神农教给农民铸造犁铧的地方。

[9]轩辕：黄帝。《史记·五帝本纪集解》：“帝轩氏，母曰附宝……生黄帝于寿丘。”寿丘在今曲阜城东4公里处。

[10]玄嚣：少昊金天氏，黄帝之子。

[11]龙凤图腾：指黄帝创造的龙图腾和少昊创造的凤图腾。

[12]远古：遥远的古代，即口头传说的史前文明。

[13]商：商朝，此指商朝南庚时期。

[14]奄国：曲阜古地名，商朝早期南庚迁都于此。

[15]周：指周朝。

[16]鲁国：周朝时期诸侯国，即今曲阜。

[17]旦：指周公姬旦。

[18]伯禽就国：伯禽，姬姓，字伯禽，周公长子。就国，开始治理鲁国。

[19]吐哺：吃一顿饭多次吐出口中的食物，比喻治国谨慎，礼贤下士。

[20]为生民立极：极，最高的，引申为标准。给大众百姓制定了做人的标准。

[21]筚路蓝缕:《左传》:“筚路蓝缕，以启山林。”意思是拉着柴车，穿着破衣服去开辟山林。本文以“筚路蓝缕”代指艰苦创业的老百姓。

[22]领航：此处代指党的领导核心习近平同志。

[23]民亦劳止，汔可小康：出自《诗经》。本文意在借用这个概念表述即将实现的中国梦。

[24]屐齿履鲁乡：屐，木头鞋。屐齿，代指鞋子，引申为习近平总书记的脚步。履，鞋，这里是“走”“踏”的意思。鲁乡，代指曲阜。习近平总书记的脚步来到了曲阜。

[25]诗礼传家：孔氏家族家风。源于孔子教育儿子孔鲤“学诗”“学礼”，其实质内涵是要求后世子孙“有文化”“守规矩”。这是孔子为人画出的两条人生底线。几千年来，孔氏家风影响了曲阜家风，曲阜家风影响了齐鲁家风，齐鲁家风又影响了中国家风。

[26]勤善公和：儒家思想体系中要求人们做到的四项行为规范。

[27]和乐景象：此处提到的“勤善公和”“乐和家园”“和（为）贵调解（室）”“民情夜会”“百姓儒学节”都是曲阜市弘扬儒学传统、实施以德治理、化解基层矛盾、构建和谐社会的具体实践。

[28]文化示范区：指国家已把曲阜优秀传统文化传承发展示范区纳入“十三五”规划。

[29]双创：指“创造性转化，创新性发展”。

[30]清明上河园：此处提到的，都是曲阜市以文化为载体、打造文化经济、实施融合发展战略的实践，具体包括明故城保护复兴、鲁国故城考古遗址公园、以黄帝为标志的始祖文化保护开发、尼山圣境、孔子博物馆、蓼河20里现代版清明上河园建设等。

为了梦想

——跟随习近平总书记一起追梦

按：本文《为了梦想》是笔者为阐释创作《曲阜新赋》心路历程而撰写的散文。

人生有梦就有理想，它是鼓舞人前进的目标和方向。“民亦劳止，汔可小康；惠此中国，以绥四方。”那是《诗经》中上古人描绘的炎黄子孙追梦的景象。

时间跨入新世纪的门槛。在一个日益现代化了的今天，时代展现给我们的图景五彩斑斓。但在人们的面前，有时也有阴霾障目，甚至沙尘漫卷。致富路上的人啊，或疲惫不堪，或缺失了方向感。2012年，我们党召开了十八大。“日出东方，天宇煌煌。”今天的中国，已经置于国际背景之下。国民们期待着，憧憬着，中国共产党能为世界提供什么样的中国智慧、中国方案。

2012年11月29日，习近平总书记深情提出“中国梦”。这是最大公约数啊，它把各族人民有机地凝聚在一起。这“梦”

并不缥缈，因为它植入了中国之根、民族之魂，那就是“文化自信”。

“追本溯源兮，屐齿履鲁乡。”2013年11月26日，习近平总书记视察曲阜。直面孔子，正视儒学，彰显出民族理性和文化自觉。对于孔子及儒学，且不说自秦始皇焚书坑儒直至以后几千年是是非非的争论，就说从“五四”打倒“孔家店”，到“文革”对孔子文化符号的巨大破坏，就足以说明一个民族对其历史文化认识上的不成熟。治国理政，需要的是“战略定力”。有了这个定力，对于内政，就不会在无休止的争论中彷徨；对于外交，就会不屑于某些人的刁钻和无常。文化自信，是中国智慧，是执政党的担当。

“泱泱华夏兮，龙之故乡。”一个自信，一个梦想，让“中国龙”激情荡漾。十三亿人啊，用心书华章。天山雪莲开放，西域口岸通商，中原笙歌满衢，九段线里东来西往。神州大地，“龙腾高亢，凤鸣轩昂”！

看我孔子故里，大地葳蕤芳菲，人人都奔跑在希望的田野上。

三千年了，从没像今天这样更接近理想。走吧，跟随习近平总书记，一起追求民族的梦想……

我眼中的儒商张佃玉

初识张佃玉，那是在一次民俗研讨会上。第一次参加这类活动，感觉一切都很新鲜。

他是大会主持人，自然大方地站在主席台一隅的主持席上。一米八几的魁梧个头，方方正正的国字形脸庞，胸前长长的大红围巾衬托出得体的深色中山装。宽宽的额头下，镶嵌着睿智的双眸，眉宇间散发着质朴和阳刚。他口齿流利，表述清晰，言辞中透露出儒雅和专业。看上去，除却男人的伟岸，即是标准的文人形象。这着实与我对他原有信息的掌握大相径庭。他不是一位民营企业家吗？怎么能是如此这般模样？一番耳语，方才豁然开朗。他今天的身份就是曲阜市民俗协会副会长兼《曲阜民俗》杂志副主编。

禁不住神奇的诱惑，我走向他公司总部的方向。那是一片圣土，孔子周游列国十余年后回归鲁国，在“陬”地稍事休息，而后创造了晚年的辉煌。啊，息陬——一块创业的地方！

初春的早上，天朗气清。走进山东圣强建设集团大院，扑面而来的全是文化的芳香。院墙上一幅又一幅国学经典名言，走廊里一条又一条企业经营理念，展室里一块又一块国家、省、市功勋企业牌匾……一进张总办公室，偌大的书架抢先映入眼帘。

“有空儿读书吗？”我单刀直入。

“我每天早上五点钟起床。”他信手拿起一本正在读着的书放到我的面前，还有他的笔记本。

从扉页翻下去，几乎每页都被他画上了密密麻麻的曲线，并伴有一个又一个的眉批。打开笔记本，字迹清晰，一丝不苟，“全球化”“供给侧改革”“绿色”“共享”“核心价值观”……一个个新概念跃然纸上。

他引领我们去看他的建筑设备。一眼望去，让你震撼。他告诉我们，这在同行业中是最齐全的。在当前经济转型的大背景下，建筑行业大多都没活干，可我近期中标了三个大项目，公司业务已辐射到全国各地。我下意识地环顾四周，发现墙上写着的竟是管子的名言：“一年之计，莫如树谷；十年之计，莫如树木；百年之计，莫如树人。”原来，成功是要赋予有准备之人的。

看完他的家底儿，不禁疑云丛生。一个具有实力的建筑企业，为何它的公司总部全是平房？这时，我指着前边的高楼问他：“那是什么单位？”

他很平淡地说：“那是学校。那里边也有我的心血和汗水。近年来，我关注的重点主要是老人和孩子，敬老院和学校我始终都挂在心上。我对文化也很痴迷，祭孔活动、鲁班研究、民俗研究等，我都义不容辞，发挥着支撑的力量。我热衷民俗，把婚丧嫁娶的礼仪规范写成文章登在民俗杂志上，方外着近谁家有了红白喜事，我都第一个到达现场，给他们当司仪。”谈起文化，他似乎有说不完的话。

我强行接过话茬：“你是趁大钱的人，到了百姓中间，不怕有求于你吗？”

“我也是穷苦农民的后代，现在行了，就是不能忘了他们。我乐意接近他们，能做点事就做点事。贫富差距不解决，中国的事就别想办好。”神情中彰显出阳光和坦荡。

辞别了张佃玉，心情久久不能平静。不就是一个普通农民的后生吗？他的内心为什么是那样的宽广和深邃？当今社会凭借的是硬实力啊，他却不是，这便使我想起了美国约瑟夫·奈提出的“软实力”。

写于二〇一七年初春